岩 波 文 庫

32-721-5

ドン・キホーテ

後 篇

(二)

セルバンテス作
牛 島 信 明訳

岩 波 書 店

Miguel de Cervantes

SEGUNDA PARTE DEL INGENIOSO CABALLERO DON QUIJOTE DE LA MANCHA

1615

目　次

挿絵　ギュスターヴ・ドレ

機知に富んだ騎士
ドン・キホーテ・デ・ラ・マンチャ　後篇

第二十五章

ここでは驢馬《ろば》の鳴きまねの冒険の発端が語られ、次いで人形師の愉快な冒険と占い猿による記憶に値する占いが書きとめられる

ドン・キホーテは武器を運ぶ男が約束していた、驚異に満ちた話というのを聞いてしまうまでは、よく下世話で、パンの焼けるのを待ちかねるというように、いても立ってもいられなかった。そこで、旅籠《はたご》の亭主が教えてくれた、その男のいる所へみずから出向いて、男を見つけると、道中で尋ねたことに対する答えは、いずれ後ほど聞かせてくれるということになっていたが、それをぜひとも、今すぐ話してもらいたいと頼みこんだ。すると、相手の男がこう答えた――

「こんな立ったままじゃいけませんや。手前の世にも珍しい話は、もっとゆっくりと聞いてもらわなくっちゃ。ですから旦那さん、どうか手前が騾馬《らば》に飼い葉をやり終るまで待ってくださいましよ。あとでゆっくり、それはびっくりするような話をお聞かせし

ますから。」

「そんなことのために遅れるのは残念だから」と、ドン・キホーテが言った、「拙者もそなたの手伝いをしよう。」

そして実際に、大麦を篩《ふるい》にかけたり、秣桶《まぐさおけ》を洗ったりして手助けをしたものだから、この気さくで謙虚な態度に感じいった男は、相手が聞きたがっていることを喜んで話そうという気になったのである。そこで、壁に取りつけられていた石のベンチに腰をおろした男は、ドン・キホーテをそばに座らせ、従兄《いとこ》と小姓とサンチョ・パンサと宿屋の亭主をその場の聴衆として、このように語りはじめた——

「実はね皆さん、この旅籠から四レグア半ほどのところにある村で、こんなことが起こったんですよ。つまり、その村のある村会議員の所有する驢馬が一頭、彼の召使である若い娘の手のこんだ悪だくみによって、これは話すと長くなるのではしょりますが、不意に姿を消してしまったんです。議員さんは八方手をつくし、懸命になって探しましたが、どうしても見つかりません。ところが世間の噂と評判によれば、驢馬がいなくなってから半月ほどたった時のこと、たまたま村の広場にいたその議員のところへ、これまた同じ村の議員をしている男がやってきて、こう言ったんだそうです——

「やあ、御同役、わしに祝儀でもはずんでもらおうかな。実は、あんたの驢馬が姿を現わしたんだよ。」

「祝儀ならいくらでもはずむよ、お前さん」と、相手は応じました、「だけど、どこに現われたのか教えてくれないと。」

「森のなかで」と、発見者が答えました、「今朝わしが見つけたのさ。荷鞍《にぐら》も馬具もなにひとつなしで、それはそれは見るも憐れなほどやせちまっていたね。そこでわしは、そいつを捕まえて、あんたのところへ連れて帰ろうと思ったんだ。ところが、あの驢馬ときたら、すっかり野性に返って人怖《ひとお》じし、わしが近づいていくととたんに逃げ出して、森の茂みの奥へ入りこんでしまったのよ。だが、もしあんたがわしといっしょにあれを探しにいきたいというなら、わしがこの雌驢馬を家に置いてくるあいだ、しばらく待っているがいい。すぐに戻ってくるから。」

「そいつはありがたい」と、驢馬をなくした議員が言いました、「わしもいずれ、それに見合うような返礼をするつもりだよ。」

この一件の真相を知っている連中はみな、まずこうした状況を話し、いま手前が話しはじめたのと同じような調子で話すんですよ。まあ、それはともかくとして、結局のところ二人の議員は、肩を並べて徒歩で森に向かいました。そして、驢馬が見つかるものと期待していた件《くだん》の場所へ行ってみたのですが、いっこうに見当たりません。それどころか、あたり一帯をいくら探しても、影も形もないんです。どうにも見つからないことが分かると、驢馬を見たという議員が連れの議員にこう言いました――

「ほら、御同役、わしにいい計略が思い浮かんだよ。この手を使えば、よしんばあの畜生が森のいちばん奥深いところはおろか、大地の底に潜んでいようとも探し出せること間違いなしだね。実はね、わしは驢馬の鳴きまねが嘘みたいにうまくやれるんだよ。これでもし、あんたにもその心得が少しでもあれば、もう事は成就したも同然さね。」

「少しでもあれば、と言いなさったかな?」と、相手がひきとった。「神かけて言うが、そのことならわしは誰にも、いや本物の驢馬にもひけをとらないつもりだよ。」

「まあ、今に分かるさ」と、第二の村会議員が応じました、「というのも、わしの計略というのは、あんたがこの森の一方から、そしてわしがその反対側から出発して、森じゅうをぐるりと隈《くま》なく歩きまわり、一定の間隔をおいて、あんたもわしも驢馬の鳴き声を発するというものだからね。そうすりゃ、驢馬の奴も、奴がこの森にいるものなら、わしらの鳴き声を聞きつけて、返事をしないはずはなかろうて。」

これに対して、驢馬の持主が言いました――

「それにしても、実にすばらしい名案だ、さすがに頭の切れるお前さんだけのことはあるよ。」

かくして、計画を確認しあった二人は、別々になって歩きはじめたのですが、それぞれがほとんど同時に驢馬の鳴きまねをしたものだから、どちらも相手の鳴き声にだまされ、これはいよいよ隠れていた驢馬が出てきたに違いないと思って、たがいに相手を探しに駆け寄るという始末でした。そして、出くわして顔を見合わせては、驢馬を失《な》くしたほうがこう言ったもんです——

「なんてことだ、御同役、さっきいなないたのはわしの驢馬じゃなかったのかね?」

「わしの鳴きまねよ」と、相棒が答えました。

「わしはこの際、断言するがね」と、持主が言いました、「鳴き方に関するかぎり、お前さんと本物の驢馬とのあいだにゃ寸分の差もないよ。なにしろ、わしは生まれてこの方、あれほど正真正銘の鳴き声にはお目にかかったことがないからね。」

「そうした口を極めた褒《ほ》め言葉は」と、計略を立てた男が応えました、「わしよりも、あんたにふさわしい、あんたにぴったりだよ、御同役。わしはわしを創りたもうた神にかけて言うんだが、あんたは世界一の驢馬の鳴きまね名人と比べても二鳴きほど優っているね。とにかく、あんたの鳴き声は調子が高く、伸ばすところは長さも抑揚も正確だし、おまけに最後の下降調にも余韻があって、まったく見事なもんだ。だから、わしは自分の敗北をはっきり認めて、この稀《まれ》な技能の勝利の栄光と旗をあんたに捧げることに

するよ。」

「それじゃ、わしもこれからは」と、驢馬の持主がひきとった、「自分のことを見直し、評価して、少しは見どころのある男だと思うようにするよ。だって、わしにもちょっとした才能があるというわけだから。それにしても、われながら驢馬鳴きがうまいと思ってはいたけど、わしの技量がお前さんの言うほどの、並外れたレベルにまで達してるとは思ってもみなかったね。」

「ここで、ついでに言っておけば」と、第二の村議が続けました、「世の中には多くの珍しい才能が埋もれたままになっていてね、その持主が利用の仕方を知らないばっかりに、宝の持ちぐされになっているのさ。」

「わしらの才能だって」と、持主が応じました、「今わしらが直面しているような場合ででもない限り、あんまり役に立ちそうにないね。しかも、この場合だって役に立つかどうかは、神様の思し召し次第だよ。」

これだけ言うと、二人はふたたび別れて、それぞれ鳴きまねを再開しました。ところが、やっぱり前と同じことで、そのつど、たがいに相手の鳴き声にあざむかれては、出くわすということのくり返しだったものですから、そこで一計を案じ、鳴き声が自分たちのものであって驢馬のそれではないことを知らせるための合図として、一度に二回ず

つ鳴くように決めたのです。かくして、そのつど鳴き声をくり返しながら、森をぐるりとひと回りしましたが、姿を消した驢馬が返事をすることもなければ、その気配さえありませんでした。実は、その不運でかわいそうな獣が返事などするわけがなかったのです。森のいちばん奥まったところで、とっくに狼《おおかみ》に食い殺されているのが見つかったのですから。驢馬の死体を目にした持主は、こう言いました――

「こいつが返事をしないのが不思議でならなかったんだ。だって、死んでさえいなけりゃ、わしらの鳴き声を聞いて、黙っておれるはずがないもの。そうでなけりゃ、驢馬じゃないからね。残念ながら、こいつは死んじまったけど、それでも、御同役、お前さんの見事な鳴き声を聞かせてもらえたので、こいつを探すのに取った労も、十二分に報われたように思われるよ。」

「いや、報われたのはわしのほうさ」と、相手が答えました。「まあ、修道院長が上手に歌えば、かけ出しの修道士もおさおさひけはとらぬ、というやつさね。」

このあと、がっくりと肩を落し、喉《のど》をからして村に戻った二人は、隣り近所の者や友人知己に、この驢馬探しの一部始終を、それぞれ相棒の鳴きまねの見事さをひどく誇張しながら語って聞かせたものだから、これがなべて近隣の町や村に知れ渡ることになりました。ところが、決して眠ることのない悪魔は、空中に悪い噂を流し、何もないとこ

ろから諍《いさか》いをかき立てることによって、所かまわず不和や軋轢《あつれき》の種をまき散らすのが大好きときています。さっそく乗り出してくると悪だくみを仕組み、よその村の連中が手前どもの村の者に会いさえすれば、例の二人の村会議員のことを愚弄《ぐろう》するかのように、驢馬の鳴きまねをするように仕向けたのです。そのうちに、子供たちまでこれをやりだすありさまで、それはとりもなおさず、地獄にいるすべての悪魔の手と口にかかったようなものでした。鳴きまねは村から村へとどんどん広がっていき、しまいには、手前ども驢馬鳴き村の住民は、白人のなかの黒人があからさまに目立つのと同じように、見分けられ、差別されるようになりました。そして、この不幸な愚弄が激しさを増した結果、ついには、からかわれたほうが武器を手にし、徒党を組んで、からかった連中を襲撃するというようなことが頻繁に起こるようになったのです。こうなるともう、それこそ王様にも誰にもこれを抑えることはできず、恥や外聞でさえ何の役にも立ちません。手前の見るところでは明日《あした》かあさって、手前どもの村、つまり驢馬の鳴きまね村の連中が、自分の村から二レグアほどのところにある村に殴りこみをかけるはずですが、それはこれが、手前どもを最もしつこく愚弄し、迫害した村のひとつだからです。それで、準備にぬかりがあってはならないということで、先ほどごらんになったような槍や矛を買いこんできたというわけですよ。以上が、手前が皆さんに約束した驚嘆すべき話というや

つです。もしこれが皆さんにとって珍しくもなんともないとしたら、手前はこれ以上おもしろい話なんか知りませんよ。」

人の好い男はこう言って、その話を終えたが、ちょうどそのとき、旅籠の表玄関から、上着も幅広のズボンも、さらに脚絆《きゃはん》もすべてセーム革ずくめの男が入ってきて、大きな声で呼ばわった――

「亭主殿、泊めてもらえるかな？　ここに占い猿と『メリセンドラの救出』の人形劇がやってきたんだが。」

「おや、これはこれは」と、旅籠の亭主が言った、「ほかならぬ、ペドロ親方の御到来だ！　これで楽しい晩が約束されたようなもんだね。」

（余*は言うのを忘れていたが、このペドロ親方なる男、左の目と同じ側の頬《ほお》のほとんど半分くらいを、緑色の絹の大きな眼帯でおおっており、その部分が傷《いた》んでいるに違いないことを思わせる風体であった。）旅籠の亭主は、続けてこう言った――

「ペドロ親方、ようこそおいでなさいました。で、その占い猿と人形劇の一座はどこにいなさるのかね、姿が見えないようだが？」

「いや、すぐそこまで来ているんだ」と、セーム革ずくめの男が答えた。「ただ、部屋があるかどうか確かめに、一足先にやってきたってわけさね。」

「それはもう、ペドロ親方のためとあらば、わしはほかならぬアルバ公爵にだって部屋を空けてもらいますよ」と、亭主がひきとった。「さあさ早く猿と人形の一座を連れてきとくれ。今夜はうちの宿に、たっぷり見料を払って芝居を観《み》たり、猿の知恵に感心したりする客がお泊まりだからね。」

「そりゃありがたい」と、大きな眼帯の男が応えた。「そういうことなら、わしも見料をぐっとおまけして、わしらの宿賃さえ払えりゃそれで御《おん》の字《じ》ということにしましょうぜ。じゃ、ちょっくらひき返して、猿と人形劇を乗せた荷車を連れてくるからね。」

こう言って、男はまた旅籠から出ていった。

するとドン・キホーテが亭主に、あのペドロ親方というのはいったい何者で、いかなる人形劇、どのような猿を連れ歩いているのかと尋ねた。これに対して、亭主は次のように答えた――

「あれは評判の人形使いでしてね、かなり前からこのマンチャ・デ・アラゴン＊一帯を歩きまわっては、『メリセンドラの救出』という人形劇を見せてるんですよ。それは有名な騎士ドン・ガイフェーロスが妻のメリセンドラを救い出す話ですが、もう長いあいだ、王国のこのあたりで最も見事に演じられた、最もすぐれた出し物の一つですね。あの親方はまた、猿のあいだでもおよそ類を見ない、それどころか、人間の想像力ですら及びもつかないような、実に稀な能力をもった猿を連れてるんですよ。どんなことをするかといえば、まず人がその猿に何か尋ねます。猿はその質問にじっと耳を傾けていたかと思うと主人である親方の肩にとびのり、その耳もとに口を寄せると、尋ねられたことに対する答えをささやき、それを今度はペドロ親方が直ちに披露におよぶというわけなんです。あの猿は、これから起こることより過去のことを、ずっとよく知っていますね。もっとも、いつでも必ず、すべての質問にぴったしの返事をするってわけじゃありませんが、まあ、ほとんど間違いやしません。ですから、わしらはうっかり、その猿のなかには悪魔が宿っているんじゃないかと思うほどですよ。そして、親方は一回の質問につき二レアル受けとります。もちろん、猿がその質問にちゃんと答えれば、とはすなわち、猿が主人の耳もとでささやいた後に、猿に代わって主人が答えればの話ですがね。こういうわけで、あのペドロ親方はたいそうな金持と思われており、おまけに彼は、イタリア人がよく言う、いわゆる《粋《いき》な男》だし、《話のわかる男》でもあるから、それこそ世界でいちばん愉快な生活をおくってるんじゃないかな。彼は六人分以上も喋《しゃべ》り、十二人分以上も酒を飲みますが、それもこれもすべて舌先三寸と、占い猿と人形劇のおかげですよ。」

このときペドロ親方が、人形劇の舞台と猿を乗せた荷車を従えて戻ってきた。その猿は大柄で、尻毛がなく、尻はまるでフェルトのようであったが、顔つきは決して醜くはなかった。ドン・キホーテは猿を目にするやいなや、こんな質問をした――

「どうか教えてくだされ、占い師殿、われわれはどのような魚をつかむことになりますか《ケ・ペヘ・ピリャーモ》な？ つまり、われわれはこれからどうなるのですかな？ ほら、拙者もちゃんと二レアル用意しておりますゆえ。」

と言って彼はサンチョに向かい、ペドロ親方に二レアル渡すように命じたが、親方は猿にかわってこう言った――

「旦那さん、この猿はこれから起こることについちゃ、何も答えないし情報を与えることもしません。過ぎ去ったことならまあまあ分かるし、現在のこともいくらか言えますがね。」

「あきれた話だ！」と、サンチョが言った。「おいらなら、自分の身に起こったことを教えてもらうのに、鐚一文《びたいちもん》使う気はねえよ！ だって、おいらのことをおいらよりよく知ってる奴がどこにいるというんだね？ 自分の知ってることを教えてもらって、そのために銭を払うなんてのは、愚の骨頂というもんさ。だが、現在のことも分かるというなら、ほら、ここに二レアルあるから、ひとつ教えてもらおうか、お猿どん。おいらの女房のテレサ・パンサはいま何をしているかね、何で気晴らしをしているのかね？」

「どうか教えてくだされ，占い師殿」

ペドロ親方は差し出された金《かね》を受けとろうとはせずに、こう言った――

「こっちの仕事が終ってもいないのに、代金を前払いでいただくわけにはいきませんやね。」

それから親方は右手で、自分の左肩をぽんぽんと二度叩いた。すると、猿はぴょんと跳びあがってそこに乗ったかと思うと、主人の耳もとに口を近づけ、歯をむき出して、あわただしく口を動かした。この動作を《使徒信経》を一度唱えるほどのあいだ続けてから、またひとっ跳びで地面におりたが、猿が肩から離れると、ペドロ親方は間髪《かんはつ》をいれることなく、ドン・キホーテの前に進み出てひざまずき、相手の両の脚を抱きしめながら、こう言った――

「わしはこの脚をヘラクレスの二本の柱*のつもりで抱きしめますぞ、おお、忘却の淵《ふち》においやられていた遍歴の騎士道をよみがえらせた、名にしおう勇士よ！　おお、いまだかつて正当に称賛されしことなき騎士、ドン・キホーテ・デ・ラ・マンチャよ！　おお、落胆した者に気力を与え、倒れんとする者たちの支柱であり、倒れた者を助け起こす腕であり、さらに不幸な者たちすべての慰めにして励ましでもあられる騎士よ！」

ドン・キホーテは大いに驚き、サンチョはあっけにとられ、従兄は呆然《ぼうぜん》とし、小姓はぽかんとし、驢馬鳴き村の男は仰天し、旅籠の亭主は当惑した。要するに、人形使いの台詞《せりふ》を聞いた者はひとり残らず驚き、唖然《あぜん》としてしまったのであるが、当の人形使いは、なおも続けて言った――

「おお、そなた、善良なるサンチョ・パンサ！　世界で最も優れた騎士に仕える最も優れた従士なるサンチョどん、喜びなされ、そなたの貞淑な妻テレサは息災でいなさるから。ちょうど今ごろは、一ポンドほどの亜麻を扱《こ》いでおいでだよ。もっとくわしく言えば、左わきに、ぶどう酒のたっぷり入った、口の欠けた水差しを置いて、時おりきこしめしながら、仕事のうさを晴らしていなさるところだね。」

「それはおいらも、そのとおりだと思うよ」と、サンチョがひきとった。「なにしろ、あいつは幸運な女だからね。もしあれで焼餅《やきもち》やきなところさえなかったら、おいらは女巨人のアンダンドーナ*とだって取り替えるつもりはねえさ。おいらの御主人の話じゃ、なんでもあの巨人はとても利口な、非の打ちどころのねえ女だってことだが。それにうちのテレサは、よしんばそのつけが孫子に回ろうとも、生活を切りつめるような女じゃねえからね。」

「拙者は今こそはっきり申すが」と、このときドン・キホーテが口を開いた、「多くの書を読み広く旅をする者は、実にさまざまなことを見たり知ったりできるものでござるよ。こんなことを申すのはほかでもない、この世に、物事を的確に占う力をもった猿がおるなどとは、いかに説得されようともなかなか信じられぬというのに、それを今こうしてこの目で見ることができたからじゃ。なるほど拙者は間違いなく、この聡明《そうめい》な猿が言いあてたところのドン・キホーテ・デ・ラ・マンチャ本人でござる。もっとも、拙者に対する称賛はいささか大仰《おおぎょう》にすぎたがの。まあ、拙者がいかなる評価に値する人間であるかはともかくとして、拙者がつねに万人に善を施し、誰にも害を及ぼさぬよう気を配る、やさしくも憐れみ深い性質を授かっておることに対し、天に感謝しておりますのじゃ。」

「僕に金の持ち合わせがあれば」と、小姓が言った、「僕の旅でこれから先どんなことが起こるのか、お猿さんに聞いてみたいんだけど。」

これを聞くと、ドン・キホーテの足もとからすでに立ちあがっていたペドロ親方が、こう答えた――

「この猿は、これから起こることについちゃ何も返事をしないと、さっき言ったじゃありませんか。まあわしとしては、こいつが答えてさえくれりゃ、お代なんぞもらわなくたってかまやしませんがね。ましてやドン・キホーテ殿に奉仕するためとあらば、わしはこの世のあらゆる儲《もう》けをも棒にふるつもりですよ。だから騎士殿をおもてなしするために、というのもわしにはその義理があるからですが＊、今から人形劇を披露して、旅籠にお泊まりの皆さんに、見料なしで楽しんでいただきやしょう。」

この申し出にたいそう喜んだ旅籠の亭主が、人形劇の舞台を設置する場所を指示すると、その準備はたちどころに整ったのである。

ところがドン・キホーテのほうは、猿の占いに必ずしも満足しているわけではなかった。過去のことであれ未来のことであれ、猿ふぜいが何かを言い当てるなどということが、とても穏当なことには思われなかったからである。そこで、ペドロ親方が人形劇の準備をしているあいだ、サンチョといっしょに馬小屋の隅へひっこんだ彼は、誰にも聞かれる気づかいのないところで、こう言い出した——

「のう、サンチョよ、わしはあの猿の奇妙な能力についてとくと考えをめぐらせてみたのだが、その結果、あれの主人たるペドロ親方が、悪魔と暗黙の、あるいは公然たる《エスプレーソ・》契約《パクト》を交わし持っておるに違いないという結論に達したのじゃ。」

「もしその中庭《パティオ》が不潔《エスペーソ》で、悪魔のものだとすると」と、サンチョがひきとった、「さぞかし汚ねえ中庭《パティオ》でしょうて。だけど、そんな中庭を持って、あのペドロ親方に何かいいことがあるのかね？」

「お前にはわしの言うことがてんで分かっておらんぞ、サンチョよ。わしが言いたいのはな、親方が悪魔となんらかの取り決めをして、猿にあのような能力を吹きこんでもらい、それを手だてにして生計をたてているということじゃ。そして、いよいよ金持になったあかつきには、悪魔に自分の魂を渡すことになっているはずじゃ。この全人類の敵がつねに求めているのが、ほかならぬ魂だからの。わしがこう信じるようになったのは、あの猿が過ぎ去ったことか現在のことしか答えぬからであり、同じく悪魔の知識もその範囲を越えることができぬからよ。つまり、悪魔はただ推量によってしか未来を知ることができぬし、それとても、いつもできるというわけではない。というのも、すべての瞬間や時代を知るというのは、ただ神のみに許されたことであり、神にとっては過去も未来もなく、すべてが現在だからである。

もしそうであるとするなら、いや、そうに違いないのだが、あの猿が悪魔のやり方にならって話していることは明らかじゃ。だから、これまであれが異端審問所に訴えられてお取り調べを受け、いったい誰の力によって占いをいたしておるのか徹底的に詮議《せんぎ》され、糾明《きゅうめい》されることのなかったのが不思議でならぬわい。なにしろ、あの猿が占星術を心得てはいないこと、またその主人も猿も占星天宮図を作って占ったりはせぬし、しようとしてもできぬことはたしかだからの。それにしても、この星占いというやつは昨今スペインで盛んに行なわれていて、そこいらの女中や小姓から靴直しの職人にいたるまで、誰も彼もが、あたかも床に落ちたトランプのジャックを拾いあげるがごとき気安さで占いをしては、それを自慢するものだから、連中の口にする嘘八百と無知のおかげで、本物の占星術という学問がもたらす驚くべき真理が台無しになってしまう始末じゃ。こんな話があるぞ。ある婦人が、そうした占い師の一人に、自分がいつも抱いてかわいがっている狆《ちん》が、はたして孕《はら》んで子を生むかどうか、そして生むとしたら仔犬は何匹で、どんな毛色だろうかと尋ねた。すると占い師先生、なにやらものものしく占いを立てたあげく、その狆は孕んで三匹の仔犬を生み、一匹は緑でもう一匹は赤毛、そしてあとは斑《ぶち》となろう、ただし、その狆が朝か夜の十一時から十二時のあいだに、それも月曜か土曜に種づけされることが条件であると答えたというのじゃ。ところが現実には、その二日後に、狆は食いすぎで死んでしまった。それでも件《くだん》の先生、すべてのとは言わぬまでも、大多数の占い師の御多分にもれず、地元では、きわめてよく当たる占い師の評判をとることになった、というのよ。」

「それでもやっぱり」と、サンチョが言った、「ペドロ親方に頼んで、あの猿に尋ねてもらいなさいましよ、モンテシーノスの洞穴でお前様に起こったことが、はたして本当かどうかってさ。もっとも、おいらとしちゃ、お前様のごめんをこうむって言うけど、あんなこたあどれもこれも、いかさまの嘘っぱちで、そうでなけりゃ、せいぜいのところ他愛《たわい》ねえ夢物語だと思ってますがね。」

「おおきにそうかも知れんな」と、ドン・キホーテが応じた。「だが、お前の忠告に従うとしよう。なんとなく不安で、気が進まんのはたしかだが。」

二人がこうしているところへ、ドン・キホーテを探していたペドロ親方がやってきて、人形劇の準備がととのったので、どうか観にきてもらいたい、一見の価値はあるのだから、と言った。そこでドン・キホーテは親方に自分の考えを告げたうえ、モンテシーノスの洞穴で起こったことが夢のなかの出来事であったのか、それとも現実であったのか、すぐに占い猿に訊いてほしい、自分としてはそのどちらでもあるように思われるのだが、と頼んだのである。ペドロ親方は、何も言わずに猿のところへ行き、それを連れてドン・キホーテとサンチョの前に戻ってくると、こう言った――

「ほら、占いの猿さん、こちらの騎士殿が、モンテシーノスと呼ばれる洞穴で騎士殿に起こった奇妙なことが、偽りであったか真実であったか知りたがっておいでなんだ。」

こう言って、いつもどおりの身ぶりで合図をすると、猿は親方の左肩に跳びあがり、彼の耳もとで何やら話しているかのようであったが、それからペドロ親方がおもむろにこう言った――

「わしの猿は、その洞穴のなかでお前様がごらんになった、あるいはお前様の身にふりかかったことの、ある部分は偽りで、ある部分は本当だと言っておりますよ。そして、このお尋ねに関して猿に言えるのは差しあたりそれだけで、それ以上のことは分かりません。ただし、お前様がもっと詳しいことを知りたいということなら、今度の金曜日には、いかなる質問にもお答えすることができるでしょう。猿が言うには、今は占いの霊力が尽きてしまったが、金曜日になればそれが回復するそうですからね。」

「ほら、ごらんなさいまし、旦那様」と、サンチョが言った、「お前様が洞穴で見聞きしたと言いなさったことがすべて、いやその半分も本当だとはとても思われねえって、おいら言わなかったかね?」

「出来事の流れが、いずれ真相を明らかにするであろうぞ、サンチョ」と、ドン・キホーテが応じた。「というのは、あらゆる物事の真実を明らかにする時間というものが、いかなることであれ、よしんばそれが大地の底に潜んでおろうとも、白日のもとに曝《さら》さずにはおかぬからじゃよ。だが、さしあたり、このことは措《お》くとして、好漢ペドロ親方の人形劇を観にいくとしようぞ。少しは目新しいものがあるに違いないと思われるのでな。」

「少しは、ですと? とんでもない」と、ペドロ親方が言い返した。「わしのこの舞台には、新奇なところがごまんと詰まっていまさあね。お前様に言っておきますがね、ドン・キホーテ殿、これこそ現在この世にある最も珍しい見世物のひとつですよ。まあ、言葉ヲ信ジナクトモ、ソノ業ヲ信ジナサイ、ですよ。じゃ、さっそく仕事にとりかかるとしましょう。だいぶ遅くなってきたのに、したり、言ったり、見せたりすることがどっさりあるんでね。」

ドン・キホーテとサンチョは親方に従って、とっくに据えつけられていた舞台のところにやってきた。すでに幕もあげられていた舞台は、その周囲に置かれた無数のろうそくに照らし出されて、明かあかと楽しそうに輝いていた。さて、ペドロ親方は、そこにやってくるなり、舞台の奥へもぐりこんだ。彼が人形を操る係だったからである。そして外側には、ペドロ親方の召使である少年が立って控えており、この少年が人形劇の謎《なぞ》に満ちた筋を説明する弁士役をつとめ、手にした細い棒で舞台に登場する人形を指し示すのであった。

そうこうするうちに、旅籠じゅうの者がそれぞれの座を占めた。中には、かぶりつきに立ったままの者もいたが、ドン・キホーテ、サンチョ、小姓、そして従兄は一番の上席に座った。かくして弁士の少年が、次の章を読んだり聞いたりする人が読んだり聞いたりするであろうことを喋《しゃべ》りはじめた。

第二十六章

ここでは人形使いの愉快な冒険が続けられ、と同時に、そのほかの、まったくもって実に楽しいことが語られる

ティルスの人間もトロイヤの人間もみな黙《もだ》したりき、*つまり、人形劇を観《み》るために集まったすべての見物人が、固唾《かたず》をのんで弁士の口もとを見つめ、驚異の物語の始まりを待って耳をすませていたということであるが、そのとき不意に、舞台の奥から太鼓とラッパのけたたましい音がわきあがり、続けて、いっせいに大砲の発射される音がとどろきわたった。そして、この轟音《ごうおん》がすぐにやむと、少年が声を張りあげて喋《しゃべ》りだした――

「これより皆様方にごらんいただく真実の物語は、フランス国の年代記から、また広く人口に膾炙《かいしゃ》し、そこいらの街頭で子供たちも口ずさんでいる、わがスペインのロマンセから、そっくりそのまま取り出したものでございます。テーマは、ドン・ガイフェーロス殿によるその妻メリセンドラの救出でございますが、このやんごとなき姫君、ス

ペインはサンスエニャの都、すなわち現在ではサラゴサと呼ばれている都で、モーロ人の手に落ち囚《とら》われの身となっていたのでございます。さて、皆様方、あそこでドン・ガイフェーロスがタブラスと呼ばれるゲームに熱中している様子をごらんください。まさに、ロマンセに歌われているとおりの姿でございます――

タブラスに現《うつつ》を抜かすドン・ガイフェーロス
もはやメリセンドラのことさらに念頭になし

またあそこに、頭に王冠を戴き、手に笏《しゃく》を持って現われたるは、メリセンドラ姫の父親とみなされておりますシャルルマーニュ帝で、皇帝は婿君の怠惰とふがいなさに業をにやし、叱《しか》りとばしてやろうとお出ましになったのでございます。さて皆さん、陛下の譴責《けんせき》の熱意あふれる激しさをようくごらんください。まるで、手にした笏で五、六回ばかり、思いきり打ちのめさなければ気がすまないといったふうではございませんか。いや、実際に打擲《ちょうちゃく》なさった、しかもしたたかな打擲であったと述べている作者もおります。そして陛下は、ドン・ガイフェーロスが妻の救出に心を砕かないでいては、男の沽券《こけん》にかかわり、彼の名誉をも危険にさらすことになると、こんこんと説きつけたあげく、最後にこう宣《のたも》うたと言われております――

朕《ちん》はそなたに言葉を尽せり
しかと心にとどめおかれよ

さて皆さん、ようくごらんあれ。陛下が背を向けてお引きとりになると、後に残されたドン・ガイフェーロスは腸《はらわた》が煮えくりかえって憤懣《ふんまん》やる方なく、いらだちのあまりタブラスの盤と駒《こま》を投げとばして、急いで甲冑《かっちゅう》を用意するように命じ、従弟《いとこ》にあたるドン・ロルダンには名剣ドゥリンダーナを借用したい旨申しこみます。しかしドン・ロルダンは、剣を貸すことを拒み、それよりはむしろ、その難儀な企てに自分も加勢しようと申し出ます。ところが怒れる勇士は、その好意をどうしても受け入れようとはせず、妻を救出するには自分一人で十分だ、よしんば彼女が大地の奥深くに閉じこめられていようとも助け出してみせると豪語なさいます。そして、これだけ言うと、ただちに次の間《ま》に入って鎧兜《よろいかぶと》に身を固め、そのまま旅の途についたのでございます。

さて皆さん、あちらに現われ出たる塔に目をお向けください。あれこそ、今日われわれがアルハフェリーアと呼んでいる、サラゴサの王宮の数ある塔の一つにして、そのバルコニーに、モーロ風の衣装を身に着けて姿を見せております婦人こそ、並ぶものなき美女のメリセンドラ姫でございます。姫はいつもあそこに身を置き、フランスへ通じる道を眺めやりながら、想いを遥《はる》かなパリと愛しい背の君のうえに馳《は》せては、囚われの身の侘《わび》しさを慰めていたのでございます。さて皆さん、これから起こらんとしている、おそらくは前代未聞の出来事に御注目あれ。ほら、指を口にあてて、抜き足差し足でメリセンドラの背後に忍び寄るモーロ人の姿がごらんになれますでしょう。どうかようくごらんください、その男がいきなり姫の唇に口づけをする様を、うろたえた姫が唾《つば》を吐きすて、白い肌着の袖で唇を拭き清める様子を、さらには姫が悲嘆のあまり、その美しい髪の毛を、それがあたかもそうした災難を招いた元凶ででもあるかのようにかきむしるその激しさを。

また、目をとめていただきたいのは、王宮の廻廊にたたずんでおいでの、威風堂々たるモーロ人で、これはサンスエニャのマルシリオ王でございますが、王は無礼なモーロ人の不埒《ふらち》な行為を目にすると、その男が王の親戚にして寵臣《ちょうしん》の一人であったにもかかわらず、直ちに彼を捕えるように、そして市中のお決まりの道筋を、前には触れ役、後ろには警吏を伴って引き回しながら、二百回の鞭打《むちう》ちをくらわせるようにとお命じになりました。ほら、ごらんなさい、ここモーロ人の地においては、罪がいま犯されたばかりだというのに、役人たちがすぐに、言い渡された刑の執行にとりかかりますが、それはモーロ人のあいだにあっては、われわれの社会のしきたりである《告訴や控訴》も《証拠調べや留置》もないからでございます。」

「これこれ、弁士の坊や」と、そのときドン・キホーテが大きな声をあげた、「そんな脇道《わきみち》にそれたり曲がりくねったりせずに、物語をまっすぐに進めるのじゃ。なにしろ、真実を明らかにするためには数多くの事実をあげて、それを実証する必要があるのだから、道草を食わぬがよいぞ。」

すると、これに続けて、ペドロ親方も舞台の奥から声をかけた――

「おい坊主《ぼうず》、余分なことを言わずに、騎士の旦那のおっしゃるとおりにするんだ、それがいちばん無難だからな。教会で単旋聖歌《カントト・リャーノ》をうたうように素朴に話を続けて、しゃれた対位法など使うんじゃないよ。変に凝《こ》ったところで、ろくなことはないからな。」

「わかった、そうしますよ」と、少年は答え、ふたたび話しはじめた――「さて、ガスコーニュ風のマントをはおり、馬にまたがって舞台に現われ出でたる人形は、ほかならぬドン・ガイフェーロスその人でございます。一方、その妻メリセンドラは、邪《よこしま》な恋心を抱いて不埒な行為に及んだモーロ人がすでに断罪されたからでございましょう、先ほどより落ち着いた、麗しい顔つきで、塔の出窓に身を置き、やってきた自分の夫をいずれかの旅人と思いなして、言葉をおかけになります。そして、その場で二人のあいだに、次のような台詞《せりふ》で名高いロマンセのなかに見られる会話が交わされたのでございます——

もし　騎士のお方、フランスへおいでになるなら
どうか　ガイフェーロスのことを尋ねてたもれ

しかし、ここでは二人のやりとりを申しあげることはしません。とかく冗漫さは退屈を導き出すものだからでございます。ただこの際は、ドン・ガイフェーロスが面《おもて》を現わし、それを見たメリセンドラがうれしそうな身ぶりをすることによって、相手が自分の背の君であるのを知ったということ、さらに彼女がバルコニーからおりて、愛する夫の馬の尻に身を置こうとしている様子をごらんいただくだけで十分かと存じます。ああ、それにしてもなんという不運！　彼女のペチコートの裾《すそ》がバルコニーの鉄柵《てっさく》の一本にひっかかってしまい、彼女は下まで届かずに、宙吊《ちゅうづ》りになってしまいました。

とはいえ、慈悲深い天はどのような窮地におちいった者にも手を差し伸べてくださるものです。ほら、ごらんなさい、彼女に近寄ったドン・ガイフェーロスが、上等のペチ

コートの裂けることなど意に介することなく、メリセンドラの体をしっかり抱えると、力まかせに地面に引きずりおろしたではありませんか。それから騎士は、妻を持ちあげて一気に馬の尻に乗せ、男のようにまたがらせると、彼女に、彼の背中から両腕をまわし、それを胸のところで組み合わせて、しっかり摑《つか》まっているようにと命じましたが、それはそのような馬の乗り方に慣れていないメリセンドラ殿が落馬することのないようにとの配慮によるものでございました。それにしても、勇ましい主人と美しい奥方の二人を乗せて、大変な喜びを示しているあの馬のいななきはどうでしょう。かくして、手綱を返してサンスエニャの市《まち》をあとにし、胸躍らせてパリへの道をたどるお二人の様子をとくとごらんください。おお、相思相愛の比類なき恋人《パル・シン・パル》どうしよ、つつがない旅をまっとうされんことを！　その幸せな道行きが運命によって妨げられることなく、無事に恋いこがれる祖国にお着きになりますように！　お二人がこれから心安らかな生涯を、かのネストル*と同じほど長きにわたって享受なさるのを、お二人の友人と身内の方々が目撃しますように！」

　ここまで来たとき、ペドロ親方がふたたび大声をあげて言った——

「おい、坊主、調子に乗るんじゃない。淡々と話すんだ。気どりというやつは、どんな場合でも感心せんからな。」

しかし弁士の少年は、これには何も答えることなく、そのまま物語を続けた――

「さて、いつどこにあっても、何事をも見逃すことのない閑人《ひまじん》の目があるものでして、メリセンドラがバルコニーからおりて馬に乗るところもそうした目に見つかり、これがマルシリオ王に注進されることになりました。驚いた王が直ちに、非常呼集の早鐘を打ち鳴らすように命じたことはもちろんですが、なんという手際のよさでございましょう、ほらすでに、おちこちの回教寺院の塔という塔で鳴らされる鐘の音に、市中《まちじゅう》が包まれているではありませんか。」

「それはおかしいぞ!」と、このときドン・キホーテが割って入った。「その鐘を鳴らすという点では、ペドロ親方は大きな間違いを犯しておられる。なんとなれば、モーロ人のあいだでは鐘など用いられず、そうした場合に使われるのは太鼓と、われわれの縦笛《チリミーア》によく似たドゥルサイナと呼ばれる管楽器だからじゃ。したがって、サンスエニャの市に鐘が鳴り響くというのは、どうみても、おかしなことでござるぞ。」

これを聞いたペドロ親方は、鐘を鳴らすのをやめて、こう言った――

「どうかドン・キホーテ様、あまり些細《ささい》なことに目をとめたり、とても望めそうにないような完璧さを求めたりしないでくださいましよ。だって世間じゃ、ほとんど毎日のように、それこそ間違いと不都合だらけの芝居《コメディア》が無数に上演されているじゃありませんか？　しかも、それでいて興行は大成功を収め、見物衆は拍手喝采《かっさい》をするばかりか、感きわまって随喜の涙さえ流してるんですからね。さあ、坊主、気にせずに続けるんだ。わしの懐《ふところ》がふくらみさえすりゃ、わしは陽光のなかに浮かびあがる埃《ほこり》よりも数多くのでたらめだって上演してみせるともさ。」

「なるほど、それも道理じゃ」と、ドン・キホーテがひきとった。

そこでまた、弁士の少年が続けた――

「さて、皆さんごらんあれ、雲霞《うんか》のごときモーロの騎馬兵たちからなる実に見事な騎馬隊が、愛し合う二人のカトリック教徒を追って市を出ていく様子を。なんと多くのトランペットが吹き鳴らされ、ドゥルサイナが鳴りわたり、さらに大小さまざまな太鼓がなんとけたたましく轟《とどろ》きわたっていることでしょう。ああ、二人は追いつかれて捕まり、馬の尻尾《しっぽ》にくくりつけられて連れ戻されるのではありますまいか。それは思うだに無惨な光景で、かく言う手前も不安でなりません。」

かくも多数のモーロの騎馬兵たちを目のあたりにし、けたたましい騒音を耳にしたドン・キホーテは、逃げていく二人を助けるのがみずからの務めであると判断した。そこで、すっくと立ちあがると、大音声《だいおんじょう》を張りあげた――

「やあやあ、拙者がこの世にある限り、拙者の目の前で、ドン・ガイフェーロスのごとき音に聞こえた騎士、豪胆きわまる恋慕の騎士に狼藉《ろうぜき》が加えられるのを見過すわけにはまいらんぞ。さあ、止まるのだ、ここな素姓いやしきごろつきども！　あとを追ってはならぬ、追跡いたすでない！　拙者の言うことが聞けぬとあらば、ここで拙者と一戦交えるほかないのじゃ！」

こう言うやいなや、剣を抜き放った彼は、ひとっ跳びで舞台のまん前に出て仁王立ちになり、かつて見せたことのないほどの憤怒をあらわにしながら、目にもとまらぬ早業で、人形のモーロの軍勢に白刃の雨をふらせはじめた。つまり、かたっぱしから人形を打ち倒し、傷つけ、ずたずたにし、その頭を叩き切っていったのである。なかでも、彼が渾身《こんしん》の力をこめて切りおろした一撃のすさまじさときたら、ペドロ親方がとっさに身を伏せ、肩をすくめてうずくまったからよかったものの、さもなければ、親方の頭を、まるで菓子パンの塊ででもあるかのように造作なく切り落していたことであろう。あまりのことに、ペドロ親方は声を限りに叫んでいた――

「やめてくださいよ、ドン・キホーテ様。あんたが打ち倒し、壊し、殺していなさるのが本物のモーロ人じゃなくて、厚紙でできた人形だってことが分からないんですか！ああ、なんてこった、情けない、あんたはわしの財産をすべて台無しにし、ぶち壊そうとしていなさるんですぜ！」

「ああ，二人は追いつかれて捕まり，
馬の尻尾にくくりつけられて……」

しかし、親方がこう叫んだからといって、ドン・キホーテが剣を振りまわして、突き、両手での打ちおろし、右からの、あるいは左からの切り返しといった技を雨霰《あめあられ》と降らせるのをやめたわけではなかった。結局のところ、《使徒信経》を二度唱えるほどのわずかなあいだに、彼は舞台を地面に倒し、もろもろの道具も人形も残らずぶち壊して、こなごなにしてしまった。例えば、マルシリオ王は深傷《ふかで》を負い、シャルルマーニュ帝は王冠と頭をまっぷたつに割られていたのである。その場の者たちは恐慌状態におちいって、猿は旅籠《はたご》の窓から屋根に逃げ、従兄《いとこ》は恐れをなし、小姓はおじけづき、ほかならぬサンチョ・パンサでさえ大変な驚きと恐怖を覚えていた。というのも、この嵐が過ぎ去ったあとで彼が誓ったところによれば、主人がこれほどの激怒にかられたところなど、ついぞ見たことはなかったからである。さて、人形劇の全体を破壊し終えると、ドン・キホーテもいくらか落ち着いて、こう言った――

「拙者は、遍歴の騎士というものがこの世において実に有益な存在であるということを信じておらぬ、また信じようとせぬ者どもを残らず、今この場に引きすえたいものじゃ。考えてもみられよ、もし拙者がここにいあわせなかったとしたら、好漢ドン・ガイフェーロスと美しきメリセンドラは、いったいどんな目にあっていたことでござろう。今ごろは、あのモーロの犬どもに追いつかれて、ひどい仕打ちを受けていること疑いなしじゃ。こう考えてみれば、遍歴の騎士道こそ、今日この世に存在するいかなるものにもまして、万々歳と称《たた》えられてしかるべきものじゃ！」

「ああ、そりゃ万々歳でしょうよ」と、このときペドロ親方が弱々しい声で言った、「ところがわしのほうは御愁傷様《ごしゅうしょう》だ。こんなひどい目にあって、あのドン・ロドリーゴ王の台詞《せりふ》を口にしたい気持だからね──

昨日はスペインの王だったが*
今日は　これこそわが物といえる
銃眼胸壁《アルメーナ》ひとつない！

ほんの半時間ほど前、いやほんの数分前までは、わしは王や皇帝を自由に扱う主人で、わしの馬屋には無数の馬がおり、わしの櫃《ひつ》や鞄《かばん》には華やかな衣装がぎっしり詰まっていたのに、今じゃわしはすっかり財産を失って尾羽《おは》うち枯らし、乞食同然の無一文になっちまいましたよ。おまけに、なにより困ったのは、あの猿まで姿を消しちまったことで、まったくの話、あいつをもう一度わしの手に戻すためには、それこそ血の汗を流さなけりゃなるまいて。それもこれもすべて、この騎士さんの場違いな、とんでもない憤激のせいなんですぜ。なんでもこの騎士さんは、孤児を庇護《ひご》したり不正を正したりといった、さまざまな慈悲深いことをしながら歩きまわってるってことだけど、わしにだけはそうした寛大なお情けが及ばなかったらしいや。遥《はる》かな高いところにまします神よ、どうかわしの魂に祝福を！　まあ要するに、《愁《トリステ・》い顔《フイグーラ》の騎士》ってのは、わしの人形《フイグーラ》を壊し、わしの顔《フイグーラ》を愁いにゆがめる騎士だったたってわけらしいね。」

サンチョ・パンサは、ペドロ親方の泣き言にほだされて、こう言った——

「泣くでねえよ、ペドロ親方、そんなに嘆きなさんな、おいらまで胸がはり裂けそうだからさ。心配しなくていいんだよ、親方、おいらの主人のドン・キホーテ様はとっても立派なカトリックで、とてもきちょうめんなキリスト教徒だもの、あんたにちょっとでも損害を与えたということに気づきさえすりゃ、それこそ自分のほうから進んでその償《つぐな》いをし、さらにうんとおまけまでつけて、あんたを満足させようとしなさるだろうからね。」

「もしドン・キホーテ様が、今ぶち壊しなすった人形の代金をいくらかでも払ってくださるということなら、そりゃ結構な話さね。わしもそれで満足するし、騎士の旦那だって良心の呵責《かしやく》を覚えずにすむだろうよ。なんて言っても、他人のものを持主の意に反して奪っておいて返さないような者は救われないからね。」

「そのとおりじゃ」と、ドン・キホーテが言った、「だが、これまでのところ、拙者はそなたのものを奪った覚えはありませんぞ、ペドロ親方。」

「覚えがない、ですと？」と、ペドロ親方が応じた。「それじゃ、この荒涼とした固い地面に横たわってるこれらの残骸が、無敵を誇る旦那のそのたくましい腕のせいでないとしたら、いったい誰がこれらを皆殺しにして、ばらまいたというんです？　で、これらの死体がわしのものでなくて、どなたさんのものだというんです？　おまけに、わしが日々パンにありつけたのは、ひとえにこいつらのおかげだったんですよ。」

「拙者は今こそ」と、このときドン・キホーテが言った、「これまで幾度となく信じてきたことをあらためて確信しましたぞ。つまり、いつも拙者を苦しめるあの魔法使いどもが、ここにあるような人形を拙者の目の前に置いておきながら、それを奴らの思いどおりの姿に変えてしまいおったということでござる。この場においでの方々に、真実の偽りのないところを申しあげるが、拙者には今しがたここで起こったことがすべて、そっくりそのまま現実のこととして起こったように思われた。すなわち、メリセンドラは本物のメリセンドラ、ドン・ガイフェーロスは本物のドン・ガイフェーロス、マルシリオは本物のマルシリオ、シャルルマーニュは本物のシャルルマーニュだったのでござる。されればこそ、拙者は怒り心頭に発し、遍歴の騎士道の本分をまっとうするために、逃げていく者たちに加勢せんと思い、そうした善意にもとづいて、そなたたちがごらんになったようなことをしでかしてしまい申した。こと志に反してしまったが、それは拙者のせいではなく、拙者を迫害する不逞《ふてい》のやからの罪だと言いたい。しかし、決して悪意によるものではないものの、拙者の過失であることには違いないから、おかけした損害の弁償をすることによってお詫《わ》びする所存でござる。さあ、ペドロ親方、壊れた人形の代金はまとめていかほどになりまするかな。拙者それをすべて、この場で即刻、カスティーリャのちゃんとした通貨でお払いいたそうぞ。」

ペドロ親方はドン・キホーテに向かってお辞儀をすると、こう言った――

「この世のすべての困窮せる、そして惨めな放浪者の真の救済者にして庇護者であられる、勇猛果敢なドン・キホーテ・デ・ラ・マンチャ殿のことだ、その比類なきキリスト教精神を発揮して、そう来なさるもんと期待してましたよ。それじゃ、ここにおいでの宿の御主人と偉大な従士のサンチョどんに、お前様とわしのあいだの調停役に、つまり、壊れた人形の価値を定め、いかほどになるかを決める値踏み役になってもらいましょうや。」

旅籠の亭主とサンチョは喜んでその役を引き受けようと言った。すると、早速ペドロ親方は、頭の欠け落ちたサラゴサのマルシリオ王を地面から拾いあげて、こう言った――

「もはやこの王様を元の姿に戻すのがまったく不可能であることはごらんのとおりです。ですから、もっと高値の判定があれば別ですが、わしの見るところ、王の死、王の逝去《せいきょ》、いや崩御《ほうぎょ》に対して四レアル半はお支払いいただくのが妥当かと思われますな。」

「さあ、次に進むがよい！」と、ドン・キホーテが言った。

「この上から下にすっぱりやられた人形には」と、ペドロ親方が、まっぷたつにされた皇帝のシャルルマーニュを手にしながら続けた、「五レアルと四分の一お願いしたいが、決して高すぎるってこたあないでしょう。」

「安くはねえよ」と、サンチョが言った。

「それほど高くもないね」と、亭主がひきとった。「それじゃ、端数を切り捨てて五レアルとしますか。」

「いや、五レアルと四分の一そっくり支払うがよい」と、ドン・キホーテが言った。「この大変な不幸の重要性を考慮に入れれば、四分の一レアル多い少ないなど問題ではないからな。それにしてもペドロ親方、その見積りをできるだけ早く終えてもらおうか。そろそろ夕飯の時刻だし、拙者もいささか空腹を覚えはじめたのでな。」

「この人形は」と、ペドロ親方が続けた、「鼻が欠け、目も片方なくなってますが、ほかならぬ、あの麗しのメリセンドラでしてね、まあこれには、ぐっと控え目にして、二レアルと十二マラベディいただくことにしましょう。」

「どうやらこれも悪魔の仕業らしいな」と、ドン・キホーテが言った。「と申すのも、メリセンドラとその夫の乗った馬は、拙者の目には、駆けているというより飛んでいるように見えるほどだったから、とっくに二人は、少なくともフランスの国境あたりまで落ちのびているはずだったのじゃ。だからそなたも、鼻の欠けたメリセンドラを見せながら、羊頭を懸《かか》げて狗肉《くにく》を売るようなことはせぬがよいぞ。なにしろ本物のメリセンドラは、万事が順調に運んだとするなら、今ごろフランスで夫と心安らかにくつろいでいるに違いないのだから。神様は各人をそれぞれのやり方でお助けになるのよ。だからペドロ親方よ、わしらもみんな、足どりをたしかにし、清らかな気持を抱いて進もうではないか。さあ、先を続けてくだされ。」

ドン・キホーテがまたぞろ常軌を逸して、先ほどの錯乱状態に戻る危険を察知したペドロ親方は、そうさせてはならじとばかり、相手に調子を合わせて、こう言った――

「そうだ、この人形はメリセンドラじゃなくて、おつきの侍女の一人に違いありませんや。ですから、これには六十マラベディいただけりゃ、十分な支払いと思って満足することにしますよ。」

このようにして、ペドロ親方は次から次へと壊れた人形に値をつけていき、そのあとから、二人の査定官が双方の満足のいくように調整して賠償額を定めていったが、結局のところ、総額は四十レアルと四分の三に達したのである。サンチョはそれをその場で支払った。するとペドロ親方は、さらに、これから猿を捕まえる手間賃として二レアル要求した。

「払ってやるがよい、サンチョ」と、ドン・キホーテが言った、「とはいえ、猿《モノ》を捕まえるというよりは酩酊《モナ》のためであろうがの。拙者としては、ドニャ・メリセンドラ殿とドン・ガイフェーロス殿がすでにフランスに着いて、身内の方々に歓迎されておられるというたしかな知らせをもたらす者がおれば、祝儀としてすぐにも二百レアル差しあげようぞ。」

「そのことなら、わしの猿よりはっきり言える者はいないでしょうね」と、ペドロ親方が言った。「だけど今は、悪魔だってあいつを捕まえることたあできませんや。もっとも、わしの睨《にら》むところ、夜中になったら寂しさとひもじさで、またわしのところへ戻ってくると思いますがね。まあ明日になれば、なんとかなるでしょうよ。」

かくして、人形劇のさしもの大騒動にも決着がつき、一同そろって仲むつまじく夕食をとったが、これがまたドン・キホーテのおごりによるものであった。彼はそれほどまでに鷹揚《おうよう》で気前がよかったのである。

さて夜が明ける前に、槍と矛をどっさり運んでいた男が旅籠を立ち、夜が明けるとすぐに、従兄と小姓がドン・キホーテのところに別れを告げにやってきた。前者は自分の家へ帰るためであり、後者はさらに旅を続けるためであった。ドン・キホーテは小姓に路銀の足《た》しにと言って十二レアルばかり与えた。ペドロ親方は、二度とふたたびドン・キホーテとかかわりをもったり議論をしたりしようとはしなかった。実を言えば、親方は彼のことをよく知っていたからである。そこで、日が出る前に起き出した親方は、人形劇の残骸をまとめ、すでに戻ってきていた猿を連れて、これまたおのれの冒険を求めて宿を発った。一方、ドン・キホーテのことをよく知らなかった旅籠の亭主は、彼の常軌を逸した言動にも、気前のよさにも、ひどく驚き呆《あき》れたのである。こうして最後に、サンチョが主人の指示に従って、亭主にたっぷり宿賃を払い、ドン・キホーテ主従は彼に別れを告げると、朝の八時ごろ旅籠をあとにして旅路についた。ここでわれわれは、しばらく二人にそのまま旅を続けさせることにしよう。そうすることが、この名高い物語の解明に役立つほかのことを述べる機会をもたらすことになって、好都合だからである。

第二十七章

ここでは、まずペドロ親方とその占い猿の正体が明かされ、次いで、ドン・キホーテが予期したようにも、望んだようにも終ることのなかった驢馬の鳴きまねの冒険において、彼がこうむった災難が語られる

この壮大な物語の作者たるシデ・ハメーテは、この章を次のような言葉で始めている——《余はカトリックのキリスト教徒として誓う……》。これに対して、その翻訳者はみずからの見解を述べ、こう言っている。つまり、シデ・ハメーテが、いささかの疑問の余地もない、れっきとしたモーロ人でありながら、それでいて、カトリックのキリスト教徒として誓うと言っているのは、カトリックのキリスト教徒が誓いを立てる場合、自分の口にすることがすべて真実であると誓うか、誓わねばならないことにならって、シデ・ハメーテも同様に、自分がドン・キホーテに関して書かんとすることにおいて、また、とりわけペドロ親方が何者であり、彼が連れていた猿、その占いにより、あのあた

り一帯で人びとの驚嘆の的となっていたあの猿の正体を語るに際して、ちょうどカトリックのキリスト教徒が誓ったときのように、真実のみを述べると言いたかったにすぎなかろう、と。さて、シデ・ハメーテは続けてこう述べている。

この物語の前篇を読んだ方は、ドン・キホーテがシエラ・モレーナで解放した一群の漕刑囚《そうけいしゅう》たちのなかに、ヒネス・デ・パサモンテという男がいたこと、そして、ドン・キホーテの施したその恩恵が、ああした悪習に染まった卑劣な連中から感謝されるどころか、仇《あだ》で返されるという結果になったことを、よく覚えておいでであろう。ところで、ドン・キホーテがつねづねヒネシーリョ・デ・パラピーリャと呼んでいたこのヒネス・デ・パサモンテこそ、サンチョ・パンサから灰毛驢馬《ろば》を盗み取った男であった。もっとも前篇では、印刷所の職人の過失で、驢馬がいついかにして盗まれたのかが記されなかったものだから、多くの読者がどう考えるべきかと当惑し、印刷上のミスを著者の物忘れのせいにしたりしたものであった。要するにヒネスは、その昔アルブラーカの包囲戦において、ブルネーロがサクリパンテの両脚のあいだから馬を盗んだ際の故知にならい、サンチョ・パンサが驢馬の背で眠っているときに盗み取ったのであるが、このことは、そのあとでサンチョが驢馬を取り返したこととともにすでに述べたとおりである。

さて、このヒネスという男、犯した悪事や罪悪など数えきれず、いくらでもあるそれらのことをみずから詳細に描いて大部の伝記をものしているほどのしたたか者であるが、そうした犯罪を罰しようとして自分を追跡する司直に見つかることを恐れて、アラゴン王国に潜入したうえ、眼帯状のもので左目をおおって、人形使いになりすまそうと決心した。彼は人形を操ることのみならず、手先を器用に使うことにひどく長《た》けていたからである。

次にあの占い猿についてであるが、これはたまたま、ベルベリーアから身請けされて帰ってきたキリスト教徒から買い取ったものであった。そして、その猿に、一定の合図をしたら彼の肩に跳びのるように、そして耳元に口を近づけて何かささやくように、というよりは、そう見せかけるように教えこんだのである。こうしておいて、人形劇の一座と占い猿を連れてあちこちの村へ乗りこむのであるが、ねらいをつけた村に入る前に、その最寄りの村で、あるいはあたりの事情によく通じている人間から、訪れようとしている村に関する情報をどっさり仕入れ、誰にどのようなことが起こったかを、しっかり頭に叩きこんでおく。そうして村に入ると、まず最初にするのは人形劇を観《み》せることで、出し物は必ずしも同じものではなく時として変ったが、いずれも見物人になじみのある、愉快で活気に満ちたものばかりであった。さて人形劇の上演が終ると、彼は自分の猿の秘めたる能力を大仰《おおぎょう》に紹介し、同時に、この猿は過去と現在のことならなんでも言い当てるものの、未来のことを見抜く力はまだもちあわせていないと断っておく。そして、それぞれの質問に答えるたびに二レアル要求したが、質問者の顔つきや反応によって割引きすることもあった。また、時として彼は、そこの住人に起こったことをすでに知っている家にやってきては、家の者が占い料を払うのがいやで何も質問しないような場合でも、猿に例の合図をし、そのあとで猿がこれこれしかじかのことを言いましたよと告げた。すると、それが実際に起こったこととぴったり合致するものだから、このようにして彼は大変な信用を博することになり、みんなが彼のあとをついて歩くほどになった。さらに、彼はとても目端《めはし》のきく男だったので、あらかじめ情報がない場合であっても、質問にぴったりするような返事をでっちあげることもしばしばであった。しかも、誰ひとりとして猿がどうして占うことができるのかと訝《いぶか》ったり、その理由《わけ》を問い質したりしなかったので、彼は世間の人びとを欺きながら、自分の懐を肥やしつづけていたのである。

ところで、旅籠《はたご》に入ってきたときのヒネスは、すぐにドン・キホーテとサンチョ・パンサのことを認めたのであった。だから二人のことを知っていたがゆえに、ドン・キホーテとサンチョを、そして旅籠にいあわせたすべての人びとを感嘆させることなど、彼にとっては造作ないことだったのである。それにしても、前章で述べたように、ドン・

キホーテがマルシリオ王の首を刎《は》ね、王の騎馬隊を全滅させた際に、剣を持った手をもう少し下までおろしていようものなら、ヒネスにとって取り返しのつかないことになっていたであろう。

以上が、ペドロ親方とその猿について言っておかねばならないところである。それでは、ここでまたドン・キホーテ・デ・ラ・マンチャのほうに戻ることにしよう。

さて、旅籠を出た騎士は、サラゴサの市内に入る前に、エブロ川の岸辺と沿岸一帯を見てまわろうと思い立った。かの市で催される馬上槍試合までにはまだ日数があり、そうする余裕がたっぷりあったからである。こうした考えを抱いて旅路につき、二日ほど歩いたが、そのあいだ記述するに値することは何も起こらなかった。しかし、三日目になって、とある丘にさしかかったとき、丘の向こう側から太鼓、ラッパ、そして火縄銃の入りまじった騒然たる物音が聞こえてきた。とっさにドン・キホーテは、どこぞやの歩兵連隊がそのあたりを通過しているのであろうと想像し、急いでそれを確かめんものと、ロシナンテに拍車をかけて丘を駆けのぼった。そして丘の頂上に立った彼は、眼下に、どうやら二百人を越える男たちが、大小の槍、石弓、矛、矛槍、それにいくつかの火縄銃や多くの盾といったさまざまな武器を手にして、ひしめいているのを認めた。そこで坂をおりて、その一隊のすぐそばまで近づいてみると、彼らが手にしている旗差し物の色や、そこに描かれている紋章などが、はっきりと見てとれるようになった。中でも、白い繻子《しゅす》の槍旗だか軍旗だかに、サルディニア産の小型驢馬のような驢馬が、頭をもたげ、口をあけて舌を出し、ちょうどいなないているような格好で、生き生きと描かれているのが彼の目をひいた。その驢馬のまわりには、大きな文字で次のような二行が書かれていた――

いずれ劣らぬ立派な長《おさ》の
驢馬の鳴きまね無駄にはするまじ

この旗印を見て、その場の一隊が例の驢馬鳴き村の人びとに違いないと判断したドン・キホーテは、それをサンチョに告げ、旗に書かれていることを教えた。また彼は従士に、以前この事件のことを話してくれたあの男は、驢馬の鳴きまねをしたのが二人の村会議員だと言っていたが、どうやらそれは間違いらしい、というのも、旗に書かれた詩句によれば長《おさ》、つまり村長だったのだから、とも付け加えた。これに対して、サンチョ・パンサが応えた――

「旦那様、そんなこたあ気にするには及ばねえよ。だって、驢馬の鳴きまねをしたときは村会議員だったのが、時間がたって、村長に出世したなんてのは、大いにありそうなことだもんね。だから、どっちの肩書きで呼んだってかまやしませんよ。おまけに、驢馬鳴き屋が村長であろうと村会議員であろうと、実際に彼らがちゃんと鳴きまねをしていさえすりゃ、その話の真実になんの影響も与えやしねえし。そりゃあ、村長さんだって村会議員と同じほど巧みに驢馬鳴きをするでしょうからね。」

結局のところ二人は、恥をかかされた村の連中が、度を越して、また隣村のよしみを無視して自分たちを愚弄《ぐろう》した連中を相手に干戈《かんか》を交えようとしてやってきたのだということを知り、確認したのである。

ドン・キホーテは彼らのほうへ近づいていったが、あとに続くサンチョはまさに不承不承であった。この従士は、こうした争いごとに巻きこまれるのを、ことのほか嫌ったからである。一隊の者たちは、やってきた騎士を自分たちの味方とみなし、彼を取り囲むようにして迎え入れた。ドン・キホーテは兜《かぶと》の目庇《まびさし》をあげると、凜々《りり》しくも悠揚《ゆうよう》迫らぬ物腰を見せながら、驢馬の描かれた旗のところまで進んだ。そして、この軍勢の主だった指揮官たちが彼の周囲に集まったが、彼らは、彼の姿を初めて目にする者が決まって抱く、あの驚嘆の念をもって彼のことを凝視したのである。まわりの者が自分をまじまじと見つめ、それでいながら誰ひとりとして口をきくでもなければ質問してもこないのを見てとったドン・キホーテは、その場の沈黙を利用してみずからの沈黙を破ろうと思い、声を張りあげて、こう言った――

「これはこれは、あっぱれなる方々、拙者、これからあなた方にちょっとした話をさせていただきたいが、それがあなた方に不愉快な、いらだたしいものに思われぬ限り、決して話の腰を折らぬよう、心よりぜひともお願いいたす。もしこれが不快ということで、あなた方のなかにそうした徴候がほんの少しでも見られようものなら、拙者はこの口を封印し、この舌に猿轡《さるぐつわ》をかませるつもりでござる。」

一同は、何でも言いたいことを言ってもらいたい、自分たちは喜んで拝聴するつもりだからと答えた。この許可を得たドン・キホーテは、このような話を始めた――

「親愛なる方々、拙者は武芸をその本分といたす遍歴の騎士にして、庇護《ひご》を必要とする者を庇護し、困窮せる者に援助の手を差しのべることを任務といたす者でござる。数日前のこと、拙者はあなた方の不幸を聞き及び、あなた方が敵に意趣返しをするため、再三にわたり、武器を取るにいたったその原因も知り申した。そこで拙者は、あなた方のこの一件について、一再ならずあまたたび思いを巡らせたあげく、戦いの掟《おきて》に照らしてみれば、あなた方が侮辱を受けたと思いこむのは誤りであるという結論に達しましたのじゃ。なぜかと申せば、いかなる個人もある町や村全体を侮辱することなどできぬか

「親愛なる方々，拙者は武芸をその本分
といたす遍歴の騎士にして……」

らでござる。もっとも、その責任を問うべき裏切り行為を誰が犯したのか、その個人を特定できぬがゆえに、相手の町や村全体に挑みかかる場合は別ですがの。これに合致する例としては、サモーラの市民全体に挑みかかったドン・ディエゴ・オルドーニェス・デ・ラーラの場合がござる。自分の仕える王を殺されたドン・ディエゴは、ベリード・ドルフォスなる男が単独でその大罪を犯したことを知らなかったものだから、サモーラの市民を見さかいなく攻撃して復讐《ふくしゅう》し、その累《るい》が全住民に及んだというわけでござる。それにしてもドン・ディエゴ殿はいささかやり過ぎ、報復の限界をはるかに越えてしまいました。なにしろ、彼の怒りは死者や、水や、小麦や、これから生まれてくる者たちや、さらにはあの名高いロマンセにうたわれておる、そのほかの些細《ささい》なことにまで及んだのであるが、そこまでやるいわれもなければ、必要もなかったからでござる。だが、それも仕方ありませんな、激怒というものは、いったん堰《せき》を切ってあふれ出たが最後、父親であろうと養育係であろうと、いかなる馬銜《はみ》であろうと、とてもこれを抑制できるものではありませんからの。

まあ、ことほどさように、たったひとりの人間がある王国を、地方を、都市を、社会を、あるいは町や村全体を侮辱することなどできないのであってみれば、復讐という名目のもとに、こうしてあなた方が大挙して出動するいわれのさらさらないことは明らかでござろう。そもそも、あなた方の言われる侮辱自体が存在しないのですから。だってそうではござらぬか。もし《時計村》*の住民が、自分たちのことを、この渾名《あだな》で呼ぶ連中と、そのたびごとに殺し合っていた日には、いったいどんなことになりましょうや？　このことは、《鍋づくり》、《なすび食い》、《仔鯨《こくじら》》、《石けんづくり》といった、また、これに類する渾名を、世の子供や口さがない連中によってつけられた町や村の住民の場合でも同断でござる。今あげたような呼び名をつけられた令名高き都市の住民たちが、侮辱を感じたり激怒したりして、すぐに報復に動き、ほんの些細なことにも目くじらを立てて、まるでトロンボーンのように、のべつ剣を抜いたりひっこめたりするとしたら、まったくもって結構なことでござろうて！　いや、いけませんな、神もそんなことをお許しにならぬし、お望みにもなりませんぞ。

賢明な人士、あるいは秩序の保たれた国家が武器を取り、剣を抜き、そうしてみずからの人格と生命と財産を危険にさらすのは、以下のような四つの大義のために限りますのじゃ。まず第一は、カトリック信仰を守るため。第二はおのれの生命を守るためであるが、このことは自然の法でもあれば、神の掟にもかなうものでござる。第三はおのれの名誉と、家族および財産を守るため。第四は国王陛下に仕え、正義の戦いをするためでござる。もし、ここに第五を付け加えるとするなら、それは祖国を守る場合であるが、これは第二の大義のなかに組みこんでもよかろう。これらが主要な五つの大義であって、ほかにも正当にして道理にかない、武器を取らせずにはおかぬようなことがあれば、それをここに加えることもできましょう。しかし、児戯に類すること、あるいは、屈辱というよりはむしろ笑止《しょうし》な慰みごとのために武器を取るとしたら、それは武器を手にする人間が理性的な判断力を欠いていることを示すだけのことでござる。

さらに言えば、不当な復讐をすることは、というのも本来的に正当なる復讐などありえぬからでござるが、われらの信奉する神聖なる掟にまっこうから対立することになりますぞ。ご存じのように、その掟はわれわれの敵に対して善をなし、われわれを憎悪する者をさえ愛するようにと、われわれに命じているからでござる。なるほど、これはいささか遵守しがたいように思われる戒律ではあるものの、神のことよりも俗事にばかり心を奪われ、魂よりも肉体にばかりとらわれている徒輩《とはい》でない限り、決して困難というわけではありません。というのも、神であり血肉をそなえた人間でもあられたイエス・キリストは、決していつわりを口にしたことがなく、たとえいつわりを言おうとしても言うことのできなかったお方であるが、そのお方がわれわれの立法者として、わたしの軛《くびき》は負《お》いやすく、わたしの荷は軽い＊とおっしゃっているからじゃ。つまり、あの方がわれわれに、実行できぬようなことをお命じになったはずがないということです。ですから、親愛なる皆さん、あなた方はその怒りを抑え、落ち着かねばなりませんぞ。それが神と人間の掟にかなうことですからな。」

「このおいらの御主人が」と、このときサンチョがひとりごちた、「神学者でねえとしたら、おいら悪魔にさらわれたってかまやしねえや。よしんばそうじゃねえにしても、卵と卵が似てるみたいに、神学者と瓜二つ《うりふた》だね。」

ドン・キホーテは話すのをやめてひと息入れた。しかし、一座の者がまだ沈黙を保って彼に注意を向けているのに気づくと、さらに演説を続けようと思った。実際、そのときサンチョが持ち前の気転をきかせてその場に割って入らなかったとしたら、話を先へ進めていたことであろう。サンチョは主人が口をつぐんだのを見てとると、そのあとを継いで、このように話し出した――

「おいらの御主人のドン・キホーテ・デ・ラ・マンチャ様は、ひところ《愁い顔の騎士》と名のり、今じゃ《ライオンの騎士》と名のっていなさるけど、それはそれは思慮と分別のある郷士でね、スペイン語のほかに、まるで学士さんのようにラテン語も知っているんだよ。御主人の説くことや勧めることは、何もかも立派な武人としての体験によるもので、なにしろ、果たし合いと呼ばれるものの掟や定めなら隅々まで心得ていなさるからね。だから悪いこたあ言わねえ、ここはおいらの御主人の言うとおりにすることだよ。それでもし失敗したら、そのときは請け合ったおいらのせいにするがいいさね。それに、さっきも話に出たように、ただ驢馬の鳴き声を聞いたぐらいで、恥じ入ったり大騒ぎをしたりするのはばかげたことだからね。そういえば、おいらもまだ餓鬼《がき》のころ、気が向いたらいつでも好きなときに驢馬の鳴きまねをしてたもんだが、誰にも文句を言われたことはなかった。だから心おきなく、実に上手に、本物そっくりにやったもんだから、おいらが鳴き出すと、村中の驢馬があっちこっちで鳴き出したものよ。こんな能力があるからといって、おいらが誠実なことで知られたおいらの両親の息子《むすこ》であることをやめたわけでもなんでもねえよ。もっとも、この芸のおかげで、村で偉ぶってる多くの連中の妬《ねた》みを受けはしたが、そんなこたあ屁《へ》とも思わなかったさ。おいらが嘘を言っちゃいねえことの証拠に、これからちょっと聞いてもらいましょうかね。この芸ってのは泳ぎとおんなじで、いっぺん覚えたが最後、けっして忘れるもんじゃねえからさ。」

こう言ったサンチョが、さっそく鼻に手をあて、力をこめて驢馬の鳴きまねを始めると、その声のすさまじさときたら、近隣の谷間に隈《くま》なく轟《とどろ》きわたったほどであった。ところが彼のすぐそばにいた男のひとりが、それを自分たちに対する愚弄と思いこんだ。そして、手にしていた長い棒をふりあげると、力まかせにものすごい一撃を見舞ったものだから、サンチョ・パンサはそれを避ける暇《いとま》もあらばこそ、地面に叩きつけられてしまった。サンチョがかくもひどい目にあわされたのを目のあたりにしたドン・キホーテは、槍を取りなおして、攻撃を加えた男に襲いかかからんとした。しかし、実に多くの村人がそのあいだに立ちふさがって妨げたので、男に復讐することなどとてもできなかった。それどころか、石つぶてを雨あられのように浴びせかけられ、おまけに、左右から無数の石弓をつきつけられ、また、それに劣らぬ数の火縄銃に狙《ねら》われているのを認めた騎士は、ロシナンテの手綱を返し、この馬に可能なかぎりの疾駆で彼らのあいだから逃げ出したのである。そして逃げながらも、どうかこの危険から救いたまえと心の底から神に祈り、銃弾が背中から入って胸から前に突き抜けはしないかと絶えずびくびくし、自分の息が途切れてはいないだろうかと、しきりに息を大きく吸いこんでいた。

しかし村人たちの軍勢は、彼が逃げていくのを見るだけで大いに満足し、あえて発砲するようなことはしなかった。そして、彼らはサンチョがやっとわれに返ったのを見ると、彼を驢馬の背に押しあげてやり、主人のあとを追うようにさせたのである。とはいえ、まだ、彼が驢馬を操って主人のあとを追えるほど正気を回復したというわけではなく、驢馬が勝手にロシナンテの足跡をたどっていったというのが実情であるが。この驢馬ときたら、ロシナンテなしでは夜も日も明けなかったからである。さて、ドン・キホーテはかなりの距離を逃げると、ふり返って、サンチョがやってくるのを認めた。そして、追いかけてくる者は誰ひとりとしていないことを知って、従士のことを待ったのである。

一方、村人たちの一隊は夜になるまでその場に待機していたが、敵勢がいっこうに戦いをしかけてこなかったので、嬉々《きき》として勝ち誇ったように自分たちの村に引きあげた。もし彼らがギリシャ人の古《いにしえ》の習慣を知っていたとしたら、あの場所に戦勝記念碑を立てていたことであろう。

第二十八章

この章を読む人が、注意深く読めばその意味するところが分かるであろうと、ベネンヘーリが言っている種々《くさぐさ》のことについて

古来、勇士が逃げ出すのは敵の卑劣な手口が明らかになった場合であり、また、よりよき機会のためにわが身を持するのは智者のつねである。この真理がドン・キホーテにおいて実証された。村人たちの憤怒と、激昂《げっこう》した一隊の邪《よこしま》な意図に屈した騎士は、尻に帆をかけて逃げ出し、従士サンチョのことも、彼のおちいっている危険のことも思い起こすことなく、これなら安全と思われるあたりまで退却したのである。サンチョは、先に述べたように、驢馬《ろば》の背にぐったりと伸びて、主人のあとを追ったが、やがて追いついたときには、すっかり正気に戻っていた。主人のそばにやってきて、灰毛驢馬からロシナンテの足もとにわが身をずり落した従士は、さんざん打ちのめされたため、ぐったりとして青息吐息であった。ドン・キホーテも、彼の傷の具合を調べようとして馬を降

りた。ところが足の先から頭まで、どこにも怪我《けが》ひとつしていないのを認めると、いささかむっとして言った――

「お前はまた、なんと間《ま》の悪いときに驢馬の鳴きまねをしたのじゃ、サンチョ！　首吊《くびつ》りのあった家で、綱のことを口にするのがよいか悪いか、それすらお前には分からんのか？　驢馬の鳴き声にふさわしい伴奏となれば、棒叩きのほかに何があるというのだ？　それにしても、サンチョよ、棒でひどく打ちのめされはしたものの、偃月刀《えんげつとう》で顔に切り傷をつけられなかったことを神に感謝するがよいぞ。」

「おいらはとても答える気になれねえよ」と、サンチョが応じた、「口をきくたびに、背中がずきずき痛むようだからね。それはそうと、早く馬に乗ってここを離れましょうよ。おいらはこれから先、もう驢馬の鳴きまねはしねえと約束しますよ。だけんど、遍歴の騎士がさっさと逃げ出して、自分のかわいい従士を敵勢のなかに置き去りにし、まるでひき臼《うす》のなかの小麦かイボタの木みたいに、さんざん痛めつけられるがままにしたってことは、黙っちゃいねえつもりだね。」

「退却するのは逃げることではないぞ」と、ドン・キホーテがひきとった。「なぜかといえば、よいかなサンチョ、思慮分別というものに基盤をおかぬ勇気は無鉄砲と呼ばれるべきものであり、そうした向こう見ずな人間の立てる功名手柄など、本人の真の勇気というよりは幸運の賜物《たまもの》にほかならぬからじゃ。なるほど、わしは退却した。それは認めるが決して逃げ出したのではない。つまり今回わしは、よりよき機会のために自制した過去の多くの勇士たちを見ならったまでなのじゃよ。そうした前例は歴史上いくらでも見られるが、別にお前にとって役立つわけでもなければ、わしにとって楽しいことでもないので、今その話をするつもりはないがの。」

このときには、すでにサンチョはドン・キホーテに助けてもらって驢馬に乗っており、続いてドン・キホーテもまたロシナンテにまたがった。そして二人は、そこから四分の一レグアほど離れたところに見えるポプラの木立のなかで休憩しようと、そちらに向かってゆっくり進んでいった。サンチョはときどき深いため息をつき、いかにも痛そうな呻《うめ》き声《ごえ》を発した。そしてドン・キホーテが、なんでまたそんなに苦しそうにしているのかと尋ねると、背骨のいちばん下のところから首筋にいたるまで、もう本当に気が遠くなるほど痛むのだという答えが返ってきた。

「その痛みの原因は、疑いもなく」と、ドン・キホーテが言った、「お前に打擲《ちようちやく》を加えた連中の棒が長くてまっすぐだったからに違いない。それでもってお前の背中じゅうを叩いたものだから、その当たったところが痛んでいるのであって、もっと広く当たっていたら、もっとあっちこっち痛んだことであろうぞ。」

「やれやれ」と、サンチョが言った、「お前様はたいそうな疑問を解いて、そいつを見事な言葉で説明してくれなさったよ！　あきれて物も言えねえ！　おいらの体の痛みの原因というのはそれほど謎《なぞ》めいていたのかね、わざわざ棒の当たったところが残らず痛むに違いねえって教えてもらわなきゃならねえほど？　なるほど、おいらのくるぶしが痛むっていうなら、どうして痛むのか、その原因を考えたり推察したりってこともありそうな話よ。だけど、さんざん打ちのめされたところが痛むっていうのに、解き明かす疑問や謎がどこにあるんだね？　まったくの話、旦那様、他人の痛みなんかさほど気にもならねえ、とはよく言ったもんだね。それにしても、こうしてお前様のお供をして歩いても、あまり先の見込みがねえってことが、おいらには日に日にはっきり分かってきたよ。だって、今回はお前様に見放されて棒で打ちのめされたとするなら、この次は、いやあとまだ百ぺんだって、例の毛布《ケット》あげや、そのほかの悪ふざけに見舞われるに違いねえからさ。それに、今日は相手の矛先がおいらの背中に向けられたけど、今度は目に向けられるんじゃねえかな。だから、おいらにとってずっといいのは……まあ、おいらが無骨者で、一生に何もいいことをしねえような男なら話は別だが……おいらにとってずっといいのは、こんな放浪をやめて女房や子供たちの待つ家に帰り、神様のお授けくださるもので女房を養い、子供を育てることさね。お前様のあとについて道なき道を行き、どこに行き着くとも知れぬ脇道や街道をほっつき歩きながら、飲む物に不自由をし、食べる物になおさら苦労するなんて生活にけりをつけてね。いや、飲み食いだけじゃねえ、眠るときにゃこうくるからね――「さあ、従士の兄さん、遠慮せずに地面を七フィートばかり測って使っとくれ、いや、お望みならその倍でも占領しなさるがいい。さあ、お手盛で好きなだけ場所をとり、思い切り手足を伸ばして横になっとくれ。」ああ、できることなら、遍歴の騎士道なんてものをやりだした男が、あるいは少なくとも、そういうそろいもそろって愚か者だったにちげえねえ昔の騎士たちの従士になろうなんて気を起こした最初の男が、火あぶりにされ、灰になったところを見たいもんだ。もっとも、今日《きょう》びの騎士さんについちゃ、おいら何も言うつもりはねえ。お前様もそのうちのひとりだから、そりゃ敬《うやま》ってますよ。なにしろ、お前様は話すことにおいても、考えることにおいても、悪魔のひとつ上をゆく賢人だってことを、おいらは知ってますからね。」

「わしはいくら賭《か》けてもよいが、サンチョ」と、ドン・キホーテが言った、「お前がいま、誰もとめることができぬほど喋《しゃべ》ったところを見ると、お前の体はどこも痛くはないのであろう。さあ、話すがよいぞ、わしの息子よ、お前の頭に浮かんだこと、口に出てきたことを好きなだけ話すのじゃ。話しても体が痛むことなく、それでお前の気が晴れるなら、わしはお前のぶしつけな言葉によってかきたてられるいらだちを、喜んで抑えることにしようぞ。それにしても、お前がそれほど妻子のいる家に帰りたいというなら、わしがそれを妨げることは神もお許しになるまい。わしの金はお前にあずけてある。だから、わしらがこの三度目の旅立ちをしてから、どれほどたったか数え、お前は月にいくら稼ぐことができるのか、あるいは稼がねばならぬのか、ようく勘定して、自分の手から給金を受けとるがよいぞ。」

「おいらが、お前様もよくご存じの学士サンソン・カラスコの親父《おやじ》さんのトメ・カラスコのところで働いてたときには」と、サンチョが答えた、「賄《まかな》い付きで月に二ドゥカードもらってました。お前様に対する奉公でいくらもらったらいいのかは、ちょっと分からねえ。もっとも、遍歴の騎士の従士のほうが、農家で仕事をするよりもはるかに骨が折れるってことは承知してるがね。早い話が、百姓に仕える者は、昼間どんなに働かされようと、またどれほどつらい目にあおうと、夜になりゃ、あったかい煮込み料理にありつけ、寝床で眠るわけだもの。ところが、お前様の従士になってからというもの、おいら寝床に横になった覚えがねえ。ドン・ディエゴ・デ・ミランダの家に滞在した短いあいだと、カマーチョの大鍋の肉汁でやった野外パーティと、バシリオの家で飲み、食い、眠ったことを別にすれば、おいらはこれまでのべつ野天で、しかも固い地面に横になって、世間で自然の苛酷《かこく》さとかいうやつにさらされながら眠ってた。おまけに身を養う物といや、チーズの切れはしとパンのかけら、そして、侘《わび》しい山道を歩いてる最中に出くわす小川や泉の水を飲んで渇きをいやしてきたんだよ。」

「お前の言うことはすべて」と、ドン・キホーテがひきとった、「真実そのものであると、わしも認めるぞ。ところで、わしはトメ・カラスコがお前に出していた給金より、どれくらい多く払えばよいのかな？」

「おいらの見るところ」と、サンチョが言った、「お前様が毎月二レアル上乗せしてくれなすったら、それで十分支払ってもらったと思えるでしょう。だけど、これはおいらの働きに対する給金だから、お前様がおいらにしなさった、島の領主にしてやるという約束に対する償いとして、ほかに六レアル付け加えてくださるのが順当ってもんだろう。すると全部で三十レアルになりますが。」

「それでよかろう」と、ドン・キホーテが応じた。「サンチョよ、わしらが村を出てから今日で二十五日になるから、お前の定めた給金をそれで按分《あんぶん》して、いくらになるかを割り出し、先にも申したとおり、お前みずからの手で自分に支払うがよいぞ。」

「おっと、こりゃたまげた」と、サンチョが言った、「お前様は大変な計算まちがいをしていなさるだよ。だって、島の約束の件についちゃ、お前様がそれをおいらに約束しなさったその日から、今日のいまの時間までを計算する必要があるからね。」

「それでは、わしがお前にその約束をしてからどれくらいになるかな、サンチョ？」と、ドン・キホーテが訊いた。

「おいらの記憶がたしかなら」と、サンチョが答えた、「もう二十年以上になりますよ、まあ三日かそこいらの誤差はあるでしょうがね。」

これを聞いたドン・キホーテは自分の額《ひたい》を手のひらで強く叩くと、いかにも愉快そうに笑いだしたが、そのあとでこう言った――

「シエラ・モレーナの山地をはじめとして、わしらが二度の遍歴であちこち歩きまわった日数を全部あわせても、やっと二か月ほどだというのに、サンチョよ、お前は、わしが島の約束をして二十年にもなるというのか？＊ やっと読めたが、お前は自分が手にしているわしの金を、すべて自分の給金に変えてしまいたいのであろう。もし、そのとおりであって、それがお前の望みなら、この場で金をそっくりそのままくれてやるから、なんになりと役に立てるがよいわ。よしんば一文なしの素寒貧《すかんぴん》になったところで、お前のような性悪な従士から解放されることを思えば、かえって気が晴れるというものじゃ。だが、ひとつ教えてくれ、遍歴の騎士道における従士の掟の攪乱者《かくらんしゃ》め、お前は誰か遍歴の騎士の従士が、「わたしはあなたにお仕えしているんですから、毎月いくらいくら払ってくださらないといけません」などと言って、その主人とかけあうのを、一体どこで見た、いや、どこで読んだというのだ？　この悪党、無精者、妖怪め、まったく、おぬしときたらこれらを寄せ集めたようなものだが、おぬしも騎士道物語の大海《マーレ・マグヌム》のなかに沈潜してみろ。よいか、その大海に深く身を沈めてみるのだ。それでもし、今おぬしが言ったようなことを、言ったり考えたりするような従士が一人でも見つかったら、それをわしの目の前に連れてきて、この額にでも押しあて、ついでに、おぬしの指でわしの鼻を四、五回、思いきりはじくがよいわ。さあ、おぬしの驢馬の手綱だか、端綱だかを返して、とっとと家へ帰ってしまえ。もうこれから先、おぬしがわしのお供をして歩くことは一歩たりともないのだからな。おお、口にしたパンを忘れる恩知らずめ！　おお、約束を守らぬ不埒者《ふらちもの》め！　おお、人間よりは獣《けだもの》に近い田舎者め！　おぬしは、せっかくわしがおぬしを高い身分に、おぬしの女房には気の毒ながら、世間の人から閣下と呼ばれる地位につけてやろうと思っている矢先に暇をとろうというのだな？　わしがおぬしを、この世で最もよい島の領主にしてやろうという固い決意を抱き、それが実現に向かいつつある今になって、わしのもとを立ち去ろうというのだな？　要するに、おぬし自身がこれまで何度も口にしていた、《驢馬の口に蜂蜜《はちみつ》は……云々》という諺《ことわざ》どおりというわけじゃ。そうよ、おぬしは驢馬じゃ、そして、これからもそうであろうし、いよいよおぬしの一生が終るというときになっても、やっぱり驢馬のままであろうぞ。わしの見るところ、おぬしが自分が獣であることに気づき、そのことを悟る前に最期が来るに違いないからな。」

サンチョはこうした罵倒《ばとう》の言葉を浴びながら、ドン・キホーテの顔をまばたきもせずに見守っていたが、次第に悔恨の念にとらわれるようになり、ついには目に涙を浮かべ、痛ましくも弱々しい声で、こう言った――

「旦那様、おいら素直に白状しますけど、おいらが本当の驢馬になるのにあと足りねえのは、ただ尻尾《しっぽ》だけなんです。もしお前様が、その尻尾をつけてくださるっていうなら、おいらはそれを喜んでいただき、これから命のある限り、お前様に驢馬としてお仕えしますよ。旦那様、どうかおいらを赦《ゆる》しておくんなさい、そいで、おいらの世間知らずな浅はかさを憐れんでくださいまし。ご存じのように、おいらは物を知らねえ男で、おいらがよけいなことまで喋るのは、決して悪意によるものじゃなく、まあ心の病気みたいなものだから、どうか大目に見てやっておくんなさい。それに、《過ちを犯して悔い改むる者は、神これを赦したまう》って言いますからね。」

「サンチョよ、もしお前が一つも諺を入れずに今の話を終えていたら、わしは驚いたことであろうぞ。よし分かった、それではお前を赦してつかわそう。ただし、悔い改めること、そして、これからはあまり自分の利害にとらわれることなく、努めて心を大きく広げ、みずから勇気をふるい立たせて、わしの約束が実現するのを待つという条件つきじゃ。なるほど、それが実現するにはいささか暇どるかも知れぬが、決して不可能というわけではないのだからな。」

サンチョは、よしんば空元気《から》をふりしぼるようなことになろうとも、必ずそうしますと約束した。

それから二人は林のなかに入った。そしてドン・キホーテは楡《にれ》の木の根もと《アル・ピエ》に、またサンチョは橅《ぶな》の木の根もと《アル・ピエ》にそれぞれ陣取った。というのも、こうした樹木、およびこれらと同類の樹木は、たいてい人を座らせるに足る足《ピエ》をもっているからである。サンチョは苦しい一夜を過した。棒で叩かれたところが、夜露にさらされていっそう痛み出したからである。一方ドン・キホーテは、絶え間のない想いにふけっていた。それでも、いつしか眠りに落ちた主従二人は、また夜が明けると起き出し、名高いエブロ川の岸辺を目ざして旅を続けたが、エブロ川では二人に次章で語られるようなことが起こったのである。

第二十九章

世に名高い、魔法の小船の冒険*について

一夜を過した林を出て、いつものゆっくりとした歩調で旅を続けたドン・キホーテとサンチョは、それから二日後にエブロ川に到着した。ドン・キホーテにとって、この川を見るのは大変な喜びであった。というのも、のどかな岸辺の光景や、水晶のように澄んだ、あふれんばかりの水のゆったりとした流れは、眺めて飽くことのないものであり、その心楽しい眺望が、彼の脳裡《のうり》に数々の甘美な思い出をよみがえらせたからである。なかんずく、モンテシーノスの洞穴で目のあたりにしたことが、しきりに去来した。それもむべなるかな、ペドロ親方の占い猿によれば、それらは真実の部分と嘘の部分からなっているということであったが、彼としては嘘偽りというよりは真実であると思いこんでいて、すべてまっ赤な嘘とみなしていたサンチョとは正反対の考え方をしていたからである。

こうしてしばらく行くと、櫂《かい》もなければ船具も何ひとつない一艘《そう》の小船が、岸辺に生えた木の幹につながれているのが目にとまった。これをみとめたドン・キホーテは、あちらこちら見わたして、あたりに人影がないのを確かめると、いきなりロシナンテから跳びおりた。そしてサンチョにも、同じく灰毛驢馬《ろば》から降りるように、そして近くにあったポプラだか柳だかの幹へ二頭をいっしょにして、しっかりつなぐように命じた。サンチョが、どうしてまた、そんなに急に馬から降りたり、つないだりするのかと尋ねたところ、ドン・キホーテは次のように答えた――

「よいかなサンチョ、ここにつながれている船は、まごうかたなく、いや、そうでないはずなどありえないのだが、拙者にこれに乗って、今なんらかの窮地におちいっているはずのどこかの騎士、あるいは誰か高貴なお方の救出に赴くようにと、拙者に呼びかけ、拙者を招いているのじゃ。と申すのも、これこそ騎士道物語の常套《じょうとう》であり、そこに立ち入って活躍する魔法使いたちの流儀だからじゃ。すなわち、誰か騎士がなんらかの苦境におちいり、しかも、そこからの救出にはほかの騎士の手を借りざるをえないという場合、かりに両者のあいだが二、三千レグア、いやそれよりもっと大きく隔たっていようとも、魔法使いたちは救助に赴く騎士を雲に乗せたり、あるいは彼に船を提供したりして、あっという間に、大空の果てやら大海の彼方《かなた》にある、救助が必要なところへと彼を運んでいくのじゃ。そういうわけでな、サンチョよ、この船も同じ目的でもってここにつながれているのよ。このことは、今が夜ではなくて昼間であるのと同様、まぎれもない真実じゃ。それゆえ、すみやかにロシナンテと灰毛驢馬をいっしょに木につなぎ、日の暮れぬうちに、神の御手に導かれていくことにしようぞ。拙者は跣足《はだし》の修道士たちが、拙者にとりすがって引き止めたところで、この船に乗りこむのを断念するつもりはないぞ。」

「お前様がそこまで言いなさるなら」と、サンチョが応じた、「それに、たとえおいらにはばかげたことにしか思えねえようなことであっても、お前様がそうして、いつものように夢中になりなさる以上、おいらとしては《お前の主人の命ずることをしろ、そして主人といっしょに食卓につけ》という諺《ことわざ》に従い、はいと頭をさげて、言うとおりにするしかねえですよ。もっとも、あとで良心に責められねえように言っとくけど、おいらの見るところじゃ、あの小船は魔法使いの持ち物じゃなく、誰かこの川の漁師のもんだね。なにしろ、この川じゃ世界でいちばんうまい鱒《ます》が取れるんだから。」

こう言いながらも、サンチョはロシナンテと驢馬を木につなぎとめ、これらを魔法使いどもの庇護《ひご》にゆだねることにしたが、胸のうちではそれが不憫《ふびん》でならなかった。するとそれを察したのか、ドン・キホーテが、動物たちを放置しても心配するには及ばない、自分たちをはるばる遼遠《りょうえん》の地に連れてゆこうとしている魔法使いが面倒をみて、秣《まぐさ》の世話もしてくれようから、と言った。

「おいらには、そのりょうえんちゅうのが分からねえよ」と、サンチョが口をはさんだ、「なにしろ、そんな言葉は生まれてこの方、聞いたことが一度もねえんだから。」

「遼遠とはな」と、ドン・キホーテが答えた、「はるか彼方、という意味よ。だがお前に分からんでも不思議はない。世間にはラテン語を知っていると自慢しながら、その実、知らぬ手合いも多いし、お前は別にラテン語など知らんでもよいのじゃ。」

「もう馬はつなぎましたよ」と、サンチョが言った。「で、今度は何をすればいいんだね？」

「知れたことよ」と、ドン・キホーテが応じた。「十字を切って、錨《いかり》をあげる、つまり、船に乗りこんで舫《もや》い綱《づな》を切るのじゃ。」

こう言いながらドン・キホーテが船に跳びのると、サンチョもそのあとに続いた。そして綱が切られると、小船はゆっくりと岸から離れたが、ほんの二、三バーラも進んだだけですぐにサンチョは心配になり、いよいよ破滅に向かうのではないかという不安にとらわれて、わなわなと震えだした。しかし、彼にとって何よりもつらかったのは、灰毛驢馬が高くいななくのを聞き、ロシナンテが自分をつないでいる綱をほどこうとして、もがくのを見ることであった。そこで、彼は主人にこう言った――

「驢馬のやつがわしらと離れるのがいやだって鳴いてますさあ。それにロシナンテもわしらのあとを追いかけようとして、自由になりたがってますよ。おお、かわいい仲間たちよ、無事でいるんだぞ、お前たちからわしらを引き離すこの狂気じみた船出が、けっきょくお迷いごとだったと分かって、また、お前たちのところへ帰ってくるまでな！」

これだけ言うと、サンチョがさめざめと泣きはじめたので、気を悪くしたドン・キホーテは、腹立ちまぎれにどなった――

「何を怖がっているのじゃ、この臆病者！　いったい何を泣いているのじゃ、心弱き奴！　誰かおぬしをいじめ、おぬしを迫害する者でもおると申すのか、小心なきょとつき鼠《ねずみ》めが！　いったい何が不足だと申すのじゃ、豊饒《ほうじよう》のまっただ中にあっても満たされぬ奴め！　おぬしがいま険《けわ》しいリフェウスの連山*を裸足《はだし》で登ってでもいるならいざ知らず、まるで大公爵のように滑らかな板の上に腰をおろし、静かで心地よい川の流れに身をまかせているのではないか。しかも間もなく、川から広々とした大海原へ出ていくのじゃぞ。いや、すでに海に出て、少なくとも七百レグア、ないしは八百レグアは航行いたしたはずじゃ。もし拙者がここに天体観測儀をもっておれば、それを使って北極星の高さを測り、すでに航行した距離をお前に教えてもやれるのだが。いずれにせよ拙者の見るところでは、われわれは二つの極を同じ距離に分ける赤道をすでに通過したか、それとも、まもなく通り過ぎようとしておるところじゃ。」

「それで、お前様の言いなさるそのせけどうとやらに着いたら」と、サンチョが尋ねた、「わしらはどれくらい来たことになるんだね？」

「それは大変なものじゃ」と、ドン・キホーテが答えた。「なぜかといえば、この世に現われた最も偉大な宇宙学者たるプトレマイオスの測定によれば、陸と海からなる地球の三百六十度のうち、拙者がいま話した赤道に達すれば、その半分を航行したことになるからじゃ。」

「こりゃたまげた」と、サンチョが言った、「お前様は、御自分で言いなさることの証人に、ずいぶん妙ちきりんなお人を連れてきなさったね。プト(男娼)とかなんとかいって、その下にメオン(小便たれ)とかマイオとか、変なものをくっつけたお人をさ。」

ドン・キホーテは、宇宙学者プトレマイオスの名前と測定に対して、サンチョが加えた解釈に思わず吹き出したが、そのあとで、こう言った——

「知っておくがよいぞ、サンチョ、東洋のインドに向けてカディスの港から乗り出したスペイン人やそのほかの国の人たちが、いま話した赤道を越えたかどうかを知る手だてのひとつはな、赤道を越えると、船に乗っておる人たちにたかっていた虱《しらみ》がみな死んでしまい、船じゅうどこを探しても、それこそ、金と取り換えようと言われても、一ぴきの虱も見つからなくなるという事実なのじゃ。だからな、サンチョ、お前も手をまわして股《もも》のあたりを触ってみるがよい。まだ生きているやつにぶつかれば赤道はまだだということになるし、ぶつからなければ、もう越えたというわけじゃ。」

「おいらにはそんなこたあ信じられねえよ」と、サンチョがひきとった。「だけんど、とにかく、お前様の言うとおりやってみますよ。なんでこんな実験をする必要があるのか、分からねえけどね。なぜかっていやあ、わしらはまだ岸から五バーラほどしか離れてねえし、獣たちとの距離もほとんど変っちゃいねえってことが、おいらのこの目にはっきり見えてるからですよ。ほら、ロシナンテも灰毛のやつも、わしらが残してきたあの場所にじっとしていまさあ。おいらが今したように、全体の状況を注意して眺めりゃ、船がさっぱり動いてねえこと、蟻《あり》の歩みほども進んじゃいねえことが、分かろうってもんですよ。これは誓ってもいいね。」

「サンチョよ、まず拙者の言いつけどおり、お前の体をまさぐって調べてみるのじゃ。そして、あまり余分なことには気を使わぬほうがよいぞ。なんといっても、お前は天球と地球を形成しているところの分至経線、赤道、緯度線、黄道帯、黄道、北極と南極、至点、分点、惑星、宮、方位、測定値などが、どのようなものであるかを知らぬのだからな。もしお前がこれらをすべて、いや、いくらかでも知っておれば、われわれがどれほどの緯度を通過してきたか、いかなる黄道宮を見てきたか、さらに、どの星座をあとにし、今はどの星座にかかっているか、などといったことをはっきり認識することができるであろうがな。くり返して言うが、さあ体に手をあてて虱を探してみるのじゃ。拙者の察するところ、お前の体は白いすべすべの紙よりもきれいであろうて。」

そこでサンチョは、手をズボンの中に入れ、そっと左の膝《ひざ》の裏側にふれてみたが、しばらくして頭をもたげると、主人を見ながら、こう言った――

「この実験がまやかしでないとしたら、お前様の言いなさったところにはまだ着いてねえよ、しかも、まだ遥《はる》かかなただね。」

「それはまた、どういうわけじゃ」と、ドン・キホーテが訊いた。「虱をいくらか捕まえたのか？」

「いくらか、なんてもんじゃありませんや」と、サンチョが答えた。

そして、彼は指についたものを振りはらいながら、両手を川の水に突っこんで洗った。折から小船は川の中ほどを、静かに、滑るように進んでいたが、別に何か秘められた霊力によって動かされているわけでもなければ姿を隠した魔法使いに操られているわけでもなく、ほかならぬその川の穏やかな水の流れそのものに運ばれているのであった。

しばらくすると、川の行く手のまん中に粉ひきの大きな水車*がいくつか姿を現わした。それを見るやいなや、ドン・キホーテは声を張りあげて、サンチョに言った――

「おお、わが友のサンチョよ、ほれ、お前にも見えるであろう？　あそこに現われた都市か城か砦《とりで》こそ、どこぞやの不幸な騎士、あるいは王妃か王女が監禁されて、そのためにやってまいった拙者の手による救出を待っておらるる所に違いないぞ。」

「都市だの城だの砦だのと、なんてまたおかしなことを言いなさるんだね、旦那様は」と、サンチョが言った。「あれは川のなかに置かれた、小麦をひく水車だってことが分からねえのかね？」

「黙れ、サンチョ」と、ドン・キホーテが言った。「なるほど水車に見えるかも知れぬが、実はあれは水車ではない。すでにお前にも言って聞かせたように、魔法使いはどんなものでも、その本来の姿を変えてしまうことができるのじゃ。とはいえ、あるものを本当にまったく別のものに変えてしまうわけではなく、拙者の希望の唯一のよりどころたるドゥルシネーアの変貌《へんぼう》の例が示しておるように、変ったように見せかけるのじゃ。」

こんなやりとりのあいだに、小船は川の本流に入っていたので、その動きは、それまでほどゆったりとしたものではなくなっていた。ところで、水車場にいた粉ひきたちは、川を下ってきた小船が、いまにも水車を回す激しい流れに吸いこまれそうなのを見てとると、大勢でいっせいにとび出してきて、手にした長い棒で小船を押しとどめようと待ち構えた。彼らはいずれも粉にまみれ、顔から着ている物まで小麦粉でまっ白だったので、それはいささか奇妙にして不気味な光景であった。そして、粉ひき連は口々にこうわめいたのである――

「おーい、あんた方！　どこへ行くんだ？　いったい何のまねだい？　やけっぱちになって、溺《おぼ》れ死《じ》にしようってのかい？　水車にかかって粉々になっちまうってことが分からないのか？」

「拙者の申したとおりであろう、サンチョ」と、このときドン・キホーテが言った、「ついにわれらは、拙者の腕の力を十二分に発揮すべきところにやってまいったのじゃ。ほれ、なんと邪悪なごろつきどもが出てまいったか見るがよいぞ。なんと多くの妖怪どもが、拙者に刃向かわんとしておるか、なんと醜悪な面相の者どもが、こちらに向かって歯をむきだしておるか、よく見るがよいぞ……だが、いまに目にもの見せてくれようぞ、このならず者めら！」

それからドン・キホーテは、船のなかで仁王立ちになると、大声を張りあげ、粉ひきたちを威嚇《いかく》するような調子で、こう言った――

「極悪非道のごろつきども！　なんじらが、そこなる砦か牢獄に閉じこめているお方を、その方がいかなる身分の、いかなる氏素姓の方であれ、ただちに解き放ち、自由に、思いのままにしてさしあげよ。われこそはドン・キホーテ・デ・ラ・マンチャ、またの名を《ライオンの騎士》と呼ばれる者、天帝の御意《ぎょい》により、この冒険にめでたき結末を与えるためにまいったのじゃ。」

こう言いながら剣を抜きはなったドン・キホーテは、粉ひきたちに向かって剣を振りまわし、空を斬《き》ったり突いたりしだした。一方、相手の奇妙な脅し文句を聞いても何のことやらさっぱりわけの分からなかった粉ひきたちは、今にも水車の引き寄せる激しい流れのなかにつっこもうとしていた小船を、手にした棒で抑えにかかった。

サンチョはひざまずくと、差し迫った大変な危険から逃れさせたまえと、天に向かって一心に祈った。事実を言えば、棒を押し当てることによって船をとめた粉ひきたちの、気転のきいた迅速な働きによってこの祈願はかなえられ、主従が小船もろとも水車に巻きこまれることだけはまぬかれた。しかし、粉ひきたちの尽力にもかかわらず、船が転覆し、ドン・キホーテとサンチョがもんどりうって、水のなかに放り出されるのを避けることはできなかった。幸いにして、ドン・キホーテはまるで鵞鳥《がちょう》のように泳ぐことができたが、それでも鎧の重さのため、二度にわたって底まで沈んだ。したがって、もし粉ひきたちが川にとびこんで、ずっしりと重いドン・キホーテ主従を引きあげてくれな

もし粉ひきたちが川にとびこんで，ずっしりと重いドン・
キホーテ主従を引きあげてくれなかったとしたら……

かったとしたら、そこが二人の最期の場所になっていたことであろう。

　さて、喉《のど》が渇いてもいないのに死ぬほど水を飲み、ぬれ鼠になって、ドン・キホーテとともに陸《おか》に引きあげられたサンチョは、まずひざまずき、両手を合わせて、じっと天に目を注いだ。そして、どうかこれから先は、主人の無鉄砲な考えや冒険から逃れさせたまえと、長い敬虔《けいけん》な祈りを神にささげたのである。

　そうこうするうちに、小船の持主である漁師たちがやってきたが、彼らは、船が水車の羽根にかかって壊れ、砕けてしまったのを見てとると、サンチョに対しては身ぐるみ剝《は》ぎとろうとし、ドン・キホーテには船の弁償をするように求めた。これに対してドン・キホーテは、まるで何事もなかったかのように平然として、粉ひきと漁師たちに向かい、喜んで船の代価を払おう、ただし、その城に閉じこめられているひとり、あるいは数人の人物を解放し、いっさい監視のない自由を保障するという条件つきだ、と答えた。

「その城とか人物というのは何のことですかい？」と、粉ひきのひとりが言った。「まったく、おかしなことを言う旦那だ。それともあんたは、この水車に小麦を挽《ひ》きにくる者を連れていこうとでもいうんですかい？」

「ああ、もうよいわ！」と、ドン・キホーテがつぶやいた。「こういうやくざな連中に何かよいことをするようにと望むのは、荒野に向かって説教するようなものよ。どうやら、この冒険には二人の腕ききの魔法使いが関与しておって、ひとりが企てることをもうひとりが妨げておるらしい。せっかく、ひとりがわしに小船を差し向けてくれたのに、もうひとりがそれをひっくり返してしまったのじゃよ。この世はすべて、たがいに反発しあう策略とからくりのせめぎあいであってみれば、あとは神の御手にゆだねるしかあるまい。わしは、もうこれ以上やってゆけぬわ。」

それから水車のほうに目をやると、声を張りあげて、こう言った──

「どこのどなたかは存じあげぬが、その牢獄に閉じこめられておいでの友よ、どうか拙者をお赦《ゆる》しくだされ。拙者とあなた方の不運ゆえ、拙者はあなた方をその苦境よりお救いすることができんのじゃ。この冒険は、誰か拙者以外の騎士のためにとっておかれているのでござろう。」

これだけ言ったドン・キホーテは、漁師たちと話をつけ、小船の代金として五十レアル支払うことにしたが、その金額をしぶしぶ手渡したサンチョは、不満げにつぶやいた──

「こんな船騒動がもう一回あった日にゃ、わしらは素寒貧《すかんぴん》になっちまうよ。」

漁師や粉ひきたちは、あまりにも世間一般からかけ離れた二人の風体《ふうてい》を眺めて、あらためて驚き呆《あき》れたばかりでなく、ドン・キホーテが自分たちに向けた言葉や質問が何を意味するのかも、どうしても理解することができなかった。それゆえ、二人を気のふれた人間とみなした彼らは、それ以上は二人にかまうことなく、粉ひきは水車場にひきとり、漁師は漁場の小屋へ帰っていった。一方、ドン・キホーテとサンチョもロシナンテと驢馬のところに、そして獣のような生活にたちもどった。以上が魔法の小船の冒険の顚末《てんまつ》である。

第三十章

ドン・キホーテと麗しき女狩人《かりゅうど》とのあいだに起こったことについて

騎士と従士はすっかりしょげかえり、仏頂面《ぶっちょうづら》をして、木につながれた動物たちのところに戻ったが、とくにサンチョの落胆ぶりははなはだしかった。彼にとって懐《ふところ》の金に手をつけることは魂に手を触れることであり、金を手ばなすたびに、自分の目の玉をくり抜かれる思いがしたからである。結局主従は、たがいに口もきかずにそれぞれの馬と驢《ろ》馬《ば》に乗り、音に聞こえる川をあとにした。そして、道中ドン・キホーテはみずからの恋の想いにふけり、サンチョはおのれの出世のことを考えていたが、従士にはこれが、さしあたり、まったく手の届かない高嶺《たかね》の花《はな》であるとしか思われなかった。なるほど彼は愚か者ではあったが、それでも主人のやることなすことが、すべてとはいわないまでもその大部分が、常軌を逸しているということを、ちゃんと見抜いていたからである。それゆえ彼は、もうこのうえ主人に相談したり暇乞《いとまご》いをしたりすることはせず、いつか機会がありしだい、主人のもとを立ち去って、わが家へ帰ろうという気になっていた。ところが運命は事態を好転させ、従士の危惧《きぐ》とは裏腹のことが起こったのである。

さて、翌日の夕方、ある森をつきぬけて緑なす草原に出たとき、ドン・キホーテは彼方《かなた》に一群の人影を認めた。近づくにつれ、それが鷹狩《たかが》りの一団であること、さらに、そのなかにひときわ容姿端麗な婦人のいることが分かった。緑色の鮮やかな飾り馬具をつけ、銀の鞍《くら》を置いた雪のように白い婦人乗用馬《パラフレン》だか小型の馬《アカネア》だかに乗った婦人は、これまた目も綾《あや》な緑色の衣服に身を包んでおり、実に豪勢でさっそうとしたその姿は、あるいはあでやかさの化身かと思われるほどであった。そして、彼女が左の手に大鷹をすえているのを目にしたドン・キホーテは、この婦人こそどこかの高貴な奥方であり、鷹狩りの一団の女主人であるに違いないと思ったが、実際そのとおりであった。そこでドン・キホーテは、サンチョにこう言った——

「さあ、サンチョよ、あの見事な白馬にまたがり、大鷹を手にしておられる貴婦人のもとへ急いでまいり、こう申しあげるのじゃ。ここに控えしそれがし、《ライオンの騎士》が御挨拶申しあげたがっている、そして、美しき奥方様のお許しさえあれば、ただちにおそばにまいって御手に口づけいたし、奥方様のお命じになることを、それがいか

近づくにつれ，それが鷹狩りの一団であることが分かった．

なることであれ、力の限りを尽くして遂行する所存である、となよいかサンチョ、口のきき方には十分気をつけ、口上のなかにごたごたはめこんだりしてはならんぞ、お前の悪い癖の諺《ことわざ》なんぞをな。」

「口のきき方に気をつけろとは恐れいったね！」と、サンチョが応じた。「おいらにわざわざそんなことを言いなさるんですかい！　なにも、これがおいらにとって、やんごとねえ、たいそうな身分の御婦人のもとへ、使者として口上を伝えにいく最初ってわけでもあるまいに！」

「お前がドゥルシネーア姫のもとへ使者として発ったのを除けば」と、ドン・キホーテがひきとった、「少なくともわしに仕えるようになってから、お前が誰かに言伝《ことづ》てをもっていったことなど記憶にないぞ。」

「なるほど、そのとおりだね」と、サンチョが答えた。「だけど《金払いよけりゃ担保も平気だ》し、《豊かな家では食事もすぐにととのう》んですよ。つまり、おいらの言いたいのは、おいらにあれこれ言ったり指図したりするには及ばねえってことです。おいらは何に対しても準備があるし、なにごとにおいても少しはたしなみがあるんだから。」

「わしもそう思うぞ、サンチョ」と、ドン・キホーテが言った。「それでは、神にお導きいただいて、首尾よく行ってまいれ。」

こうしてサンチョは、灰毛驢馬をせかし、いつもより早く駆けさせて、麗しき女狩人のいるところへ行った。そして驢馬を降り、貴婦人の前にひざまずくと、こう言った──

「美しい奥方様、あそこに控えてる騎士は、《ライオンの騎士》という名前で、おいらの主人でごぜえます。おいらはその従士で、家ではサンチョ・パンサと呼ばれておりますだ。ついこのあいだまでは《愁い顔の騎士》と名のっていましたけど、今では《ライオンの騎士》になったおいらの主人が、おいらをここへよこして、あなた様に申しあげろということにゃ、ぜひともここへきて望みをとげたいから、奥方様の御承諾と、御好意と、御同意によるお許しをもらってこい、とのことでごぜえます。その望みちゅうのは、主人の話とおいらの考えるところによると、ただただ奥方様のものすごく高《たけ》え御身分と美しさにお仕えすることですよ。奥方様が主人にそれを許してくださりゃ、そりゃ、あなた様のためにもなるし、主人もたいそうな恩恵と喜びを受けることになるでしょうね。」

「あら、なんて立派な従士さんですこと」と、貴婦人が応じた。「あなたは使者の口上を、こういう場合に必要な儀礼や形式をちゃんとふまえて、見事にお言いでしたよ。さあ、そこからお立ちなさいな。だって、《愁い顔の騎士》といえば、このあたりでもすでに大変な評判ですのに、そんな偉大な騎士の従士ともあろう人が、そうやってひざまずいているなんて、よろしくありませんもの。さあ、お友だちの従士さん、お立ちなさい。そして、あなたの御主人にお伝えくださいな、心から歓迎いたしますから、この近くにあるわたくしどもの別荘へいらして、わたくしとわたくしの夫たる公爵の客人になってくださいとね。」

立ちあがったサンチョは、この貴婦人の美しさと同時に、その育ちの良さをしのばせる丁重な物腰に驚嘆したが、彼女が主人の《愁い顔の騎士》を知っていたことには、なおさら度肝《どぎも》をぬかれた。そして、彼女が主人のことを《ライオンの騎士》と呼ばなかったのは、この呼び名をつけたのがつい最近のことだからであろうと思った。公爵夫人*(彼女がどこの公爵の夫人であったのかは、いまだに明らかでない)が、サンチョに尋ねた――

「ねえ、従士さん、ひとつお聞きしますけど、もしかして、あなたの御主人というのは、いま出版されて世に出まわっている『機知に富んだ郷士ドン・キホーテ・デ・ラ・マンチャ』という物語の主人公で、ドゥルシネーア・デル・トボーソとかいう方を思い姫にしていらっしゃる騎士じゃありませんこと?」

「それ、それなんですよ、奥方様」と、サンチョが答えた。「ですから、その物語のなかに出てくる、いや出てくるはずのサンチョ・パンサちゅう名の従士がこのおいらですよ。もっとも揺《ゆ》り籠《かご》のなかで、つまりその、印刷するときに、ほかの男にすり代えられてなければの話ですがね。」

「あらまあ、本当に何もかもうれしいことばかりだわ」と、公爵夫人が言った。「さあ、パンサさん、御主人のところに行って、わたくしどもの領地へようこそいらっしゃいました、これほど大きな喜びをもたらすようなことはほかに考えられません、と申しあげてくださいな。」

このような願ってもない返事をもらったサンチョは、喜び勇んで主人のもとに戻ると、貴婦人の言ったことを残らず報告し、ついでに、彼女の美しさ、優雅さ、そして礼儀正しさを、彼なりの田舎者らしい言葉づかいで、天にも届かんばかりに持ちあげたのである。ドン・キホーテは馬上で威儀を正し、鐙《あぶみ》を踏みしめ、目庇《まびさし》を整えると、ロシナンテに拍車をあて、公爵夫人の手に口づけをするために、意気揚々と出かけていった。一方、すぐに夫の公爵を呼びにやった公爵夫人は、ドン・キホーテがやってくるまでのあいだに、使者のサンチョの口上など、すべてを公爵に話して聞かせた。そして、そろってこの書物の前篇を読んでいた夫妻は、ドン・キホーテの途方もない行動様式をよく承知していたので、きわめて旺盛な好奇心と、彼のことをもっと知りたいという期待に胸をおどらせて待ちうけたのである。実を言えば、夫妻はドン・キホーテ主従が客として自分たちの城に滞在しているあいだは、すべてにおいてドン・キホーテに調子を合わせて、彼の言うことにいっさい逆らうことなく、自分たちがかつて耽読《たんどく》し、今でも愛好している騎士道物語におきまりの礼式や習慣にのっとり、彼のことを本物の遍歴の騎士のようにもてなす腹づもりであった。

さて、そうしているところへ、ドン・キホーテが兜の目庇をあげながらやってきた。そして彼が馬から降りるそぶりを見せたので、サンチョは主人の鐙をとるためにそばへ行こうとした。ところが、たいそう間《ま》の悪いことに、驢馬から降りようとしたサンチョの片足が荷鞍の綱にからまってしまい、それがひどくもつれたものだから、解《ほど》くどころか勢いあまって片足吊《づ》りになり、口と胸が地面を這《は》うという体《てい》たらくになったのである。一方、従士に鐙を持ってもらうことなく馬から降りる習慣のなかったドン・キホーテは、もうてっきりサンチョが来て鐙をとっているものと思いこみ、勢いよく跳び降りたが、どうやら馬の腹帯の締め方がゆるかったのであろう、ロシナンテの鞍も彼の体についてきて、もろとも地面に叩きつけられることになってしまった。それゆえ大いに面目を失った騎士は、サンチョに対してぶつぶつと悪態をついたものの、当の従士は哀れにも、いまだ足を綱にとられたままであった。

公爵が家臣の狩人たちに、騎士と従士を助け起こすようにと命じ、その人たちが落馬によってひどく体を打ちつけていたドン・キホーテに手を貸して立ちあがらせた。すると彼は、よろよろと足をひきずりながら、やっとの思いで公爵夫妻の前に進み出ると、そこにひざまずこうとしたが、公爵はそれをどうしても許そうとはしなかった。それどころか、自分のほうで馬を降りると、進み寄ってドン・キホーテを抱擁《ほうよう》し、こう言ったのである——

「《愁い顔の騎士》殿、わたしの領内におけるあなたの最初の体験が、ただ今のような不運なものになったことを残念に思いますぞ。しかしながら、従士の不注意によっては、もっともっとひどい災難に見舞われるものですからね。」

「やんごとなき大公よ、閣下にお目にかかる機会に恵まれたということは」と、ドン・キホーテが答えた、「よしんば拙者が落馬して奈落の底まで達していたとしても、断じて不運ではありませんぞ。と申すのも、拝顔の栄に浴したという光栄が拙者をそこから引きあげ、救い出してくれるに違いないからでございます。あの罰あたりな拙者の従士ときたら、馬の腹帯《サタデ》をしっかり締《アタ》めて鞍をずれぬようにすることより、つまらぬことを喋るために舌をゆるめるのを得意とする困り者でございますよ。しかし拙者は、いかなる状態にあろうとも、つまり、倒れていようと起きあがっていようと、徒歩《かち》であろうと馬上にあろうと、いつ何時《なんどき》でも閣下と、閣下にふさわしい奥方様、美の支配者にして世界に冠たる礼節の女王であられる公爵夫人にお仕えいたす所存でございます。」

「まあまあ、落ち着かれよ、ドン・キホーテ・デ・ラ・マンチャ殿！」と、公爵がひきとった。「わが敬愛する姫君、ドゥルシネーア・デル・トボーソもおられることゆえ、ほかの女性の美しさがそんなに称《たた》えられては穏やかではありませんからね。」

もうこのときには、サンチョ・パンサも足もとの絡みから解放されて、そのそばに来ていた。そして、主人が公爵に返事をする前に、口を出した——

「おいらのお仕えするドゥルシネーア・デル・トボーソ姫がとびきりの美人だってことは、そりゃ否定できねえどころか、ちゃんと認めるよりほかねえ。だけど、思いもよらねえところに兎《うさぎ》が跳び出すものでね。おいらは、この自然っていうのは、土で器《うつわ》をつくる陶工みたいなものだって、人が言うのを聞いたことがあるよ。で、美しい土器をつくることのできる陶工なら、そいつを二つでも三つでも、いや百でもつくれるでしょうね。おいらがこんなことを言うのはほかでもねえ、公爵の奥方様が、おいらのお仕えするドゥルシネーア・デル・トボーソ姫におさおさひけをとらねえってことを言いたかったんですよ。」

ドン・キホーテは、公爵夫人をかえりみて、こう言った——

「奥方様、およそこの世に存在した遍歴の騎士の従士で、拙者の従士ほど口数の多い、しかも道化者の従士はいなかったとお思いくだされ。もし奥方様が、数日のあいだ拙者どもをおそばに留めおかれれば、この男は拙者の言葉が真実であることを実証するでありましょう。」

これに対して、公爵夫人が答えた──

「人の好いサンチョが道化者であることを、わたくしは高く評価しますわ。だって、それは賢い人間の証拠ですもの。ドン・キホーテ様、あなたもよく御承知のように、洒落《しゃれ》をとばしたり気の利いたことを言ったりするのは、鈍重な頭の持主にはできないことです。ですから、好漢のサンチョが話の面白い愉快な人であるということであれば、わたくしはこの場で、彼が才気煥発《かんぱつ》の賢明な人であると認めますわ。」

「しかも、おしゃべりでしてな」と、ドン・キホーテが付け加えた。

「なおさら結構じゃありませんか」と、公爵が言った。「言葉数が少なくては面白いことを言ったり、洒落をとばしたりすることはできませんからね。しかし、こんなところで話に時間をつぶすのもなんですから、さあ、参りましょうか、《愁い顔の騎士》殿……」

「公爵様、《ライオンの騎士》とおっしゃってくださいまし」と、サンチョが言った。

「《愁い顔》はもうなくなって、今は《ライオン》ですからね。」

「それじゃ、ライオンにしましょう」と、公爵が続けた。「さあ、《ライオンの騎士》殿、この近くにあるわたしの城においでくだされ。城においで、あなたのような高潔な客人になされるのが当然の歓迎、わたしと妻の公爵夫人が、城に立ち寄るすべての遍歴の騎士に対してするのを常としている歓待をさせていただくつもりですから。」

このときには、サンチョはすでにロシナンテに鞍を置きなおし、腹帯をしっかり締め終えていた。そこで、ドン・キホーテがそれに乗ると、公爵も見事な馬にまたがり、公爵夫人をあいだにして、一同は城に向かった。途中で公爵夫人がサンチョに、自分のそばへ来るように言ったが、それは彼女がこの従士の機知に富んだ話しぶりに、ひどく興味を覚えたからであった。待ってましたとばかり、この言いつけに従ったサンチョは、三人のあいだに割りこんで会話の四番手となり、首尾よく公爵夫人と公爵のごきげんを取り結んだ。実際、このような遍歴《アンダンテ》の騎士と連れまわされた《アンダード》従士を自分たちの城へ迎え入れることを、公爵夫妻は大変な幸運とみなしたのである。

第三十一章

数多くの格別な事柄を扱う章

サンチョは、どうやら自分が公爵夫人のお気に召したらしいと思って、たいそう御満悦であった。というのも、公爵の城に行けば、ドン・ディエゴやバシリオの家でのような歓待を受け、御馳走にありつけるに違いないと考えたからである。彼はもともと安楽な生活が大好きな男だったので、うまい物にありつける機会が訪れようものなら、それをみすみす逃すようなことは決してなかったのだ。

さて、物語の述べるところによれば、公爵は一行より一足先に別荘だか城だかに帰って、家臣や召使たち全員に、今まさにやってくる騎士、ドン・キホーテのもてなし方について言いふくめた。かくして、ドン・キホーテが公爵夫人と並んで城の門に着くと、時を移さず中から、豪華な深紅の繻子《しゅす》の、ひきずるように長い一種の部屋着をまとった二人の従僕、あるいは馬匹《ばひつ》係が現われ、それこそ目にもとまらぬ早業でドン・キホーテを抱えおろした。そして、こう言ったのである——

「さあ閣下、当家の女主人の公爵夫人を馬から降ろしてさしあげてください。」

ドン・キホーテは言われたとおりにしようとしたが、公爵夫人がそれを辞退することによって、二人のあいだに、仰々《ぎようぎよう》しくも儀式ばったやりとりが、ひとしきり続いた。しかし、結局のところ公爵夫人の固辞が勝利を収めた。自分にはかくも偉大な騎士にそんなつまらない雑用をさせる資格はないと言い張る彼女が、公爵の腕に抱えられてでなければ、白馬からいっかな降りようとはしなかったので、公爵が進み出て、夫人を馬から降ろしたのである。やがて一同が城の中庭に入ると、二人の美しい侍女が現われて、ドン・キホーテの肩に、目にも鮮やかな緋色《ひいろ》の大きなマントを投げかけた。そして、いつの間にか、中庭を取り囲む回廊という回廊に、公爵夫妻の男女の家臣や召使たちが立ち並び、大声で叫んでいた——

「遍歴の騎士の華にして精粋よ、ようこそお越しくださいました！」

それから全員が、とは言わないまでも、その大半の者が、手にした小瓶《こびん》から香水をドン・キホーテと公爵夫妻のうえにふりかけた。ドン・キホーテにとってこうした歓迎はすべて驚嘆することばかりで、彼はその日はじめて、自分が空想上の騎士ではなく、正真正銘の遍歴の騎士であることを認め、確信するにいたった。愛読した物語のなかで、

「さあ閣下，当家の女主人の公爵夫人を
馬から降ろしてさしあげてください.」

過去の遍歴の騎士たちが受けていたのと同じ待遇を自分が受けたからである。

サンチョは、灰毛驢馬を乗りすてると、公爵夫人のあとにぴたりとくっついて城のなかに入った。しかし、さすがに驢馬をほったらかしにしてきたことが気になりだした彼は、多くの侍女たちといっしょに公爵夫人の出迎えに出ていた、威厳のある老女《ドウエニャ》＊に近づいて、小さな声で話しかけた――

「もしかして、お前様はゴンサーレス様といいなさるのかね？」

「ドニャ・ロドリーゲス・デ・グリハルバというのがわたくしの名前です」と、老女が応じた。「で、何か御用ですか、お兄さん？」

これに対して、サンチョが答えた――

「お前様にひとつお願いがあるんだが、ちょっと城門のところまで行ってもらえませんかね。あそこにおいらの灰毛驢馬がいるから、そいつを馬屋へ連れていくように言いつけなさるか、御自分で連れていくかしてもらえねえだろうか。なにしろあいつときたら、いささか物怖《ものお》じする性質《たち》でね、どんなことがあっても、ひとりにしておくわけにゃいかねえんですよ。」

「もし、主人までこの従士みたいなしたたか者だったら」と、老女が答えた、「あたしたちは、それこそとんだ目にあうわ！　さあ、あっちへ行っておくれでないかね、お兄さん。まったく、あんたにもあんたをここに連れてきたお人にも罰《ばち》があたればいいんだわ。驢馬の面倒なんか自分でみればいいでしょう、冗談じゃありませんよ。このお屋敷の老女たちは、そんな仕事には慣れちゃいませんからね。」

「だけど、実を言うと」と、サンチョが応じた、「おいらは騎士の物語のことなら何でも知っている御主人が、あの名高いランサローテについて、

ブリタニアより来た時にゃ
乙女たちが彼にかしずき
老女たちが馬の世話をした

って言うのを聞いたことがあるんだよ。しかも、おいらの驢馬に限って言やあ、おいらはランサローテ殿《どん》の馬とだって取っかえるつもりはねえんだから。」

「お兄さん、もしあんたがふざけた道化師なら」と、老女が言った、「あんたの駄洒落《だじゃれ》を、それで喜んでもらえ、お金を払ってもらえるときのために大事にとっておくがいいよ。あたしからは、せいぜいあかんべえ《イーガ》しかもらえないからね。」

「それにしても」と、サンチョがひきとった、「そのいちじく《イーガ》はさぞかしよく熟してる

ことだろうよ。お前様は齢取《としと》りゲームにかけちゃ、まず負けなさるこたあなさそうだからね。」

「この、ろくでなし!」と、怒り心頭に発した老女がどなった。「あたしが年寄りか年寄りでないか、そんなことは神様がお決めになることで、お前さんなんかの知ったことじゃないよ、このニンニク食らいの田舎者め!」

こう言った老女の声があまりにも大きかったので、それを公爵夫人が聞きつけて、声のほうをふりかえった。見ると老女が激昂《げっこう》し、目を血走らせていたものだから、いったい誰とそんなに激しくやりあっているのかと尋ねた。

「ここにいる能天気とでございます」と、老女が答えた。「この男ときたら、自分が城門のところに残してきた驢馬を馬屋に連れていってくれと、事もあろうにわたくしに頼むんですよ。それも、どこでのことか存じませんが、なんでも乙女たちがランサローテとかいう騎士にかしずき、老女たちが彼の馬の世話をしたなどという話を引き合いに出したりしましてね。そればかりか、あげくの果てには、言うに事欠いて、わたくしのことを年寄りだなんて呼んだんでございますよ。」

「それはわたくしだって」と、公爵夫人がひきとった、「そんなことを言われたら、何よりひどい最大の侮辱とみなしますよ。」

そして、サンチョのほうに向きなおって、こう言った——

「よろしいこと、お友だちのサンチョ、ドニャ・ロドリーゲスはまだとても若いのよ、あの頭巾《ずきん》だって年齢のせいではなくて、習慣に従い、威厳を保つためにかぶっているんですからね。」

「おいらが悪意でもってそんなことを言ったとしたら」と、サンチョが応じた、「おいらの残りの人生が呪《のろ》われたものになったってかまわねえです。ただ、おいらの驢馬に対する愛情があまりにも強いもんだから、できるだけ慈悲深いお人に面倒をみてもらいたいって気持になり、そのためにはドニャ・ロドリーゲス様のほかにゃお頼みする人がいねえと思って、あんなことを言ったんですよ。」

このやりとりをすべて聞いていたドン・キホーテが、従士に向かって言った——

「サンチョよ、そんなことがこの場で話すにふさわしいことだと心得ておるのか?」

「旦那様」と、サンチョが答えた、「誰だって人は、どこにいようと、自分にとって大事なことを話さなけりゃならねえ。おいらはここであの驢馬のことを思い出したもんだから、ここで話したまでで、もし馬屋であいつを思い出したとすりゃ、馬屋で話していたでしょうよ。」

すると、これを聞いていた公爵が口をはさんだ——

「サンチョの言うことは実にもっともで、非難されるべきところなど少しもありませんな。驢馬には好きなだけ飼い葉を与えるようにさせましょう。だから心配するには及ばないよ、サンチョ、驢馬もあんたと同じような待遇を受けることになるだろうから。」

ドン・キホーテ以外のすべての人びとにとって、愉快きわまりないこのようなやりとりをしながら表階段をあがった一同は、ドン・キホーテを金襴緞子《きんらんどんす》の豪華な壁掛けを飾った広間に案内した。すぐに、小姓役をつとめる六人の乙女が現われて、彼の鎧《よろい》をぬがせた。もちろん彼女たちもみな公爵夫妻から前もって、ドン・キホーテが自分は本物の騎士としての待遇を受けているのだと思いこむようにするために、どのように振る舞うべきか、彼にどのように接するべきかを教えこまれていたのである。鎧をぬいだドン・キホーテは、脚にぴったりとしたズボンとセーム革の胴着という格好になった。それにしても、やせこけて、ひょろりと長く伸びたその体つきや、まるで内側でたがいに口づけしているかのような両頬《りょうほお》ときたら、彼の世話をしていた乙女たちが笑いをかみ殺す(これこそ、公爵夫妻が彼女たちに与えた重要な指示のひとつだったのだが)努力をしなかったら、きっと吹き出していたに違いない代物《しろもの》であった。

乙女たちは、シャツを着せてさしあげたいから裸になってくださいと頼んだ。しかしドン・キホーテは、遍歴の騎士にとって慎みというものは勇気と同じほど必要なものであると言って、どうしても応じようとしなかった。それでも、そのシャツをサンチョに渡してくれるように頼むと、従士と二人で、豪華な寝台を備えた部屋に閉じこもり、そこで裸になってシャツを着たが、その折、二人きりになった機会をとらえて、従士にこう言った――

「おい、苔《こけ》むした愚か者にして新たな道化師め、さあ言ってみろ。あれほど威厳があって、あれほど敬意を表するに値する老女を侮辱したり、怒らせたりしてよいと思っておるのか？　あれが灰毛驢馬のことを思い出すのにふさわしい時であり、場所であったとでもいうのか？　われらをこのように丁重にもてなしてくださるこの城の主人方が、われらの馬匹をほったらかしになさるとでも思うのか？　神にかけて頼むが、サンチョよ、どうか言動をつつしんで馬脚を露《あら》わさぬようにしてくれ、おぬしが育ちの悪い粗野な田舎者であることが、ここの人たちに悟られぬようにな。よいか、罰あたりのサンチョ、世の主人というものは、誠実で生まれのよい従僕を抱えていればいるだけ高い評価を得ることができるものであり、王侯が一般の人間より勝《まさ》っている大きな点のひとつは、主君にふさわしい立派な家臣たちに囲まれているという事実にあるのだぞ。おぬしのような情けない従士をもったわしも、まったく不運なことよ。おぬしには分からんのか、おぬしが無骨な田舎者で、ばかな道化者であるということが知れわたってしまったら、わしまでどこかの詐欺師か、いかさま騎士に違いないと思われてしまうということが？　いや、いかんぞ、友のサンチョ。そうした事態は絶対に避けねばならん。よいか、サンチョ、お喋《しゃべ》りなふざけ屋と見なされている者は、いったん足を踏みはずしたが最後、みじめな道化となりはてるのが関の山だからな。できるだけ口をつつしんで、言葉が口からとびだす前に、言葉の意味を考えて、反芻《はんすう》してみるのじゃ。そして何よりも、ようやくわれわれが、神の思し召しとわしの腕の力により、名誉においても富においても、これから大きく進展するはずの地点にまで到達したということを心に留めておくのじゃ、よいな。」

サンチョは必ず言われたとおりにするつもりだ、そしてその場にふさわしくない、軽率な言葉を喋るくらいなら、口を縫いつけるか舌をかみ切ることにすると大まじめで約束し、だから、もうこのことは心配しないでほしい、少なくとも自分のせいで自分たちの素姓がばれ、恥をかくようなことは決してしないつもりだからと請け合った。

衣装を着けおわったドン・キホーテは、剣を吊《つる》した革帯を肩から斜めにさげ、深紅の大きなマントを肩にかけ、乙女たちの差し出した緑色の繻子の縁なし帽をかぶった。そして、こうした粋な格好で大広間に出ていったが、そこでは左右二列に同じ数の乙女が立ち並び、それぞれ手にした手洗いの水の容器を、型どおりの儀礼をふまえたうやうやしい動作をくり返しながら、ドン・キホーテに差し出すのであった。

しばらくすると、ドン・キホーテを、すでに公爵夫妻が彼を待っている食事の席に案内するために、給仕長と十二人の小姓が現われた。そして騎士をまん中にし、行列の威儀をただして別の広間に導いていくと、そこにはただ四人分の豪勢な食卓が用意されていた。公爵夫妻は広間の入り口まで、騎士を迎えに出てきたが、二人のそばには一人のひどくもったいぶった司祭が付き添っていた。これは王侯貴族の屋敷にあって人びとの心の管理にあたっている、そういう司祭の一人であった。つまり自身が貴族の生まれではないがゆえに、貴族の人間に対して貴族的精神とはいかなるものであるかをうまく教えることのできないたぐいの聖職者であり、大貴族の豪勢さをおのれのみすぼらしい精神によって忖度《そんたく》しようと思うたぐいの聖職者であり、自分が管理する人びとに節約とは何かを教えようとして、彼らをけちくさい人間にしてしまうたぐいの聖職者であった。要するに、公爵夫妻とともにドン・キホーテを迎えに出た、ひどくもったいぶった司祭は、こういうたぐいの聖職者であったと、余は言いたいのである。

さて、ここでまた、仰々しくも丁重な挨拶がくどいほど交わされた後、やっと一同はドン・キホーテを取り囲むようにして食卓に向かった。席につく段になって、公爵はドン・キホーテに上座につくように勧めた。ドン・キホーテは断ったものの、公爵の熱心な勧めに負けて、結局上座につくことになった。司祭が騎士の向かい側に席を占め、公爵と公爵夫人はそれぞれ司祭の両側にすわった。

その場に付き従っていたサンチョは、公爵夫妻のような偉い人たちが自分の主人に示す敬意を目のあたりにして、あっけにとられていた。そして、食卓の上座にどちらがつくかをめぐって、公爵とドン・キホーテとのあいだに交わされた礼儀正しい要請のやりとりに際しては、それに関してこんなふうに口を出した――

「もしお許しがいただけるなら、その座席のことについて、おいらの村で起こったことをひとつ話させてもらいますよ。」

サンチョがこう言うやいなや、ドン・キホーテは、また従士が何かばかげたことを話しだすに違いないと思って、身ぶるいした。主人の様子から、その気持を察したサンチョは、こう言った――

「旦那様、おいらは羽目をはずしたり、この場にそぐわないことを言ったりはしねえから、心配しねえでおくんなさい。お前様が今しがたおいらにしなさった、口数が多いの少ないの、喋り方がよいの悪いのについての忠告は、まだ忘れちゃいませんからね。」

「そんなことは何も覚えておらんぞ、サンチョ」と、ドン・キホーテが答えた。「なんなりと話すがよい。ただし、手短にすることじゃ。」

「そんなら言わせてもらうけど」と、サンチョが言った、「おいらの話は正真正銘の真実ですよ。なにしろ、ここにおいでの御主人、ドン・キホーテ様がおいらに嘘《うそ》なんぞつかせちゃおかねえからね。」

「いや、好きなだけ嘘をついたらよかろう」と、ドン・キホーテがひきとった、「拙者としては、お前の口を封じるようなことはせぬからな。だが、お前がその口から出す言葉には気をつけるがよいぞ。」

「そりゃもう十分に気をつけ、考えぬいたあげくの話ですから、ちょうど警鐘を鳴らす者が塔の上にいて安全なように、おいらも何の危なげもねえさ。まあ、結果を見てもらえば分かることですがね。」

「公爵殿」と、ドン・キホーテが言った、「この愚か者をここから追い払うようにお命じになってはいかがでござろう。放っておけば、いくらでもたわ言を並べましょうから。」

「公爵の生命《いのち》にかけて」と、公爵夫人が応じた、「サンチョはわたくしのそばからちょっとでも離れてはいけませんわ。わたくしはこの人がとても気に入っています、だって、とても機知に富《ディスクレート》んだ人だってことがよく分かりますもの。」

「健《ディスクレート》やかな日々を」と、サンチョが言った、「聖女のような奥方様がお過しになりますように、おいらをそんなに高く評価してくださるんだから。もっともおいらにゃそんな資格はこれっぽっちもねえけどさ。ところで、おいらの話ってのはこういうんです。かつて、おいらの村のある郷士が人を食事に招いたことがありました。この郷士はとても裕福で出自も立派、というのもメディーナ・デル・カンポのアラモス家の血筋をひいていて、あのエラドゥーラの港で溺《おぼ》れ死《し》んだ、サンティアーゴ騎士団の騎士、ドン・アロンソ・デ・マラニョンの娘御のドニャ・メンシーア・デ・キニョネスと結婚しなさったからですよ。そういえば、あのサンティアーゴ騎士団の騎士のことで何年か前に、わしらの村で大騒動があり、おいらの記憶がたしかなら、御主人のドン・キホーテ様もそれに巻きこまれていなさったね。ほら、鍛冶《かじ》屋のバルバストロの息子の、悪戯《わるさ》好きのトマシーリョがひどい怪我《けが》をした、あの大喧嘩ですよ……どうです、御主人様、これはみんな本当のことじゃありませんかい？　どうか後生だから、言っておくんなさい。ここにいなさる方々に、いいかげんなおしゃべりの嘘つきと思われるのはいやだからね。」

「これまでのところ」と、聖職者が言った、「あんたを嘘つきというよりは、おしゃべりとみなしますよ。まあ、これから先どう判断するかは分かりませんがな。」

「サンチョよ、お前があんなに多くの証人やら証拠をあげたからには、拙者も、お前の言うことが本当に違いなかろうと認めざるを得んわい。だが、さっさと話を進めて、早々に切りあげることじゃ。お前の話しぶりからすると、どうやら二日かかっても終りそうにないからな。」

「いえ、わたくしを喜ばせようという気持があるなら」と、公爵夫人が言った、「話を短く切りあげてはいけません。それどころか、この人の好きな話し方で話してもらいたいものですわ。なんなら六日かかったってかまいやしません。そんなに長続きしたら、それこそわたくしがこれまで経験したことのない素晴らしい日々になることでしょうから。」

「それではお話ししますけど、皆さん」と、サンチョが続けた、「その金持の郷士がですね、実を言うと、おいらはこの御仁《ごじん》を自分の手のひらのようによく知ってるんだが、なぜかって言えば、彼の家はおいらの家から石弓の矢が届くくらい近いところにあるからでしてね、その郷士が一人の貧しい、しかし正直者の農夫を食事に招いたんです。」

「さっさとその先へ進みなされ」と、このとき聖職者が言った。「その調子では、あんたの話はあの世へ行くまで片づきそうにありませんからな。」

「神様のお力添えがあれば、あの世への道を半分も行かずに終りますよ」と、サンチョが答えた。「さて、話を続けるとして、その正直者の農夫が、彼を招いた郷士の家にやってきました……だけど、あの郷士も死んじまったんだから、あの世で魂が安らかでありますように……まあ、安らかなのは間違いねえけど、なにしろ人の話を寄せ集めると、あの人はまるで天使みたいな死に方をしたっていうから。もっとも、おいらはその臨終には立ち会えなかったんだ、というのも、あの時たまたまテンブレーケに刈り入れの出稼ぎにいってたもんでね……」

「お前さん、*お願いだから早くテンブレーケから戻ってもらえないかな。そして、われわれを退屈死させるつもりがないなら、郷士殿の埋葬にふれたりせずに、早くあんたの話を終りにしなさいよ。」

「さて、そういうわけで」と、サンチョがふたたび続けた、「郷士と農夫の二人が食卓につく段になって……まったくもって、おいらには二人の姿が、かつてねえほど生き生きと目の前に浮かんできますよ……」

公爵夫妻は、サンチョの間のびしたとぎれとぎれの話しぶりに対して、謹厳実直な聖職者が示しているいらだち《ディスグスト》を見て大きな喜び《グスト》を覚えたが、一方でドン・キホーテは、いらいらしたりやきもきしたりで精根をすりへらしていた。

「こうしてね」と、サンチョが言った、「いま言ったように、二人が食卓につこうというとき、客の農夫は郷士が上座につくように主張し、また郷士のほうは、この家では自分の言うとおりにしてもらいたいと言って、農夫に上座につくようにすすめた。ところが、礼儀をわきまえ、しつけのいいことを自慢していた農夫は、いっかな言うことをきこうとしねえ。相手がどうしても自分の言うとおりにしねえもんだから、郷士のほうはついに気分を害し、腹を立てて、両手を相手の肩にかけると、力まかせに農夫を座らせながら、こう言ったんだよ——「座れ、この強情な田舎者。どこであろうと、わしの座るところがお前の上座なんだ。」皆さん、これがおいらの話です。まったくの話、これがこの場にふさわしくねえとはとても思えませんやね。」

狼狽《ろうばい》したドン・キホーテの顔色は青くなったり赤くなったりし、それが日焼けして浅黒くなった肌の上に、まだら模様をつけた。サンチョの話の底意を見抜いた公爵夫妻は、それによってドン・キホーテの面目が丸つぶれにならないようにとの配慮から、懸命に笑いをこらえた。そして、その場の話題を変え、サンチョに途方もない話を続けさせないようにするため、公爵夫人はドン・キホーテに、ドゥルシネーア姫から何か消息があったかどうか、また最近、どこぞやの巨人なり悪党なりを贈物として姫のもとにお遣わしになったかどうか、さぞかし多くの敵を打ち倒しておいでのあなた様のことだから、と尋ねた。すると、ドン・キホーテはこう答えた——

「奥方様、拙者の不運には始めはあっても、終りは決してないものと思われます。なるほど拙者は巨人どもを屈服させ、卑劣な悪党どもを姫のもとに送りました。しかし、奴らとてどこに姫を探し当てることができましょうや？　なにしろ姫は魔法にかけられ、およそ、想像もつかぬほど醜い百姓娘にその姿を変えておるのでござるから。」

「はて、それはどうかな」と、サンチョ・パンサが言った。「おいらには、この世でいちばんの美人に思われるからね。少なくとも、身軽さと上手に跳びはねることにかけちゃ、軽業師だってあの方にゃ一目置きますさあ。これは本当の話ですがね、公爵の奥方様、あの方が地面から驢馬の背に跳び乗るところなんぞ、猫も顔負けですよ。」

「すると、あんたは魔法にかけられた姫を見たことがあるのかな、サンチョ？」と、公爵が訊いた。

「見たことがあるのか、ですって！」と、サンチョが答えた。「あの方の魔法沙汰を思いついたのが、このおいらじゃなくて、一体全体どこの誰だっていいなさるのかね？　そうよ、あの方はおいらの親父と同じように魔法にかかっていなさるんだよ！」

公爵家の聖職者は、先ほどから巨人だの悪党だの魔法だのが頻繁に出るのを聞いて、この人物こそドン・キホーテ・デ・ラ・マンチャに違いないと気づいた。つまり、公爵がいつもその伝記を読んでいるのを、自分が見とがめて、そういうばかげたものを読むのは愚かなことだと、何度もいさめたことのある、あの物語の主人公に違いないと悟ったのである。そして司祭は、自分の懸念していたことが現実になったことを確認すると、激しい怒りをあらわにしながら、公爵に向かってこう言った――

「閣下、あなた様はこのおかしな男のすることについて、われらの主たる神に、きちんと報告なさらねばなりませんぞ。閣下はこの男にばかげた虚しいことを続けさせようとして、その機会を与えておいでのようですが、わたしの睨《にら》むところ、このドン・キホーテとか、ドン・阿呆《アホ》ーテとかいう男は、閣下が考えておられるほど愚かな男ではありませんぞ。」

それから怒りの矛先をドン・キホーテのほうに向けて、こう言った――

「ところで能天気なあんた、いったい誰があんたのその空っぽの頭のなかに、あんたが巨人を退治し、不正をはたらく者どもを虜《とりこ》にする遍歴の騎士だなんてことを吹きこんだのかな？　さあ、わたしの言うことをきいて、さっさとこの城を出なされ。悪いことは言わないから、自分の家に帰って、もし子息がおありなら、その養育にあたり、財産の管理に専念したほうがいい。あちらこちら放浪しながら、ばかげたことをして無駄な時間を使い、あんたのことを知っている人や知らない人たちに笑いの種をふりまくようなことはやめなされ。そもそも、遍歴の騎士なるものがかつて存在したとか、現在も存在するなどということを、どこで知りなさったのだ？　スペインのどこに巨人がいるというんだね？　ラ・マンチャのどこに、あんたのいうような悪党がいますかな？　いや、魔法にかかったドゥルシネーアだとか、あんたについて語られている、ああした一連のばかげた話は、いったい全体どこの世界のことなんです？」

ドン・キホーテは威厳のある聖職者の言葉にじっと耳を傾けていたが、相手が言い終るやいなや、公爵夫妻に対する敬意など意に介することなく、すっくと立ちあがると、憤怒をあらわにした険《けわ》しい顔つきで、次のように言った……

しかしながら、この応答はそれだけで次の一章を構成するに値するであろう。

第三十二章

ドン・キホーテが自分を非難した聖職者に向けた反論、および、厳粛にして愉快なさまざまな出来事について

さて、立ちあがったドン・キホーテは、まるで水銀中毒にかかった患者のように、頭から足の先までをわなわなと震わせながら、興奮のあまりもつれがちな舌で、こう言い出した――

「拙者がいまおる場所、拙者の面前におられる方々のやんごとなさ、さらに、貴公が奉じておられる聖職に対して拙者がつねに変ることなく抱いてきた敬意などがあいまって、拙者の正当な憤怒に燃える手を押しとどめ、縛りつけているのでござる。いま述べた理由と同時に、貴公たち文人の武器は御婦人方のそれと同じく弁舌であるという周知の事実を拙者もわきまえるがゆえに、拙者もまた舌鋒《ぜっぽう》を武器として、貴公と対等の条件で戦いをしたいと思いますぞ。もっとも、本来ならば聖職者たる貴公からは、口さがな

い非難中傷よりも有益なる助言が得られてしかるべきだったのでござるがの。善意に満ちた衷心からの譴責《けんせき》なら、先ほどとは違ったやり方、異なった言葉づかいを必要とするでござろう。少なくとも、人前で拙者をあのように辛辣《しんらつ》に難詰《なんきつ》するがごときは、善意の譴責の限界をはるかに越えている。なぜかと申せば、善意の譴責というものは、辛辣さよりは穏やかな言葉によって功を奏するものだからでござる。また、自分で非難している罪についてまともな知識もないくせに、その罪を犯している者を、むやみやたらにばか者、愚か者と決めつけるのはよろしくありません。そんなことはないと言われるなら、お尋ねいたそう。いったい貴公は、拙者のいかなる愚行を認めたからというので、拙者のことを口をきわめて罵倒《ばとう》し、あまつさえ、拙者に妻子があるのかないのか知りもせぬのに、家へ帰って妻子の面倒をみ、財産の管理に励めなどと命令するのかな？　さながら、なんの断りもなくずかずかと他人の家に上がりこみ、そこの主人を支配しようとするようなものではござらぬか？　しかも、おそらくはどこぞやの神学校の窮屈な寄宿舎に育ち、ほとんど周囲二、三十レグアほどの小さな世界しか知らぬような者が、勝手気ままに割りこんできて、騎士道を裁き、遍歴の騎士を断罪するなど、許されることでござろうか？　快楽や身の安逸を求めることなく、諸国を巡りながら、それによって善人が不滅の生の高処《たかみ》にのぼる難行苦行に明け暮れることを、もしかして虚しい営為であり、時間の浪費であると言われるかな？

もし、世の騎士や、王侯貴族や、高潔の士や、高貴な生まれの方々が、拙者のことをばか者と見なすというのであれば、拙者もそれを耐えがたくも重大な不名誉と心得ましょう。しかし、騎士道の隘路《あいろ》に一度も踏み入ったことのないような書生や学者連によって愚か者と見なされたところで、拙者は痛くもかゆくもござらぬ。拙者は騎士であり、至高の神が嘉《よみ》したまえば、騎士として死ぬ覚悟でござる。人のたどる道はさまざまであって、思いあがった野心の広野を行く者もあれば、卑屈にしていやしい追従《ついしょう》の野を行く者もある。さらにまた、人を欺くための偽善の野を進む者もあれば、真の宗教の野を突き進む者もある。しかし拙者は、おのれの運命に導かれて遍歴の騎士道の狭く険しい道を行く者であって、その本分をまっとうするため、財貨などはさげすみ、そのかわりに名誉を追い求めるのでござる。拙者はこれまで、恥辱を受けた者の恨みを晴らし、不正を正し、驕《おご》れる者を懲《こ》らしめ、巨人を打倒し、妖怪変化を退治してまいった。なるほど、拙者は恋する者でござるが、それは遍歴の騎士にとって恋が不可欠であるがゆえにほかなりませぬ。それゆえ恋はするものの、拙者の恋はふしだらな肉欲におぼれるものではなく、プラトニックな清らかなものでござる。拙者の変ることなき意図は、つねに良き目的に向けられておりますが、それは万人に善をなし、何人《なんぴと》にも害を及ぼさぬということでござる。このようなことを志向し、それを実践し、それを務めとする者がばか者呼ばわりされてよいものかどうか、そのあたりを、やんごとなき公爵閣下と公爵令夫人にお聞きしとうござる。」

「こりゃすげえ、立派なもんだ！」と、サンチョが叫んだ。「おいらの御主人の旦那様、もうそれ以上言うこたあねえよ、お前様の立場を守るのはそれで十分だからね。だって、そのうえ言ったり、考えたり、主張したりすることあ、この世にはもうねえからさ。それに、こちらの旦那はさっき、この世に遍歴の騎士なんか昔もいなかったし、今もいねえと、はっきり否定しなさったんだから、この人が、お前様の言いなさったことを何ひとつ知らなくったって、別に驚くにはあたらねえからね。」

「もしかして、兄弟」と、聖職者が言った、「あんたが、その主人から島をやるという約束をしてもらったとか言われている、あのサンチョ・パンサですかな？」

「へい、そうですよ」と、サンチョが答えた。「しかもおいらは、誰にも負けねえほど島をもつに値する男です。なにしろおいらは、《立派なお人の仲間になれ、そうすりゃお前も立派になれよう》って唱える男の一人だし、また、《大事なのは誰から生まれたかじゃなく、誰といっしょに飯を食ったかだ》、さらに《寄らば大樹の陰》って考える男の一人だからね。つまり、おいらは立派な主人と近づきになり、もう何か月も前から主人のお供をして歩きまわってるんだから、神様の思し召しさえありゃ、いずれおいらも主人のような人間になれるはずさね。これで主人とおいらが長生きできりゃ言うことありませんや。主人の支配する帝国が不足するようなこたあなかろうし、おいらだって治める島に事欠くこたあねえだろうから。」

「もちろんだよ、友のサンチョ、事欠くことなんかあるわけがないさ」と、このとき公爵が言った。「だって、早速わたしがドン・キホーテ殿になりかわって、君を島の領主に取りたてることにするからね。ちょうどわたしの所有する島で一つあまっているのが、しかし、とっても重要な島があるんだよ。」

「ひざまずくのじゃ、サンチョ」と、ドン・キホーテが言った、「そして、たまわった恩恵のお礼に、閣下のおみ足に口づけをしてさしあげるのじゃ。」

サンチョは言われたとおりにしたが、この様子を見ていよいよ気分を害し、かんかんになった聖職者は、食卓から立ちあがると、公爵に向かってこう言った――

「わたしは身にまとう僧服にかけて、閣下もほとんどこの罰《ばち》あたりどもに匹敵する愚か者だと言わねばなりませんぞ。まともな人間がああした狂気を称賛するなど、とても信じられぬことです。閣下はこの者たちのお相手をなさるがよい。わたしはこの者たちがこの城に滞在しているあいだは、自分の家にひきとらせていただきましょう。わたしの手ではどうにも矯正できないことについて、とやかく意見したりするような労など、省くに及《し》くはありませんから。」

司祭はこれだけ言うと、食事に手をつけることもなく、彼を引きとめようとする公爵夫妻の願いに耳を貸すこともなく、その場を立ち去ってしまった。もっとも公爵は、聖職者の場違いな憤慨ぶりがあまりにもおかしかったので、笑いを抑えるのに懸命で、たいして熱心に引きとめようとはしなかったということも事実であるが。やっと笑い終った公爵は、ドン・キホーテにこう言った――

「《ライオンの騎士》殿、あなたはあの男の侮辱に対し、実に堂々と反論し、御自分の立場を明らかにされたので、心もすっきりなさったことでしょう。もっとも、あの司祭の言葉は侮辱のようでありながら、実際は決してそうではないんです。というのは、女たちが人に侮辱を与えることができないように、聖職者が人を侮辱することはありえないからです。もちろん、このことはあなたのほうがよくご存じでしょうが。」

「いかにも、そのとおりでござる」と、ドン・キホーテがひきとった。「その理由は、他人から侮辱されえない者は、誰をも侮辱することなどできないからでござる。女と子供と聖職者は、よしんば他人から攻撃され辱《はずか》しめを受けたとしても、みずからを守ることができないのであってみれば、恥辱を受けたことにはなりませせぬ。なぜかと申せば、閣下もよく御承知のとおり、侮辱《アグラビオ》と恥辱《アフレンタ》のあいだには次のような相違があるからでござる。つまり、恥辱というものは、それを他人に加えることができ、それを加え、そしてその行為を意識のなかで持続する者によってもたらされる。これに対して侮辱というものは、恥辱を与えようという意思などもたぬ、あらゆる人から加えられ得るものなのでござる。

一例をあげましょう。ある男がのんびりと通りを歩いているところへ、武器を手にした十人のごろつきがやってきて、襲いかかったので、男は剣を抜いて、そのような場合になすべき義務を果たそうとする。しかし多勢《たぜい》に無勢《ぶぜい》、どうしても復讐《ふくしゅう》という本来の目的を達成することができない。この場合、その男は侮辱を受けたものの、恥辱を受けたことにはならない。もうひとつの例で、このことを確認してみましょうぞ。ある男が立っているところへ、背後から別の男が忍び寄って棒打ちをくらわせる。しかも、殴ったとたんに、相手を待ち受けることなくその場から逃げ出し、殴られたほうがあとを追いかけても追いつけないとしましょう。するとこの場合、棒打ちをくらった男は、なるほど侮辱は受けたものの恥辱をこうむったわけではない。なんとなれば、恥辱はそれを加えた本人がその行為を持続する必要があるからでござる。されば、もし棒で殴った男が、たとえそれが卑怯な不意打ちであったにしても、そのあとで、その場から動かずに剣に手をかけ、相手に面と向かったとするなら、打擲《ちょうちゃく》された男は侮辱されると同時に恥辱を受けたということになりましょう。つまり、だまし打ちをくらったがゆえに侮辱を受け、さらに、彼を棒で殴った男が、背を向けて逃げだすことなく、その場に立ちどまっておのれの行為を支持したがゆえに恥辱をこうむることになったからでござる。

したがって、呪《のろ》われた決闘の掟《おきて》によれば、拙者は侮辱を受けたかも知れませぬが、恥辱を受けてはおりませぬ。子供たちが恥辱を意識することもなければ、女たちが逃げ出したり、立ちどまって相手を待つなどということもないように、聖なる宗教に従事している者にも同じことが言えるからでござる。なにしろ、この三種類の人間は、攻撃のためにしろ防御のためにしろ、武器というものを携えておりませんので、なるほどおのが身を守るのは人間本来の義務とは申せ、彼らは他人に立ち向かう力をもちあわせておらぬのですよ。そういえば、先ほど拙者は侮辱を受けたかも知れぬと申しあげたが、今ここでそれを撤回し、そんなことは絶対にないと申しますぞ。なんとなれば、恥辱を受けることのない人間が、他人にそれを与えることなど、なおさらできないからでござる。これまで述べたような理由により、拙者はあの立派な司祭殿が拙者にあびせかけた言葉を侮辱とみなすべきではないし、そう思いもいたしませぬ。ただ拙者としては、彼がもう少しこの場にとどまっていてくれたら、この世に遍歴の騎士などかつて存在しなかったし、現在も存在していないと思いこみ、それを口にするという、彼の陥っているはなはだしい誤謬《ごびゅう》を悟らせてさしあげることができたであろうにと、それが残念でなりませぬ。まったくの話、あのような発言をアマディスか、あるいはアマディスの数知れぬ子孫の誰かが耳にしたとするなら、あの司祭様もただではすまなかったに違いありませんからな。」

「そいつはたしかだ、誓ってもいいね」と、サンチョが言った。「それこそ一刀両断ってやつで、まるで柘榴《ざくろ》か、よく熟《う》れたメロンみたいに、上から下へまっ二つになってたに違いねえよ。なにしろあの騎士衆は、さっきみたいな冗談を黙って聞き流すようなお人好しじゃねえからさ。おいらは十字を切って言うけど、もしレイナルドス・デ・モンタルバンが、あの坊さんの言葉を聞きつけていようものなら、剣先であの仁《じん》の口もとをどやしつけ、それこそ三年くらいは物も言えねえようにしちまったんじゃなかろうか。なんなら、あの騎士衆と事を構えてみなさるがいいよ、そうすりゃ、どんなにひどい目にあうか分かろうってものさね。」

こうしてサンチョが話すのを聞いていた公爵夫人は、あまりのおかしさに笑いこけた。そして夫人の見るところ、サンチョはその主人よりいっそう滑稽《こっけい》で、いっそう気のふれた人物であったが、当時、彼女と同じような見解をとる者は大勢いたのである。

そうこうするうちに、ドン・キホーテの気持も落ち着いた。そして食事が終って、食卓が片づけられると、今度はそこに四人の侍女がやってきた。ひとりは銀の洗面器を捧げ持ち、またひとりは同じく銀製の水差しをかかえ、三番目の女はまっ白な極上のタオルを二本肩にかけ、四番目は二の腕までむき出しの、白いすべすべした手(たしかにまっ白であった)に、ナポリ石鹼《せっけん》*の丸いかたまりを持っていた。まず洗面器の侍女がドン・キホーテに近づくと、愛敬《あいきょう》たっぷりな、そしてきびきびした身のこなしで、彼の顎《あご》の下に洗面器をあてがった。この妙な儀式に驚いた騎士は、食後に手のかわりに顎髭《あごひげ》を洗うのがこの土地の風習に違いないと思いこみ、何も言わずに、されるがままになり、あまつさえ顎をできるだけ前に突き出すのであった。すると、たちまち水差しから水が注がれ、石鹼係の侍女によっていかにも手際よく石鹼がぬりたくられて、髭がごしごし洗われたものだから、雪の泡(実際、石鹼の泡は雪に劣らず白かったのである)が、相手のなすがままに任せている従順な騎士の顎から顔じゅうに広がって、彼はいやでも目を閉じていなければならなかった。

公爵夫妻は、このような髭洗いを命じたこともなければ、前もって知らされてもいなかったので、この奇妙な儀式がどう落着するのだろうかと、期待に胸をはずませながら見守っていた。顎髭洗いの侍女は、騎士の顔を白い泡だらけにしたとき、ちょうど水がなくなってしまったふりをして、水差し係の侍女に、すぐに汲《く》んでくるように言いつけ、ドン・キホーテには、このままでしばらくお待ちくださいませと頼んだ。かくしてドン・キホーテは、およそ想像しうる限り最も珍妙にして、この上なく笑止《しょうし》な格好で、じっとしていなければならなかったのである。

広間にいあわせた大勢の人たちがみなドン・キホーテに注目し、日に焼けたどす黒い首を半バーラほども伸ばして両目を閉じた、石鹼だらけの騎士の顔を見つめていたのだから、これで一同が吹き出さずにいられたのはちょっとした奇跡であり、並々ならぬ配慮の賜物《たまもの》なのであった。この悪ふざけを仕組んだ侍女たちは、さすがに主人たちの顔を見るだけの勇気はなく、目をふせたままでいた。一方、公爵夫妻にしてみれば、身内に怒りとおかしさが同時にこみあげてきて、侍女たちの大それたまねを罰したものやら、このような格好のドン・キホーテを見せて楽しませてくれたことに褒美《ほうび》を出したものやら、どうしてよいか分からなかった。

しばらくして水差しの侍女が戻ってきて、やっとドン・キホーテの髭洗いが終ると、今度はタオルを持った侍女が、ひどくゆっくりとした動作で騎士の顔を拭《ふ》き清めた。これがすむと、四人そろって、うやうやしく最敬礼をして、引きさがろうとした。ところが公爵は、ドン・キホーテがこの悪ふざけに気づくことのないようにとの配慮から、洗面器の侍女を呼びとめて、こう言った――

「ほら、ここへ来て、わたしも洗ってくれ。だが、途中で水がなくならないように気をつけるんだよ。」

気転の利くてきぱきとした侍女は、すぐに公爵に近づき、ドン・キホーテに対してしたように、その顎に洗面器をあてがった。そしてほかの侍女たちも加わり、手早く石鹸を塗りたくってごしごし洗い、それからタオルできれいに拭きとると、うやうやしくお辞儀をして、その場から退出した。後になって知れたところによると、公爵は、もし侍女たちがドン・キホーテにしたように自分の髭を洗わなかったら、彼女たちの行き過ぎた行為を罰しようと心に決めていたという。しかし賢明な侍女たちは、公爵をも石鹸だらけにすることによって、その罰をまぬがれたのであった。

サンチョはこの髭洗いの儀式をじっと見つめていたが、やがて、こうつぶやいた――

「こりゃたまげたわ！　だけんどこの土地じゃ、騎士と同じように従士の髭も洗うちゅうしきたりはねえもんかしらん？　神かけて心から言うけど、おいらにはその必要がうんとあるからね。それに剃刀《かみそり》で髭をそってもらえたら、そりゃもっとありがたいんだが。」

「何をぶつぶつ言ってるの、サンチョ？」と、公爵夫人が尋ねた。

「奥方様、おいらは」と、サンチョが答えた、「世の王様や貴族のお城じゃ、食事がすんだら、水がきて手を洗うって話はよく聞いていたけど、髭の灰汁《あく》洗いをするとは知りませんでしたよ。まっこと、長生きするといろんなことが見られて、いいもんですね。もっとも世間じゃ、長生きする者はうんとつらい目にあうとも言ってるけど、こんな髭洗いなら、つらいってより気持がいいってもんでさ。」

「分かったわ、わたくしのお友だちのサンチョ」と、公爵夫人が言った、「侍女たちに、あなたも洗うように言いつけましょう。それに、もし必要なら、あなたを灰汁《あく》につけるようにさせてもよろしいことよ。」

「さしあたっては、顎髭だけで十分でさあ」と、サンチョが答えた。「また、しばらくすりゃ、どんなお願いをするか分かりませんがね。」

「いいわね、給仕長」と、公爵夫人が言った、「立派なサンチョさんのおっしゃることをよく聞いて、寸分たがわず、そのとおりにしてさしあげるのですよ。」

給仕長は、なんなりとサンチョ殿のお言いつけどおりにしますと答え、それから自分たちの食事をするために、サンチョとともに退出した。かくして、広間のテーブルには公爵夫妻とドン・キホーテだけが残り、三人は多くのさまざまな話に興じて時を過したが、話題はいずれも武芸と遍歴の騎士道にかかわることばかりであった。

公爵夫人はドン・キホーテに、あなたはめでたい記憶力に恵まれた方のようにお見うけしますので、どうかドゥルシネーア・デル・トボーソ様の顔立ちやその美しさを克明に描いていただきたい、もっともあの方の美しさを喧伝《けんでん》している世間の評判によって、あの方が地球上で、いやラ・マンチャ中でも一番美しい女性に違いないとは思っていますが、と頼んだ。公爵夫人の要望を聞いたドン・キホーテは、ひとつ大きなため息をつくと、こう言った——

「もし拙者がこの胸から心臓を取り出して、やんごとなき奥方様の目の前に、つまり、このテーブルの皿の上にでも置くことができますものなら、ほとんど想像することすらかなわぬことを言うという労を舌から省いてやることができましょうて。奥方様は、その心臓のなかに、十全なる形で描かれたわが思い姫の姿をごらんになれるからでござる。それはそうと、拙者ごとき者が、比類なきドゥルシネーアの美しさを微に入り細にわたって描いたところで何になりましょうや。これは拙者の手にある、したがって、もっと卓越した人びとに委ねられるべき仕事でござる。例えば、パラッシオ、ティマンテス、アペレス*といった画家たちの絵筆がカンバスに描き、リシポ*のたがねが木や大理石や青銅に刻みつけるべきであり、さらに言葉でもってあの方を称《たた》えるためには、キケロニアーナやデモスティーナといった修辞《レトリカ》が必要となりましょうぞ。」

「そのデモスティーナというのは、どういうことですの、ドン・キホーテ様」と、公爵夫人が訊いた、「これまでわたくしが一度も耳にしたことのない言葉ですけど。」

「デモスティーナというのは」と、ドン・キホーテが答えた、「《デモステネスの》という意味で、レトリカ・デモスティーナとは《デモステネスの修辞》、ちょうど《キケロの修辞》をレトリカ・キケロニアーナというのと同断ですのじゃ。とにかく、この二人は世界でも最高の雄弁家でござったから。」

「そのとおりだよ」と、公爵が言った、「そんな質問をするなんて、君の無知を暴露してしまったようだね。まあ、それはともかくとして、ドン・キホーテ殿が姫を描いてみせてくださったら、どんなにうれしいことだろう。ほんの大ざっぱな素描であっても、あの方は間違いなく、世の選《え》りぬきの美人たちをさえ嫉妬《しっと》させるようなお姿でしょうからね。」

「もちろん拙者としても」と、ドン・キホーテが応じた、「つい先日、あの方の身にふりかかった災難が、拙者の脳裡《のうり》にあったあの方の姿をかき乱してしまわなかったとしたら、御要望に応じたことでありましょう。しかし、その災難のために、拙者はあの方を描写するよりは、泣きたいような気持でいるのでござる。閣下御夫妻にもぜひお聞きいただきたいが、数日前のこと、拙者が姫の手に口づけをするため、そしてこの第三回目の旅立ちに対する祝福と同意と許可を受けるためにまいりましたところ、拙者は目の前に、自分の恋いこがれる方とはまったく別の女性を見いだしましたのじゃ。つまり、そこにいたのは魔法によって姫君から百姓娘に、美人から醜女《しこめ》に、天使から悪魔に、芳香から悪臭に、優雅な物言いから粗野な言葉づかいに、しとやかな物腰からがさつな態度に、光から暗闇に、つまるところ、ドゥルシネーア・デル・トボーソからサヤーゴの田舎娘に変えられた姿だったのでござる。」

「ああ、なんということだ!」と、この瞬間、公爵が大声をあげた。「いったい全体、誰がこの世に対して、そんな大それた悪事をはたらいたのです? 世界の喜びであった美を、世界を魅惑していた優雅さを、そして世界に品位をもたらしていた貞節さを奪ったのはどこの誰なんです?」

「誰が、とお尋ねでござるか?」と、ドン・キホーテがひきとった。「それはもちろん、嫉妬にかられて拙者を責めたてておる、数多くの魔法使いのうちの誰か悪辣《あくらつ》な奴にきまっておりまする。こいつらは善人の功名を陰らせて抹殺《まっさつ》し、悪人どもの行為に光をあてて、それを顕賞するために、この世に生まれてまいった種族。こうした魔法使いどもは以前より拙者を迫害し、今も迫害しつづけておりますが、これからも、拙者を拙者の高《こう》邁《まい》な騎士道もろとも忘却の深淵《しんえん》に突き落すまで迫害の手をゆるめることはありますまい。

しかも奴らは、拙者が最も苦痛を覚えるに違いないと見てとったところに攻撃の的をしぼり、拙者に深傷《ふかで》を負わせます。と申すのも、遍歴の騎士からその思い姫を奪い去るというのは、彼から物を見る目、彼に光をあてる太陽、そして彼が身を養う食糧を奪うに等しいからでござる。拙者はここで、これまで何度も口にしてきたことをくり返して申しあげるが、おのれの恋を捧げるべき思い姫をもたぬ遍歴の騎士など、あたかも葉のない樹木、土台のない家屋、そして、そのもととなる物体を欠いた影のごときものでござるよ。」

「まあ、それはたしかなことだと思いますわ」と、公爵夫人が言った。「でも、それでも、つい先ごろ出版されて、ちまたの好評を博している、ドン・キホーテ様の伝記を信用して、そこから推しはかるとしますと、もしわたくしの記憶に間違いがなければ、あなた様は一度もドゥルシネーア姫にお会いになったことがないばかりか、そのような姫はこの世に存在せず、あれは、あなた様が御自分の頭のなかで創り出して生みおとされ、思いどおりの魅力的な美しさと完璧さをお与えになった、空想上の思い姫ということになりますけど？」

「そのことについては、多々申しあげることがござる」と、ドン・キホーテが答えた。「しかしながら、ドゥルシネーアがこの世に存在するか否か、また空想の存在か否か、これは神がご存じじゃ。したがって、これらはあまり詮索《せんさく》を徹底すべき事柄ではござらぬ。別に拙者は姫を生みおとしたわけではなく、ただ、この世のありとあらゆる女性のなかで、彼女をひときわ際立ってみえる貴婦人にふさわしいほどの、すべての美点をかねそなえた女性として、心の内で思い描いているのでござる。すなわち、瑕《きず》のない珠《たま》のような完全な美しさ、高ぶることのない厳《おごそ》かさ、おくゆかしさのなかに見られる情愛の強さ、礼儀正しいがゆえの義理がたさ、育ちのよさからくる礼儀正しさ、そして最後に、美というものが卑しい生まれの美しい婦人におけるより、すぐれた血統において、より完璧な度合で際立ち、輝くという理由によって、家系の高貴さといった美点をそなえた女性としてでござる。」

「おっしゃるとおりです」と、公爵が言った。「ですが、ドン・キホーテ殿、あなたの武勲を描いた物語を読んだ者として、どうしても言いたいことがありますので、どうかそれをここで言う許可をお与えください。つまり、あの書物から推測すると、ドゥルシネーア姫がエル・トボーソの町に、あるいはその周辺に存在し、しかも、あなたがわれわれに強調なさったように、この上ないほどの美人であることは認められるとしても、その血筋のよさ、門地の高さという点に関しては、オリアーナ、アラストラハレーア、マダシマをはじめとして、あなたがよく御承知の騎士道物語に頻繁に登場するあいった高貴な婦人方とは、とても肩を並べることはできないように思われるのですが。」

「それについては、こう答えましょうぞ」と、ドン・キホーテがひきとった。「すなわち、ドゥルシネーアはみずからの行為の娘であること、そして徳行は血統を矯正するものであり、卑しい生まれの者の美徳は、高貴な者の悪習より高く評価され、尊重されるべきであるということでござる。かてて加えて、ドゥルシネーアが王冠を戴き笏《しゃく》を手にすることができるほどの資質に恵まれた女性であってみればなおさらでござろう。と申すのも、一般に徳高く美しい女性というものは世間の高い評価を受けるあまり、より大きな奇跡さえ可能にするものであり、とりわけあの方は、形式的にではないにしても、実質的に、大きな幸運をその裡《うち》に秘めておられるからでござる。」

「ドン・キホーテ様、ほんとうにあなたは」と、公爵夫人が言った、「まるで石橋を叩いて渡り、また下世話に言う、測鉛を手にして水深を測りながら歩く、という調子でお話しになりましたわね。分かりました、それでは今日からわたくしは、ドゥルシネーア姫がエル・トボーソに実在し、今でもお元気で、ドン・キホーテ様のような立派な騎士がお仕えするにふさわしいほど美しく、しかも高貴なお生まれの方であるということを信じましょう。いえ、わたくしだけではなく、この家の者たちすべてに、必要とあらば夫の公爵にも信じるようにさせますわ。これが姫に対してわたくしの表わせる、そして思いつく最大の敬意ですわ。それにしても、わたくしにとってどうしても気がかりなこと、そしてサンチョ・パンサに対して、何というか、ある種の恨みを抱かざるをえないようなことがありますの。その気がかりというのは、先ほどお話に出た物語に、サンチョ・パンサがあなたの使いとしてドゥルシネーア姫のところへ手紙を持っていったとき、彼が目にした姫は大袋にいっぱいの小麦を篩《ふるい》にかけていらした、それもどうやら赤麦らしかったと書かれていることです。だって、これは姫の出自の高貴さを疑わせるような記述ですもの。」

これに対して、ドン・キホーテが次のように答えた――

「奥方様、まず御承知おき願いたいのは、拙者の身に起こることはすべて、あるいはその大半が、運命の計り知れぬ意志に、あるいはまた、どこぞやの嫉妬深い魔法使いの悪意に導かれることにより、他の遍歴の騎士たちに起こる通常の出来事とは大いに異なっているということでござる。これまでの高名な遍歴の騎士の全員が、とは言わぬまでもそのほとんどが、ある者は魔法にかからぬという神に与えられた特権をもつとか、またある者は、ちょうどフランスの十二英傑《ドセ・パーレス》の一人として称えられた、かの名高きロルダンがそうであったように、決して刃物によって傷つくことのない不死身の肉体の持主であるとかいう、並はずれた豪傑であったことは、もはや確認された事実でござる。そして、ロルダンに関しては、彼を傷つけることのできた唯一の場所は左足の裏であり、それも太いピンの先でなければ、ほかのいかなる種類の武器を用いても傷つけることはできなかったと語り継がれておりまする。さればこそ、ベルナルド・デル・カルピオがロンセスバーリェスで彼を討ちとった折には、刃物ではたちうちできないと見てとり、かのヘラクレスが、《大地》の息子と言われていた獰猛《どうもう》な巨人アンテオンを殺したときの故知にならい、ロルダンを両腕で抱えあげて、そのまま絞め殺したのでござる。

いま申しあげたことからして、拙者にも何かそうした特権が賦与《ふよ》されているのかとも思いまするが、傷つくことがないという特権はもちあわせておりませぬ。これまでの経験が幾度も、拙者の肉体が柔らかくて、傷つきやすいことを示しているからでござる。また拙者には、魔法にかからぬという力もありませんのじゃ。と申すのも、かつて拙者は檻《おり》のなかに入れられるという屈辱を味わったことがありまして、拙者をそんなところに閉じこめるなど、魔法の力をもってしなければ、世界中が寄ってたかっても不可能だからでござる。もっとも、結局拙者は、その魔法から脱出することができましたので、もうこのうえ、拙者に危害を及ぼすような魔術はなかろうと思っておりまする。そしてこのように、拙者に対してはその悪辣な魔術が十分に効果をあげえぬことを見てとった魔法使いどもは、今度は拙者が何より愛しているものに対してその意趣返しをし、拙者がその方のために命をかけているドゥルシネーア姫を苦しめることによって、拙者の命を奪おうとしているようなのでござる。それがゆえに、拙者の従士が使者として姫のもとへ赴いたとき、奴らは姫の姿を田舎娘のそれに変え、小麦をふるうなどといった卑賤《ひせん》な仕事に従事させていたに違いありませぬ。しかし、彼女がふるっていたのが赤麦でもなければ小麦でもなく、実は東洋の真珠の粒であったことは、拙者、以前にも申しあげたとおりでござる。姫に対する魔法が真実であることの証拠として、やんごとなき公爵御夫妻に申しあげまするが、つい先ごろエル・トボーソの町に赴いたものの、どうしてもドゥルシネーアの館を見つけだすことができませなんだ。しかし、その翌日には、従士のサンチョがあの方を本来の姿において、とはすなわち、この世で最も美しい女性の姿をはっきり見ておりますのに、それが拙者の目には粗野にして醜い百姓娘、しかも、本当は才媛《さいえん》の典型のごとき方であるのに言葉づかいもひどく下卑た娘としか映らなかったのでござるよ。

拙者は魔法にかかってはおりませんし、かかるはずもないのですから、まっとうな理の当然の帰結として、魔法にかけられ、害を及ぼされ、姿を変えられ、異なった人間にされてしまったのは姫であり、拙者に敵対する者どもが、姫を犠牲にして拙者に対する腹いせをしたということになりまする。したがって拙者は、あの方がふたたび元の姿に戻るのを目にするまでは、不断の涙にくれながら生きる覚悟でござる。拙者がこのようなことを申しあげたのは、ドゥルシネーアが小麦を篩にかけていたとかいうサンチョの言葉を、どなたもあまり気にとめないでいただきたいと思ってのことでござる。拙者に対して姫の姿を変えてしまった魔法使いどもが、サンチョに対してもそうしたところで、別に異とするにはあたりますまい。とにかくドゥルシネーアは高貴な素姓で、エル・トボーソに数多くある、古くて由緒正しき貴族のひとつに連なっているのですから、比類なきドゥルシネーアが、そうしたエル・トボーソの良き伝統の少なからぬ部分を受け継いでいることは間違いありませんのじゃ。さればこの町は、ちょうどトロイヤがヘレナにより、そしてスペインがカーバ*によってそうなったように、ドゥルシネーアによってその名を高め、後の世に、前二者をはるかにしのぐ名声と賛辞をもって称え続けられることになりましょうぞ。

　ところで話は変りますが、拙者は御夫妻に、あのサンチョ・パンサという男が、かつて遍歴の騎士に仕えた従士のうちでも最も愉快なる者のひとりであることをお知りおきいただきとう存じまする。あれは時として、なかなかもって鋭い単純さを示すので、いったいあの男は単純なのか、それとも抜け目のない鋭敏な男なのかと考えてみるのも一興というものでございましょう。彼は人から悪党として非難されるようなあくどさも持っているが、同時に、人のよい愚か者と思わせるような間抜けなところもあります。何事にも疑いを抱くくせに、なんでも簡単に信じてしまいます。そして、いよいよ愚鈍の奈落に落ちこむなと思っていると、彼を天にもあげたくなるような機知のひらめきを見せるといった具合でござる。要するに、拙者はそういう彼がたいそう気に入っているので、たとえ大都市をひとつ付けてやると言われても、彼をほかの従士と取りかえるつもりはありませんのじゃ。そういうわけで、閣下が彼に賜った島の領主として送り出すのがよいことかどうか迷っておりまする。もっとも、彼に統治の才覚がないというわけではなく、ほんのちょっと知恵を吹きこんでやれば、ちょうど国王が売り上げ税をお取り立てなさるように、どの島でもうまく治めることでござろう。しかも、人が領主になるのにそれほどの才能や学識が必要でないことは、われわれがすでに多くの事例によって承知しているところであり、その証拠には、ほとんど読み書きもできぬというのに、まるで隼《はやぶさ》のように抜け目なく統治している者が、そこいらにごまんとおりまする。肝要なのはまず善意であり、それから、何事であれ成就せずにはおかぬという意志であって、これさえあればあとは、学識のない武人の領主が顧問の意見に従って立派に決裁しているように、何をなすべきかについて助言し、道を踏み外さぬようにしてくれる補佐役にはこと欠きませんでしょうて。まあ拙者なら、諺にも言うように、《賄賂《わいろ》をとらずに、権利をとれ》と忠告するつもりですが、このほか拙者の腹のなかに言い残されておるくさぐさの事どもは、サンチョのために、また彼が治める島の利益のために必要と思われる時に応じて取り出すつもりでござる。」

公爵夫妻とドン・キホーテの会話がここまできたとき、邸《やしき》じゅうに騒々しい物音と叫び声が響きわたったかと思うと、灰汁《あく》こし用の布きれを、よだれ掛けのように胸にぶらさげたサンチョが、ひどくおびえて、広間にとびこんできたうえ、そのあとから大勢の若者が、より詳しく言えば、調理場で働くあらくれ《ピカロ》たちや下働きの連中が追いかけてきた。彼らのうちのひとりは水桶《みずおけ》をかかえていたが、中の液体の色と汚なさは、それが食器を洗ったあとの汚水であることを物語っていた。すなわち、水桶の男はしつこくサンチョを追いまわして、なんとしてもサンチョの顎の下に水桶をあてがおうとし、また別のいたずら者《ピカロ》は、サンチョの髭をその汚水で洗おうとしていたのである。

「この騒ぎは、いったい何事です？」と、公爵夫人が言った。「どうしたっていうんです、このありさまは？　お前たちはこの方に何をしようというんです？　この方は島の領主に選ばれた、偉い方なんですよ、そのことが分かっているの？」

これに対して、いたずら者の髭洗いが答えた――

「この旦那が、わしらの御主人の公爵様や、ドン・キホーテ様みたいに、お髭を洗わせてくださらねえからですよ。この土地のしきたりだっていうのに。」

「いや、おいらだって洗ってもらいたいことはもらいたいさ」と、サンチョがぷりぷりしながら答えた。「だけんど、もっときれいな水とタオルで、それに、もうちょっと汚なくねえ手でやってもらいたいんだ。おいらの御主人は天使のような水で洗ってもらったっていうのに、おいらにはまるで悪魔みたいな灰汁を使おうとするんだからね。主人とおいらのあいだにそんな違いがあるというのかね。それぞれの土地の風習や王侯貴族の宮殿のしきたりってものは、人にいやな思いをさせなきゃ、それだけありがたいものになるのよ。ところが、ここの髭洗いときたら、それこそ苦行者の苦行よりひどいや。おいらの髭はとってもきれいだから、そんなひどい洗い方なら、やってもらう必要はねえ。だから、おいらを洗うといって近づき、この髪の毛、いや、この髭の一本にでも触れた奴には、まことにあいすまねえけど、おいらはその男の脳天にめりこむような拳骨《げんこつ》をくらわせてやるよ。だいいち、こんなややこしい儀礼《げれい》やシャボンの塗りたくりは、客に対するもてなしっていうよりは、人をこけにした悪ふざけじゃねえかと思うんだよ。」

サンチョの剣幕と言いぐさに、公爵夫人はおかしくて笑い死にしそうであった。しかしドン・キホーテは、汚れきったタオルを首にかけたひどい格好のサンチョが、調理場のふざけた野次馬どもに取り囲まれているのを見て、決していい気持はしなかった。そこで、彼は公爵夫妻に向かって、発言の許可を乞うといったように、うやうやしくお辞儀をすると、落ち着いた声で、ふざけた下男たちにこう言った――

「これはこれは皆の衆！　どうかその男をかまうのはやめて、それぞれ御自分の持ち場へ、あるいは、どこへなりと好きなところへお引きとりくだされ。拙者の従士は人様に劣らず清潔でござって、その水桶はその男にはあまりにも窮屈、ちょうど口の狭い容器から酒を飲むように窮屈のようでござるからな。さあ、おとなしく拙者の忠告を聞いて、その男をおはなしなされ。彼も拙者も、こうした悪ふざけには慣れておりませんのじゃ。」

すると、サンチョが主人の言葉を引きとって、こう続けた――

「おっと待った、なんなら、この田舎者をからかってみるがいい。おいらは今が夜であるのと同じくらい確実に耐えてみせるからね。さあ、馬櫛《うまぐし》でもなんでも持ってきて、おいらのこの髭を梳《す》いてみるがいいわ。それで、そこから何か汚ねえものでも見つけたら、おいらの頭を、阿呆《あほう》に対してするように、虎刈《とらが》りにしたってかまわねえよ。」

このとき、あいかわらず笑いころげていた公爵夫人が言った――

「サンチョ・パンサの言ったことはみんなもっともなことですし、これからだって、この人の言うことは正しいに違いありませんよ。本人の言うとおり、清潔なんだから、洗う必要などありません。それに、わたくしたちの風習がお気に召さなかったら、本人の自由におまかせすればいいのです。それにしても、この城の清掃の係だっていうお前たちとしたことが、このような方のお髭を洗うのに、純金の洗面器と水差し、そして舶来のタオルを使用するならともかく、こんな木の桶や台所の雑巾《ぞうきん》なんかで間にあわせるとは、なんて礼儀知らずで、はしたないんでしょう。まったく、横着で無謀だったらありゃしない。やっぱり、お前たちは育ちが悪くて根性まがりなものだから、いざとなると地が出てしまって、遍歴の騎士の従士方に対する妬《ねた》み心《ごころ》を、こんな形で暴露してしまうのね。」

かくして、このいたずらをしかけた召使たちばかりでなく、彼らといっしょに来ていた給仕長さえ、公爵夫人に本気で叱《しか》られたと思いこんだので、さっそくサンチョの胸から灰汁こしの布を取りはずした彼らは、すっかり当惑し、いかにもばつが悪そうに、サンチョの前から引きさがっていった。一方、彼にとっては大変な危険から解放されたサンチョは、公爵夫人の前にひざまずくと、次のように言った——

「やんごとねえ御婦人からは、やっぱりたいそうな恩恵が期待できるもんですね。奥方様が今日おいらに施してくださった御好意に対しては、あなた様みたいな高貴なお方に生涯かけてお仕えできるように、おいらが正式の騎士に叙任されようと願うことで恩返しする以外、お返しのしようがありません。もっとも今のおいらは百姓で、名前をサンチョ・パンサといい、女房持ちで子供もあり、従士奉公をしとりますが、こんなおいらでも、何か奥方様のお役に立つことがあるとしたら、おいらは、お命じになることを何でも、今すぐにでもやるつもりでおりますよ。」

「サンチョ、なるほどあなたが」と、公爵夫人が応じた、「礼儀作法のかたまりのような学校で、礼儀作法を学んだ人だってことがよく分かります。つまり、わたくしが言いたいのは、丁重さの粋にして儀礼の、いえ、あなたの言葉を借りれば《げれい》の華とでも呼ぶべきドン・キホーテ様の胸もとで、あなたがしつけられたってことですわ。このように立派な主従に神の祝福がありますように。だって、ひとりは遍歴の騎士道の鑑《かがみ》であり、そのお連れは、従士の忠誠心の道しるべなんですもの。さあ、お立ちなさい、お友だちのサンチョ。あなたの礼儀正しさに応えるため、わたくしは主人の公爵が、できるだけ早い機会に、あなたに約束の島を与えてくれるよう、とりはからってあげますからね。」

これでその場の会話は終り、ドン・キホーテは昼の休み《シエスタ》をとるためにひきとった。しかし公爵夫人はサンチョに、とても眠たいというわけでなかったら、自分や侍女たちといっしょに来て、涼しい部屋で午後のひと時を過す相手をしてくれないかと頼んだ。するとサンチョは、本来なら夏は四、五時間の昼寝《シエスタ》をするのを習慣としているが、奥方様の御好意に報いるため、今日だけは一生懸命眠らないように努めて、お言いつけに従いましょうと言って、あとについていった。

また公爵は、物語のなかに見られる、昔の騎士たちに対するもてなし方から寸分たりとも逸脱することなく、ドン・キホーテを本物の遍歴の騎士として扱うようにという命令を、あらためて家臣一同にくだしたのであった。

第三十三章

公爵夫人と侍女たちが、サンチョ・パンサを相手に交わした、読むにも記すにも値する、味わい深くも愉快な会話について

さて、物語の伝えるところによれば、その日、昼食を終えたサンチョは、午睡をとることなく、約束を果たすために公爵夫人のところへ伺候した。サンチョの話を聞くのを楽しみにしていた夫人は、彼に自分のそばの低い椅子に腰をおろすようにすすめたが、この上なく育ちのよいサンチョは、遠慮して座ろうとしなかった。そこで公爵夫人は重ねて、どうか領主として腰をおろし、従士として話をしてもらいたい、あなたはそのいずれにおいても、かの英雄、エル・シッド・ルイ・ディーアス・カンペアドールの長椅子*にさえ座る資格があるのだから、と言った。

するとサンチョは肩をすくめて、言われたとおりに、その椅子に座った。そして、公爵夫人に仕えるすべての侍女や老女たちがそのまわりをとりかこみ、彼がどんなことを

言い出すのかと、沈黙をまもって、熱心に耳をそばだてた。ところが、まず口を開いたのは公爵夫人のほうであった——

「さあ、ここはわたくしたちだけだし、わたくしたちの話を盗み聞きする者などいませんから、ぜひとも領主様に、いま印刷されて世に出まわっている、偉大なドン・キホーテ様を描いた物語を読むことによって、わたくしが抱いたいくつかの疑念を晴らしていただきたいと思いますわ。そうした疑念のひとつは、サンチョさんがドゥルシネーアに、いえ、そのドゥルシネーア・デル・トボーソ姫に一度も会ったこともなければ、ドン・キホーテ様の手紙を届けたこともないというのに、だってあの手紙は手帳に書かれたまま、シエラ・モレーナ山中に残っていたんですからね、なのにどうしてまた、あえて返事をでっちあげて、あの方が小麦を篩《ふるい》にかけておいでのところに出くわしたなどと、いいかげんなことをおっしゃったのか、ということです。そんなことは何もかも、からかい半分のでっちあげにして、比類なきドゥルシネーアの名声をひどく傷つけるものであり、さらに立派な従士のそなえるべき誠実さや品位にはそぐわないことじゃなくって？」

こう問いかけられたサンチョは、ひと言も返事をすることなく椅子から立ちあがると、頭をさげて前かがみになり、人さし指を唇にあてながら、足音を忍ばせて、部屋中の壁の掛け布をめくってまわった。こうして、ひととおり周囲をあらためると、ふたたび椅子に腰をおろして、こう言った――

「奥方様、いまここにおいでの女衆のほかには、誰もわしらの話をこっそり聞いちゃいねえってことが分かったから、おいらは怖がることもびくつくこともなく、お尋ねになったことに、また、これからお尋ねになることに何でもお答えしましょう。まず最初に言っときたいのは、おいらは主人のドン・キホーテを極めつきの狂人とみなしているってことですよ。なるほど時には、おいらの考えじゃ、いやおいらだけじゃなく、主人の話を聞く者は誰でもそう思うんだが、それはそれは実に思慮深い、ちゃんと筋道のとおった話し方をするものだから、ほかならぬ悪魔でもあんなにうまくは喋《しゃべ》れねえと思えるほどなんです。だけんど、それでもやっぱり、主人は乱心者だっていうのが、おいらの、疑いなどまったくねえ、本当の気持だね。このことが頭にあるものだから、おいらは大胆にも、例の手紙の返事のような、根も葉もねえことを主人に思いこませたというわけです。それに、ほんの六日か八日前*にもこんなことがありましたよ。このことはまだ物語にはのってねえけど、おいらの奥様のドゥルシネーア姫の魔法がけの一件です。つまり、おいらが主人に、姫君が魔法にかかっちまったと思いこませたんですが、そいつはもちろんまったくのでっちあげで、まるでウベダで山を探す*ようなもんでしてね。」

これを聞いた公爵夫人は、その魔法だか、でっちあげだかを話してもらいたいと頼んだ。そしてサンチョがその一部始終を、順を追って物語るのを聞いて、いあわせた者たちはおおいに楽しんだのである。公爵夫人は話を続けて、さらにこう言った――

「善良なサンチョさんの話を聞いていて、わたくしの心にひとつ不安がわきあがり、わたくしの耳もとにこんなささやきが聞こえてきましたわ――「ドン・キホーテ・デ・ラ・マンチャが狂人であり、わけの分からない愚か者であるとするなら、その従者のサンチョ・パンサはそのことを知りながら、それでもなお彼に仕え、まるで雲をつかむような主人の約束をあてにして、彼について歩きまわっているのだから、これはもう何の疑いもなく、主人に輪をかけたほど常軌を逸したばか者に違いない。もしそうだとしたら、いや実際にそうなんですが、公爵夫人よ、そんなサンチョ・パンサに島を与えて統治させようとするあなたは、決していい目を見ることはありませんよ。だってそうでしょう、自分自身を治めることさえできない者が、どうして他人を治めることができましょうか？」」

「これはこれは、奥方様」と、サンチョが言った、「その心配は、実にいい折に生まれてきましたね。だけんど奥方様、その心配のやつに、もっとはっきり言うように、歯に衣着《きぬ》せずに好きなように話すようにと、言ってやってくださいましよ。その心配が言ってることは本当だと、おいらも思ってるんだから。もし、おいらが利口な男なら、とうの昔に主人を見放しちまってるでしょうよ。だけんど、これがおいらの運命、おいらの不運なんでね。おいらはあの人に従っていく以外、ほかにどうしようもねえんです。二人とも同じ村の人間で、おいらは主人のパンを食ってきたし、あの人が大好きだからね。主人もまた義理がたい人で、おいらに仔驢馬《ころば》をくれました。だが、それよりも何よりも、おいらは忠義な男だから、例の鶴嘴《つるはし》とシャベル＊ならともかく、それ以外のことがわしら二人を引き離すことなんかできやしねえ。それで、もし奥方様が、約束の島の領主の職をおいらに与えねえほうがよいというお考えなら、それも神様の思し召しで、おいらが島なんか持たねえ人間として生まれてきたまでのこと。おまけに、なまじっかそんなものをもらわねえほうが、おいらの良心にとっちゃよいことになるかも知れねえさ。そりゃ、おいらは愚か者だけど、あの《蟻《あり》に羽根の生えたが不幸の始まり》っていう諺《ことわざ》の意味は、よく分かってます。それに、おそらくは島の領主サンチョより、従士サンチョのほうが楽に天国へ行けるってもんでしょう。《ここだって、フランスに負けねえうまいパンを焼いてる》し、《夜になりゃ、どんな猫だって豹《ひょう》に見える》し、《午後の二時まで朝食にありつけねえ者は衰弱する》し、《他人より手のひらひとつ分も大きな胃袋はねえ》し、胃袋なら下世話で言うように、《藁《わら》や干し草でも満たすことができる》し、《野の小鳥たちは神を食糧調達係に持っている》し、《クエンカ産の粗い毛織物四バーラは、セゴビア産の高級ラシャ四バーラより暖《あった》かい》し、《わしらがこの世をあとにして土のなかに入れば、王公も日傭《ひやと》い人夫も同じように窮屈な思いをする》し、よしんば二人のあいだに背丈の違いがあったところで、《法王様の体が寺男の体よりよけいに地面を占領するわけじゃねえ》、というのも、わしらは墓穴に入る段になると、その場所に合わせて体を縮こめる、というよりは、否応なしに縮こめられて、はい、お休みなさいってことになるわけだからね。おいらはもういっぺん言いますけど、もし奥方様が、おいらがばかだから、島をくださるのがいやだとおっしゃるなら、おいらは利口な人間として、そんなことを気にしねえでみせますさあ。しかもおいらは、《十字架の背後に悪魔がひそむ》とも、《光るもの必ずしも金にあらず》とも人が言うのを聞いたことがあるし、さらにまた、百姓のワンバが牛と犂《すき》と軛《くびき》のあいだから取り立てられてスペインの王になったって話や、逆にロドリーゴ王は、金襴《きんらん》にくるまれた贅沢三昧《ぜいたくざんまい》のなかから引き出されて、蛇《へび》に食われるような目にあわされたって話も、ちゃんと承知してるんだ。もっとも、昔から伝わるロマンセの文句が嘘でなければの話ですがね。」

「決して嘘なんかじゃありませんよ！」と、このとき聞き手のひとりであった老女のドニャ・ロドリーゲスが口をはさんだ。「というのも、ロドリーゴ王は生きたまま、蟇《ひき》蛙《がえる》や蛇や蜥蜴《とかげ》のうようよしている墓穴に投げこまれ、その二日後に、墓穴の底から、痛ましくも弱々しい声で、次のように言ったというロマンセもあるほどですからね――

ああ　今さかんに余を齧《かじ》りおる
余の最も罪深きところをば。*

これからしても、この従士さんが、長虫《ながむし》などに食われるくらいなら、王様になるより百姓のままでいたいとおっしゃるのは、しごく当然のことかと思いますわ。」

公爵夫人は老女の無邪気な実直さに笑いを抑えることができなかったし、また、サンチョの物言いや、彼の口をついて出てくる諺にも驚嘆の念を禁じえなかった。そこで、従士にこう言った――

「サンチョさんも先刻ご承知のように、騎士たる者、いったん約束したことは生命《いのち》を賭《か》けても守ろうとするものです。わたくしの夫であり主人である公爵も、遍歴の騎士のお仲間じゃないけど、それでもやっぱり騎士であることに違いありませんから、約束した島のことは、よしんば世間の人びとの妬《ねた》みをかい、白い眼で見られようと、必ず実行しますわ。ですから、サンチョさんも安心していらっしゃい。思いもよらぬときに島の領主の席につき、ほかのどんなに大きく豊かな島のそれとも交換したくないと思うような統治権を享受することになりますからね。ただ、わたくしからひとつだけお願いしておきたいのは、臣下の扱いには十分気をつけてほしいってことなのよ。みんなそれぞれ生まれのよい、忠実な者たちばかりですから。」

「下の者たちをうまく治めるってことにかけちゃ」と、サンチョが答えた、「おいらにお頼みになる必要はさらさらありませんや。おいらは生まれつき慈悲深い男で、貧しい者たちのことを思いやる性質《たち》ですからね。まあ、《パン粉をこねて焼く男からパンを盗むな》っていうし、誓ってもいいけど、おいらにいかさま骰子《さいころ》は通用しねえさ。おいらは古犬《ふるいぬ》だから、さあおいで、おいで、っていう猫なで声のねらいなんか承知のすけだし、いざとなりゃ、ぱっちりと目をあけて、変な策略などみんな見抜いてやりますさあ。おいらにゃ、靴のどのあたりがきついか、いつでもよく分かってるからね。おいらがこんなこと言うのはほかでもねえ、正直な人間なら領主たるおいらの覚えもめでたくて庇護《ひご》も得られようが、性悪な連中なんぞ一歩も近づけずに、門前払いをくらわせてやるつもりだからですよ。おいらの見るところ、どうやらこの統治ってやつは、何よりもまず始めてみることが肝腎《かんじん》のようだね。それで領主になって二週間もすりゃ、その仕事が三度の飯より好きになって、すっかり板につき、子供の頃からやってきた野良仕事よりも詳しくなってるなんてこともあるでしょうよ。」

「そのとおりだわ、サンチョさん」と、公爵夫人が言った。「生まれたときから知識のある人なんかいないし、司教様だって人間がなるんであって、石ころがなるんじゃありません。それはそうとして、さっきのドゥルシネーア姫の魔法の一件に話を戻しますけど、サンチョさんが御主人を愚弄《ぐろう》して、百姓娘をドゥルシネーアだと思いこませた、つまり、御主人に姫の姿が見えなかったのは姫が魔法にかかっているせいだと思いこませたと、あなたが想像していらっしゃるあの件は、実はすべて、ドン・キホーテ様を迫害する魔法使いのうちの誰かの仕業《しわざ》であるってことを、わたくしは確認済みの間違いない事実だと思っているのよ。というのも、わたくしはたしかな筋からの真実この上ない情報によって、驢馬の背に跳びのった田舎娘こそドゥルシネーア・デル・トボーソであったし、今でもそうであること、そして、好漢サンチョは自分では騙《だま》したつもりでいても、実は騙されているのだということを知っているからです。しかも、わたくしたちが目に見えないものを信じているように、この真実にも疑いをさしはさむべきではないのです。サンチョ・パンサさんに知っておいてもらいたいんだけど、やはりわたくしたちにも、わたくしたちに好意をもっている魔法使いがついていて、この世に起こっていることを、ごまかしたり尾ひれをつけたりすることなく、単純明快に、ありのままを教えてくれるんですよ。ですから、サンチョさん、あの跳びはね上手の身軽な田舎娘はドゥルシネーア・デル・トボーソであったし、今でもそうであって、あの方はちょうど、あの方を生んだ母上と同じような具合に魔法にかかっているんだってことを信じてちょうだいね。おそらくは、思いもかけぬときに、わたくしたちは彼女をその本来の姿で見ることになるでしょうが、そのときにはサンチョさんもいま陥っている迷妄から抜け出すことになりますわ。」

「大きに、そういうことかも知れねえや」と、サンチョ・パンサが言った。「となると、おいらの主人がモンテシーノスの洞穴で見聞きしたといって話しなさったことも信じたい気持になってきましたよ。なんでも御主人は、あの洞穴のなかでドゥルシネーア・デル・トボーソ様を、おいらがふざけ半分にあの方を魔法にかけた際に、勝手に変えたのとまったく同じ服装と姿で見たそうなんです。でも、奥方様、どうやらこれは、お前様のおっしゃるように、何もかもあべこべに違えねえよ。だってそうでしょう、おいらのこんなに乏しい脳味噌《のうみそ》でもって、あんなに気の利いたぺてんを一瞬のあいだにでっちあげることができるなんて考えられねえし、できるとうぬぼれてもならねえからですよ。それにおいらは、御主人がおいらのいいかげんな、あんまり力のねえ口車に乗って、あれほど突飛《とっぴ》なでたらめを信じるほど気がふれていなさるとは思わねえです。でもね、奥方様、だからといっておいらを腹黒い男だと思ってもらっちゃ困りますよ。だって、おいらみたいな間抜けに、卑劣な魔法使いどもの邪悪な悪だくみを見抜くなんてこたあ、とてもできねえ相談だもの。要するに、おいらがあんないかさまをでっちあげたのは、御主人ドン・キホーテ様に叱《しか》られるのを避けるためであって、あの人を傷つけるつもりなんか、これっぽっちもなかったんです。それが裏目に出たとすりゃ、おいらの知ったこっちゃねえ、神が天にいなさって、人の心のなかを裁いてくださるんだから。」

「本当にそのとおりだわ」と、公爵夫人が言った。「ところでサンチョさん、さっきおっしゃったモンテシーノスの洞穴での出来事ってどんなことかしら。ぜひとも話していただきたいわ。とっても面白そうですもの。」

そこでサンチョ・パンサは、例の洞穴での冒険を、順を追って詳細に話して聞かせた。話が終ると、公爵夫人がこう言った――

「この出来事から推測できるのは、偉大なドン・キホーテ様が洞穴で、サンチョさんがエル・トボーソの町はずれで見たのと同じ百姓娘を見たとおっしゃるなら、それは疑いもなくドゥルシネーア姫でしょうし、また、この件に関しては、とてもはしこく、度がすぎるほど干渉ずきな魔法使いどもが動きまわっているってことだわ。」

「おいらの言いたいのもそれですよ」と、サンチョ・パンサが言った。「おいらの奥様のドゥルシネーア・デル・トボーソ姫が魔法にかかっているとするなら、それはそれは、あの方にとってお気の毒なことだよ。だけどおいらは、数も多くて性根も悪いに違えねえ、主人の敵の魔法使いどもと張りあうつもりなんぞありませんからね。実際のところ、おいらが目にしたのは百姓娘だったから、おいらはそれを百姓娘とみなし、百姓娘と判断したんです。なのにあれがドゥルシネーア様だっていうなら、それはおいらのせいでもなけりゃ、おいらと関わりのあることでもねえ、勝手にすりゃいいんだ。まったく、おいらがのべつ引き合いに出されるのも迷惑な話ですよ。「サンチョがこう言った、サンチョがああした、サンチョがそっちへ行った、サンチョが戻ってきた」っていう調子で、まるでサンチョがそんじょそこらの、ありきたりの男であって、あのサンチョ・パンサ、すでに書物に印刷されて世間を渡り歩いていると、サンソン・カラスコが教えてくれた、あのサンチョ・パンサじゃねえみたいだ。なにしろカラスコさんは、いやしくもサラマンカ大学で学士になりなさったお人だ。そういう人だったら、ふいに気まぐれを起こしたときとか、それとも自分にとって都合のいいときでもない限り、決して嘘なんかつくはずはねえからね。だから、このおいらにとやかく言おうなんてのはお門違《かどちが》いってもんさ。なにしろおいらは名声を得ているわけだし、おいらの主人の言うところによると、よい評判は大きな富に勝るってことだから、おいらにその島の領主の地位を

そこでサンチョ・パンサは，例の洞穴での冒険を，
順を追って詳細に話して聞かせた.

あてがってごらんなさいまし、人が驚くほどの手腕を発揮してごらんにいれますよ。だって立派な従士だった男なら、立派な領主にもなれるはずですからね。」

「好漢のサンチョさんが今おっしゃったことは」と、公爵夫人が言った、「いずれもカトーの格言か、あるいは、少なくとも華の齢に夭折した《フロレンテイブス・オクシデイト・アニス》あのミカエル・ヴェリーノ*の心の奥から取り出した名言を思わせるものだわ。まあ要するに、サンチョさんの言い方にならえば、《ぼろ合羽《がっぱ》のなかに、見事な飲み手が潜んでいるもの》っていうわけだわね。」

「まったくの話、奥方様」と、サンチョが応じた、「おいらはこれまで意地汚ない酒の飲み方をしたことはありません。おいらにゃ偽善者ぶったところはねえから、喉《のど》の渇いたときにゃ、そりゃ飲みますよ。つまり、飲みたいときに飲むってわけですが、飲みたくねえときでも、人にすすめられたら、おつにすましていやがるとか、無作法者だとか思われたくねえから、やっぱり飲みまさあ。だって、友だちに乾杯といわれて、それに応じねえでいられる、そんな石みたいな心があっていいものだろうかね？　だけんど、それはきれいな飲み方で、酔っぱらってズボンを汚したことなんかねえ。おまけに、遍歴の騎士の従士が飲むものといえば、ほとんどつねに水ときまってますよ。なにしろ、のべつ森や林や野っ原、それに大きな岩のごろごろした険しい山地ばかり歩きまわってるんだから、よしんばその代わりに片目を差し出そうといったところで、ぶどう酒の施し物にありつくことはありませんや。」

「わたくしもそのとおりだと思います」と、公爵夫人がひきとった。「じゃ、今日はこのへんで、サンチョさんは行ってお休みになるといいわ。いずれまた、ゆっくりお話しする時間もあるでしょうから。それから、島の統治の仕事がさっそく、サンチョさんの言葉を使えば、あてがわれるように手配しておきましょう。」

そこでサンチョはふたたび公爵夫人の手に口づけをし、どうか自分の灰毛がていねいな扱いを受けられるよう御高配をたまわりたい、あの灰毛は自分の両目の明かりのようなものだからと頼みこんだ。

「その、灰毛って何のことなの？」と、公爵夫人が尋ねた。

「おいらの驢馬のことで」と、サンチョが答えた、「それを、驢馬という名を使わねえようにするため、いつも灰毛と呼ぶことにしてるんです。このお城に入ってきたとき、こちらの老女さんにその灰毛の世話をお頼みしたら、まるでおいらがこの人を醜い老婆とでも呼んだかのように、うろたえて怒りなさったんですよ。でも本当を言えば、老女ってのは広間に座ってその場に威厳を添えるというよりはむしろ、驢馬に飼い葉でも与えるほうが、似合いでもあれば本来の務めでもあるんだけどね。ああ、それにしても、おいらの村のある郷士がこのような老女方にどれほど恨みを抱いていたことか！」

「そんなのただの田舎者にすぎませんよ」と、老女のドニャ・ロドリーゲスが言った。「もし、その人が本当に素姓のいい郷士だったら、老女というものを三日月の先端よりも高く持ち上げるでしょうからね。」

「さあさあ、もうそれくらいにしましょう」と、公爵夫人が言った。「ドニャ・ロドリーゲスも黙って、パンサさんも心を鎮めてくださいな。灰毛驢馬の世話の件はわたくしが引き受けますから、御安心なさい。サンチョさんの宝物ということであれば、わたくしとしては下へも置かないどころか、わたくしの瞳《ひとみ》の上にだって置きますわ。」

「いや、馬屋に置いてくださりゃ、それで十分です」と、サンチョが答えた。「奥方様の瞳の上になんぞ、めっそうもねえ、灰毛もおいらも一瞬だって、そんなとこにいる資格はねえんだから。おいらそんなことを承知するくらいなら、短刀でこの身をひと突きしたほうがましですよ。おいらの主人は、礼儀作法についちゃ、数の多いカードを持っていながら勝負には負けるのがよいと言いなさるけど、それも驢馬ふぜいの場合には、手にコンパスを持って、ほどほどの範囲内にとどめる必要があるね。」

「そうだわ、サンチョさん」と、公爵夫人が言った、「あなたその驢馬を領地に連れていけばいいのよ。そうすれば思う存分にかわいがることもできるし、なんなら、もう仕事を免除してやることさえできますわ。」

「奥方様、お前様のおっしゃったことは、決して突飛《とっぴ》なことじゃありませんよ」と、サンチョが言った。「なにしろおいらはこれまで、領地に赴いた驢馬を二匹のうえ目にしてるから、おいらがあの灰毛を連れていったところで、別に新しいことにはなりゃしねえもの。」

サンチョのこのような言葉は、公爵夫人の笑いと喜びを新たにした。そして、彼を休息するようにと引きとらせた夫人は、直ちに公爵のところへ行って、サンチョとのやりとりの模様を話して聞かせた。それから夫妻はドン・キホーテに対する愚弄、世の評判となるような奇抜な、そして騎士道物語の流儀に合致するような愚弄を実行するための策を練り、その手はずをととのえた。そして実際、この場にふさわしい、いかにも巧妙にして気の利いた数多くの悪戯《いたずら》をくりひろげたのであるが、それらはいずれも、この壮大な物語に収められた最良の冒険となっている。

第三十四章

ここでは比類なきドゥルシネーア・デル・トボーソの魔法をいかにして解くべきか、その方法が明かされることにより、本書のなかでも最も名高い冒険のひとつが展開される

公爵と公爵夫人がドン・キホーテおよびサンチョ・パンサとの会話によって得た喜びはたいへんなものであった。そこで、この騎士の主従に、いかにも遍歴の騎士にふさわしい冒険といった様相を帯びた悪戯《いたずら》をしようという気持をさらに固めた夫妻は、すでにドン・キホーテから聞いていた＊モンテシーノスの洞穴の冒険を手がかりにして、世に喧伝《けんでん》されることになる名高い冒険をくわだてたのである。それにしても公爵夫人が何よりも驚き呆《あき》れたのは、あまりにもはなはだしいサンチョの単純さであった。というのも、ドゥルシネーア・デル・トボーソを魔法にかけるといういかさまの張本人はサンチョ自身であり、いわば自分が魔法使いであったにもかかわらず、今ではドゥルシネーアが魔

法にかかっているのは揺るぎない事実だと思いこむようになっていたからである。

かくして夫妻は、家臣や召使たちにもろもろの手はずをよく言いふくめたうえ、それから六日目に、ドン・キホーテを大がかりな狩猟に連れ出したが、同行した猟師や勢子《せこ》の数のおびただしさからすると、それは王冠をいただいた国王にこそふさわしい催しであった。ドン・キホーテとサンチョには、上等の緑色のラシャの狩猟服が与えられた。もっともドン・キホーテは、明日にも厳しい武者修行に戻る身であってみれば、衣装係を連れて衣装箪笥《だんす》を持ち歩くわけにはいかないからといって、それを身につけようとはしなかった。ところがサンチョのほうは、いずれ機会がありしだい、すぐにも売り払うつもりで、喜んで受けとったのである。

さて、待ち望んだ日がやってくると、ドン・キホーテは鎧兜《よろいかぶと》に身を固め、また、新しい狩猟服を着こんだサンチョは、馬をすすめられても、決して手放そうとはしなかった灰毛驢馬にまたがって、勢子たちの群に加わった。公爵夫人は麗々しく着飾って現われた。すると、この上なく礼儀正しいドン・キホーテは、公爵がそれを妨げようとしたにもかかわらず、丁重な作法に従って、夫人の乗馬の手綱をとった。しばらくして一行は、高い山と山のあいだにある森に着いた。そして狩り場を定め、待ち伏せする場所や、獣を追い立てる道順などを決めたうえ、人びとがそれぞれの持ち場に散ると、けたたましい物音と大きな喚声のうちに狩猟が始まった。実際、その騒々しさときたら、無数の犬の吠え声や角笛の音も加わって、それこそすぐ近くにいても互いに何を言っているのか聞きとれないほどであった。

公爵夫人は馬を降りると、鋭い投げ槍を手にして、追い立てられた猪《いのしし》がそこを通ることを彼女自身承知している場所に立った。公爵とドン・キホーテも同じく馬から降り、それぞれ公爵夫人の両側に陣どった。一方サンチョは、驢馬に乗ったまま皆の背後に位置を占めた。サンチョは、万が一にも灰毛に災難がふりかかっては、という気づかいから、どうしても驢馬から離れる気になれなかったのである。こうして馬から降り立った彼らが、多くの召使たちと列をなして並んだかと思うと、時を移さず、犬にせめたてられ勢子たちに追いたてられた途方もなく大きな猪が、歯と牙《きば》をきしませ、口から泡を吹きながら、こちらにやってくるのが見えた。すぐにドン・キホーテは盾に腕を通し、剣を手にして、猪を迎え撃たんものと進み出た。公爵もまた、こちらは投げ槍を手にして、同じことをした。しかし、夫の公爵がそれを押しとどめなかったとしたら、公爵夫人こそが誰よりも先に前へ進み出ていたことであろう。ひとりサンチョだけは、この猛々《たけだけ》しい獣がやってくるのを目にすると、驢馬から跳びおりて全力で駆け出し、大きな樫《かし》の木の上に登ろうとしたが、うまくいかなかった。それどころか、樫の木の途中までできた彼が、一本の枝に手をかけて、そこからてっぺんに登ろうともがいていたところ、まことに運の悪い、実に気の毒なことに、その枝が折れてしまった。そして地面に落下するかと思いきや、張り出した下の枝にひっかかった彼は宙ぶらりんになってしまったのである。こんなひどい格好になったサンチョは、緑色の服が裂けただけならまだしものこと、もしあの獰猛《どうもう》な獣がこっちへ来たら、その牙にかかってしまうに違いないと思ったものだから、ものすごい叫び声をあげ、必死になって助けを求めた。まったくその大仰《おおぎよう》さといったら、彼の発する声だけを聞いて、その姿を見ていない者をして、彼がなにか猛獣に食われているのではないかと思わせるようなものであった。

結局のところ、大きな牙をむき出した猪は、待ち構えていた多くの投げ槍に射抜かれて倒れた。こちらの片がつくと、ドン・キホーテはすぐにサンチョの叫び声のほうに向き直った。(というのも、その声によりそれがサンチョだということが分かっていたからであるが)そして、従士が樫の木から頭を下にして宙吊《ちゆうづ》りになっており、そのそばに、いかなる災難にあっても彼を見捨てることのない灰毛驢馬が立っているのを目にしたのである。さればこそ、この物語の作者シデ・ハメーテも、余は灰毛驢馬を見ることなくサンチョを見たことはほとんどないし、またサンチョのいないところに灰毛驢馬を見たこともまずない、両者がたがいに抱いていた友情と信頼はそれほど強固なものだった、と述べているのである。

ドン・キホーテはその場に行って、宙吊りのサンチョを抱えおろした。地面におりたって自由の身になったサンチョは、狩猟服がひどく破れてしまったのを認めて、大いに心を痛めた。彼としては、その服によって一財産手に入れたような気になっていたからである。そうこうするあいだに、人びとは倒れた大きな猪を荷運び用の騾馬《ろば》の背に乗せ、それをローズマリーの若枝やギンバイカの葉でおおって、勝利の戦利品よろしく、森のまん中に設置された天幕へと運んでいった。そこには、すでに食卓が整えられ、御馳走が並べられており、その見事さ、豪勢さは、その饗宴《きようえん》を催す者の強大な権勢を如実に示す底《てい》のものであった。サンチョは台無しになった狩猟服の裂け目を公爵夫人に見せながら、こう言った――

「もし今日の狩りが野兎《のうさぎ》か小鳥を捕まえるやつだったら、おいらの服がこんなひどい目にあうこたあ決してなかったのにね。それにしても、もしその牙にかけられようものなら御陀仏《おだぶつ》だっていうような恐ろしい獣を待ち伏せしたりして、いったい何が面白いんだろう。おいら、古いロマンセでこんなのを聞いたことがありますよ――

あの高名なファビーラのように

熊にくわれて死ねばいい。」

「そのファビーラというのはゴート族の王でな」と、ドン・キホーテが言った、「狩猟の最中に、熊に食い殺されたのじゃ。」

「そう、それですよ、おいらの言いたいのは」と、サンチョが応えた。「おいらとしちゃ、やんごとねえ王公方が、ちょっとした楽しみのためにそんな危険に身をさらすなんてこたあ、あまり感心できませんや。それに、その楽しみだって、そう見えるかも知れねえけど、本当は楽しみにゃならねえよ。だって、何の罪もねえ獣を殺すというわけだからね。」

「いやいや、そりゃ君の思い違いだよ、サンチョ」と、公爵がひきとった。「というのも、こうした大々的な山狩りというのは、王侯貴族にとって、他のいかなる娯楽にもまして望ましくもあれば必要でもあるからなんだ。狩猟というのは、いわば模擬戦争のようなものであって、そこではわが身の安全をはかりながら敵を打倒するための、さまざまな作戦、狡智《こうち》、策略が必要となる。そこで人は、ひどく厳しい寒さと耐えがたい暑さを耐え忍び、怠慢と惰眠をしりぞけるものだから、それを実践する者の四肢は敏捷《びんしょう》になり、体力は鍛えられることになる。要するに、これは誰にも迷惑をかけることなく、多くの者に喜びをもたらすことのできる娯楽なんだよ。そして、こうした山狩りの最も優れたところは、これがほかの種類の狩りのように、誰にでも手の届く、誰にでもできるものではないという点にある。もっとも鷹狩《たかが》りは別であって、これはやっぱり国王や大貴族にしか催せないものだけどね。こういうわけだから、サンチョ、君も考え方を変えて、島の領主になった暁には狩猟に精を出すことだ。そうすれば、領主にとって、それがいかに有益か分かろうというものだよ。」

「いや、それはいけねえです」と、サンチョが答えた。「善良な領主は脚を折り曲げて家にいろ、ですよ。誰か用事のある者が、遠くからわざわざ会いにやってきたというのに、領主が山で狩りにうつつを抜かしているなんてのは、そりゃ結構なことでしょうよ！　でも、そんなことをしてた日にゃ、まともな統治なんかできっこありませんや！　公爵様、おいら誓ってもいいけど、狩りやら、それに似た暇つぶしってのは、領主のためというより怠け者のためにあるものなんですよ。おいらがしようと思ってる気晴らしといやあ、復活祭のときのトランプ遊びと、日曜や祭日の九柱戯《ボーロス》ぐらいだね。とにかく、こういった狩猟も山狩りもおいらの性分には合わねえし、良心にもしっくりこねえんだ。」

「願わくは、そうあってほしいものだよ、サンチョ。なにしろ、言うこととなすこととのあいだには大きな隔たりがあるからね。」

「そこに何があろうとかまやしませんよ」と、サンチョが答えた。「だって、《金払いよけりゃ担保も平気》だし、《神の庇護は早起きより優る》し、《腸《はらわた》が足を支えているのであって、足が腸を支えているんじゃねえ》からね。つまり、おいらが言いたいのは、もし神様のお助けがあり、おいらがなすべきことを実直にやりさえすりゃ、おいらだって間違いなく、隼《はやぶさ》みたいに見事に島が統治できるってことですよ。なんなら、おいらの口のなかへ指を突っこんでごらんなさいまし、そうすりゃおいらが嚙《か》むか嚙まねえか分かろうってもんですよ。」

「神とすべての聖人方の呪《のろ》いを受けるがよいぞ、罰《ばち》あたりのサンチョめ！」と、ドン・キホーテが叫んだ。「これまでお前に何度も頼み、命じたことだが、いったいお前はいつになったら、ごたごたと諺を交えることなく、すっきりと筋道の通った話し方をするようになるのじゃ！　閣下、どうか御夫妻ともこの愚か者をおかまいくださるな。さもないと、お二方の魂はこの男の発する諺と諺のあいだに挟《はさ》まれて、いや二千もの諺に巻きこまれて、もみくちゃにされてしまうことでございましょう。しかもその諺たるや、まったく時と場所をわきまえぬものばかり、当の本人は言うにおよばず、もし拙者が忍耐強くそれに耳を傾けようものなら、拙者にも神罰がくだってしかるべきものばかりでござる。」

「サンチョ・パンサの諺は」と、公爵夫人が言った、「ギリシャ語に堪能なあの騎士団*長の諺集よりも多いくらいですが、だからといって低く評価されるべきではありませんわ。だって、それぞれがみな簡潔で、きびきびした格言ばかりですもの。わたくしとしては、もっと場所柄をわきまえた、そしてより的確に引用されたほかのいかなる諺よりも、サンチョのそれのほうがずっと面白くて楽しいと思ってますわ。」

この種の愉快なやりとりを交わした一同は、また天幕から森に出て、待ち伏せ場など狩猟の拠点となるところを見てまわった。そうこうするうちに日も暮れ、いつしか夜がやってきた。折しも真夏であったにもかかわらず、その夜はそうした時季にふさわしい静かな明るい夜ではなく、あたり一面にもやがかかっていたが、このことは公爵夫妻のもくろみにはかえって好都合であった。さて、こうして黄昏《たそがれ》どきが過ぎて夜の帳《とばり》がおりはじめたとき、突如として森の四方八方から火の手があがったかと思うと、たちまち、ここかしこ、森のいたるところから無数の角笛や、ほかの軍楽器の音が鳴りわたり、まるで森のなかを騎兵の大部隊が通過していくかのような騒ぎになった。夜空に輝く火焔《かえん》と軍楽器の音は、その場にいあわせた者たちだけでなく、森にいたすべての人びとの目をくらまし、耳を聾《ろう》さんばかりであった。

しばらくすると今度は、モーロ人が突撃のさいに発するレリリーという鬨《とき》の声がいっせいにあがったのをきっかけに、大小のラッパが鳴り、太鼓が轟《とどろ》き、かん高い横笛が大気をつんざいた。しかも、それらの音はほとんど同時に湧《わ》きあがり、絶え間ない急調子で続いたから、かくも雑多な大音響に感覚を失わない者がいたとしたら、その者の感覚は麻痺《まひ》していたに違いない。公爵はあっけにとられ、公爵夫人は呆然《ぼうぜん》とし、ドン・キホーテは仰天し、サンチョ・パンサは震えあがった。要するに、事の真相を知っている者でさえ度肝《どぎも》を抜かれたのである。そして、恐ろしさのため、その場の誰もが口をきけないでいると、彼らの前を悪魔の姿をした先触れの男が、ラッパの代わりに、虚《うつ》ろに響く気味の悪い音を出す、ばかでかい角笛を吹き鳴らしながら通りかかった。

「これこれ、使者の方」と、公爵が声をかけた、「そなたは何者で、どこへ行かれるのか？　そして、この森を行進しているらしい軍勢はどのような軍勢なのか？」

これに対して、使者の男が恐ろしく無遠慮な調子で答えた——

「わしは悪魔で、ドン・キホーテ・デ・ラ・マンチャを探しにきたのさ。こちらに向かっているのは魔法使いたちの六部隊で、彼らは勝利の車の上に、比類なき美姫《びき》ドゥルシネーア・デル・トボーソを乗せてくるところだ。姫は魔法にかけられているが、ドン・キホーテにこの姫を魔法から解く方法を教えんものと、フランスの勇士モンテシーノス殿が付きそっておられるわ。」

「もしそなたが自分で言うように、また、そなたの外見が示しているとおり、悪魔であるとするなら、探しているという騎士、ドン・キホーテ・デ・ラ・マンチャに、とっくに気づいているであろうな、そなたの目の前におられるのだから。」

「神とわしの良心にかけて」と、《悪魔》が答えた、「それには気づかなかったな。なにしろ、あまりにも多くのことで頭がいっぱいだったので、わざわざそのためにやってきた、肝腎《かんじん》なことを失念していたらしい。」

「この悪魔は間違いなく」と、サンチョが口をはさんだ。「誠実な男で、立派なキリスト教徒だね。なぜかと言や、もしキリスト教徒じゃなけりゃ、「神とわしの良心にかけて」なんて誓ったりするはずがねえからさ。するとやっぱり、地獄にだって善良な人間はいるんだね、おいらそう思うよ。」

それから《悪魔》は、馬からおりることもなく、ドン・キホーテのほうに目をやると、こう言った——

「《ライオンの騎士》よ（お前がライオンの爪《つめ》にかかったところを見たいものだが）、わしはかの幸《さち》うすき勇敢な騎士、モンテシーノス殿の使いで、お前のもとに来たのだ。その用向きとはすなわち、モンテシーノス殿がドゥルシネーア・デル・トボーソと呼ばれる姫を連れてこられ、その姫の魔法を解くのに必要な手段をお前に教示なさるおつもりゆえ、お前はわしと出くわしたその場で待つようにと、お前に伝えることだ。わしはただこのことを伝えにきただけだから、長居は無用。さあ、お前はわしの仲間の悪魔たちに付きまとわれるがいい。そして、こちらの御夫妻は、よき天使たちによって守られるように。」

これだけ言うと、《悪魔》は背を向け、例のばかでかい角笛を吹き鳴らしながら、誰の返事も待たずに行ってしまった。

一同は驚きを新たにしたが、とりわけサンチョとドン・キホーテの驚きは、はなはだしかった。サンチョにしてみれば、彼の知っている真実にもかかわらず、誰もかれもがドゥルシネーアを魔法にかかっているものとしたがっていることを知ったからであり、またドン・キホーテは、自分がモンテシーノスの洞穴で体験したことが現実であったのかなかったのか、いずれとも確信することができずにいたからである。ドン・キホーテがこんな思いにとらわれていると、公爵が声をかけた――

「ドン・キホーテ殿、お待ちになるおつもりですか?」

「言うまでもござらん」と、ドン・キホーテは答えた。「よしんば地獄の総勢が押し寄せてまいろうとも、拙者はひるむことなく、断固として、ここで待ち受けるつもりでござる。」

「おいらとしちゃ、また今みたいな悪魔に出くわしたり、あんな角笛を聞いたりするくらいなら、こんなところで待つより、フランドルにでも逃げ出したいもんだね」と、サンチョが言った。

すでに日はとっぷりと暮れていた。そしてそのとき、すっかり暗くなった森のなかを、無数の光が流れるように動きはじめた。その様子は大地から発散される火が線を描いて宙を舞うようで、見た目には流星かと思われた。また、それと時を同じくして、けたたましい騒音が聞こえてきた。いってみれば、数頭の雄牛が引く荷車の、ずっしりと重い車輪がたてるような無気味なきしみ音、つまり、その絶え間のないものすごい音に出くわしたら、狼でも熊でも逃げ出すと言われている、あの音である。この騒音にまた別の音の嵐が加わって、いっそうの大音響となったが、実にそれは、森の四方で同時に四つの合戦、あるいは戦闘が始まったのではないかと思わせるようなすさまじいものであった。つまり、あちらで大地を揺るがすような大砲の轟音《ごうおん》が起こるかと思えば、こちらでは数限りない小銃の発射音が続き、また近くに戦う者の雄叫《おたけ》びが聞こえるかと思えば、遠くでは回教徒ふうのレリリーという鬨《とき》がくり返されたのである。

要するに、ラッパ、角笛、法螺貝《ほらがい》、クラリオン、トランペット、太鼓、大砲、火縄銃、そして、何よりもすごい牛車のきしみ音などがあいまって、おどろおどろしい騒音をかもしだし、あたりの空気を圧倒したので、さすがのドン・キホーテもその威圧感に耐えるためには、懸命に勇気をふるい起こさざるをえなかった。一方、すっかり肝《きも》をつぶしたサンチョは、気を失って公爵夫人の足もとにくずおれてしまった。自分のスカートの裾《すそ》のところに彼を横たわらせた公爵夫人は、急いで彼の顔に水をかけるように命じた。そしてこの命令が実行に移され、水を浴びせかけられたサンチョがわれに返ったのは、ちょうど一台の牛車が激しいきしみ音をたてながらその場にやってきた時であった。

車を引いていたのは四頭の歩みののろい雄牛で、いずれも黒い飾り馬衣に身を包み、それぞれの角に、あかあかと燃える大きな蠟燭《ろうそく》をくくりつけていた。そして牛車の上には高い座席が設けられ、そこには、腰まで届くほどに長く伸びた、雪のように白い顎鬚《あごひげ》をたくわえ、粗い亜麻布の黒い長衣を身に着けた、威厳のある老人が腰をおろしていた。牛車は無数の灯で照らしだされていたので、その上の様子はすべて手にとるように、はっきりと見えたのである。牛車の御者役をつとめていたのは、これまた同じ亜麻布の衣装をまとった、二人の醜い悪魔であったが、その顔があまりにも醜悪だったので、サンチョはそれを一目見るなり、二度と見ないですむようにと目を閉ざしてしまった。さて、牛車が一同のまん前にやってきて止まると、威厳のある老人は高い座席からすっくと立ちあがり、大きな声を張りあげて、こう言った——

「我輩は賢人リルガンデーオである。」

ただこれだけ言うと、牛車はすぐに動き出し、先へ進んでいった。そして、これに続いて同じ外観の車が、またしても一人の老人を玉座に乗せてやってきた。老人は車を止めさせると、先の老人に劣らずもったいぶった調子で言った——

「我輩は、《正体の知れぬ》ウルガンダ*の親友、アルキーフェである。」

そして、通り過ぎていった。

引き続き、同じようにして三台目の牛車がやってきた。しかし、その玉座を占めていたのは、前の二人のような老人ではなく、筋骨隆々たる、いかつい雰囲気の男であった。これが一同の前に来ると、やはり立ちあがり、先の老人たちとは違った、下卑《げび》た胴間声《どうまごえ》でこう言った——

「我輩は魔法使いのアルカラウス、アマディス・デ・ガウラとその一族の不倶戴天《ふぐたいてん》の敵である。」

こうして通り過ぎた。そして、これら三台の牛車がそこから少し離れたところで停《とま》るのと同時に、それまでの不快きわまる車輪の音がやんだ。すると今度は、いやな騒音ではなくて、いかにも心地よい、静かな楽の音が聞こえてきたので、ひどく喜んだサンチョはこれを吉兆とみなした。そこで、瞬時も、一歩たりともそのそばを離れなかった公爵夫人に向かって、こう言った――

「奥方様、音楽のあるところにゃ、悪いこたあ起こらねえです。」

「光と明かりのあるところにもね」と、公爵夫人が応じた。

これに対してサンチョは、こんな返事をした――

「光は火のなかにあり、明かりはかがり火のなかにもありますよ。それは、今わしらを取り巻いている火を見りゃ分かることで、この火はわしらを焼き殺すことだってできるんだ。だけんど、音楽はいつでも喜びと祭りのしるしだから。」

「今に明らかになろうて」と、すべてに聞き耳を立てていたドン・キホーテが言った。

そして、ドン・キホーテの言ったとおりであることが、次の章において明かされるであろう。

第三十五章

ここではひきつづき、ドン・キホーテに示されたドゥルシネーアの魔法の解き方が、そのほかの驚嘆すべき出来事とともに語られる

やがて、こころよい楽の音に導かれるようにして、一般に勝利の車と呼ばれる車がこちらにやってくるのが見えた。車を引いているのは六頭の栗毛の、しかし白い馬衣を着せられた騾馬《らば》で、それぞれの騾馬には、同じく白衣をまとった行者《ぎょうじゃ》が、火のともった大《だい》蠟燭《ろうそく》を手にしてまたがっていた。今度の車は、すでに通り過ぎた車の二倍も、いや三倍もあろうかという大きなもので、車の両側とその上に、雪のように白い衣装に身を包んだ十二人の行者が、これまた火のついた大蠟燭を捧げ持ちながら席を占めており、それは見る者に驚嘆と同時に恐怖をかきたてずにはおかない光景であった。車の中央の一段と高くなった玉座には、銀糸の薄絹を幾重にもまとった妖精が座っており、その薄絹の

一面に無数の金箔《きんぱく》が輝いているのが彼女の容姿を豪奢《ごうしゃ》とはいわないまでも、少なくとも、きらびやかなものにしていた。妖精の顔は軽やかなベールに包まれていたが、それは非常に薄かったので、いくぶん太めのその縦糸にもかかわらず、中の美しい顔が透《す》けて見え、さらにおびただしい数の灯火によって、どうやら彼女が二十歳には達していないが十七歳以下ではない年格好の乙女であることも見てとれた。

妖精のかたわらには、ロサガンテと呼ばれる、足もとまで届く長衣を身にまとい、頭を黒いベールで包んだ人物が座っていた。そして勝利の車が公爵夫妻とドン・キホーテの目の前にまでやってくると、縦笛《チリミーア》の音がやみ、次いで、車のなかで奏でられていたハープとリュートの音がとだえた。時を移さず長衣の人物がすっくと立ちあがり、長衣を左右にさっと開いたかと思うと顔のベールをも剝《は》ぎとって、みずからが醜い骸骨《がいこつ》の《死》そのものであることをはっきりと示した。これを見たドン・キホーテはいやな予感がし、サンチョは恐怖におののき、公爵夫妻もいささかおじけづいたふりをした。この生ける《死》は仁王立ちになると、どことなく寝ぼけたような声の、あまり歯切れのよくない口調でこう言った――

我輩はメルリン　歴史により

悪魔を父にもつと伝えられたる
(時の経過により証明されし虚偽)
魔術の王者にして君主　つまり
ゾロアストロの創りし秘術の保管所。
これまでつねに遍歴の騎士を愛し
勇猛果敢な騎士らがたてし勲《いさおし》を
葬り去らんとする時の流れ
移りゆく時世に張りあう者なり。
いつの世も魔法使いの　あるいは
妖術師の　はたまた呪術師の性《さが》
酷《むご》く　したたかなるが常なれど
わが心はいともやさしく温厚で
すべての人に善をなすを望むなり。

うす暗き冥府《めいふ》の岩屋にありて
わが魂がある象形や文字の

我輩はメルリン　歴史により　悪魔を父に
もつと伝えられたる……

秘義の解読にかまけおりしとき
比類なきドゥルシネーア姫の
悲痛なる声わが耳に届きぬ。
魔法によって優美なる姫の
むくつけき田舎娘に変えられたる
不幸にあわれを覚えし我輩は
わが魂を　おぞましくも醜怪な
この虚《うつ》ろなる骸骨のなかにこめ
おどろしきわが魔術にまつわる
万巻の書物をひもときし後
かくも大いなる不幸を救うに必要な
術を教えんとしてまいりたり。

おお　汝《なんじ》　鋼鉄《はがね》と金剛石《ダイヤ》の衣を
身に着けし者たちの栄光と誉れ！
安眠と怠惰なる筆を投げうち

血まみれの重たき武器を手に
つらくも耐えがたき武者修行に
身を捧げる者たちの光にして
手本　亀鑑《きかん》　そして道標よ！
おお　いまだかつてしかるべき
称賛に浴せしことなき勇士よ！
おお　スペインの星にして
ラ・マンチャの光輝たる
智勇兼備のドン・キホーテよ
比類なき美姫《びき》ドゥルシネーアが
本来の姿を取りもどすためには
汝の従者サンチョ・パンサが
そのたくましき尻をむき出して
そこに三千三百の鞭《むち》をみずから加え
耐えがたき痛みに苦しむを要するなり。
これは姫の不幸に加担せし

すべての者の同意せる方法なれば
我輩はこれを告げんとして来《きた》れり。

「冗談じゃねえ！」と、これを聞いてサンチョが言った。「三千どころか、おいらにとっちゃ、たった三回の鞭打《むちう》ちだって短剣で三突きされるようなものさね。そんな魔法解きなんぞ、くそっくらえだ！　いったい、おいらの尻《けつ》が魔法と何の関係があるんだね。神かけて言うけど、メルリンの旦那が、ドゥルシネーア・デル・トボーソ様の魔法を解く方法をほかに見つけられねえというなら、あの方は魔法にかかったまま墓場に行きなさるがいいんだよ。」

「何をぬかすか、このニンニク食らいの田吾作《たごさく》めが」と、ドン・キホーテがどなった。「拙者がおぬしをつかまえ、母親の腹から生まれたとおりの素っ裸にして木に縛りつけ、三千と三百どころか、六千と六百でもひっぱたいてくれるわ。しかも、おぬしの体にしっかり食いこみ、それを引き抜くのに、また三千と三百回も力を入れねばならんような、したたかな鞭打ちをな。つべこべ口答えをいたすでない、さもないとおぬしの魂を取り出してやろうぞ。」

これを聞いたメルリンが言った――

「いや、それはならぬ。好漢サンチョが受ける鞭打ちは、本人の意志によるものでなければならぬ、強制されてはならないのだ。しかも、期限が定められているわけではないので、本人の気の向いた時にすることができる。もっとも、鞭打ちの数を半分にしてこの屈辱から逃れたいと思えば、いささか当たりはきつくなろうが、他人の手で打たれてもよいということになっているがな。」

「人の手だろうと自分の手だろうと、きつかろうがきつくなかろうが」と、サンチョが口をはさんだ、「このおいらの体にゃ指一本さわらせるもんかい。あの方の美しい目が犯した罪をおいらの尻《けつ》が償わにゃならねえなんて、ひょっとして、おいらがドゥルシネーア・デル・トボーソ様を生んだとでもいうのかね？　そりゃ、おいらの御主人なら、なにかといや、あの方のことを「わが命」だ、「わが魂」だ、自分の支えだ、つっかい棒だなんて呼んでいなさるから、あの方の一部分みたいなもんさね。だからドゥルシネーア様の魔法を解くために鞭打つなりなんなり、必要な手だてを尽くすてなあ、あたりまえだし、そうすべきだよ。だけんど、なんでおいらが鞭を受けるんだね……？　とんでもねえ話さ、まっぴらごめんだよ！」

サンチョがこう言い終えるやいなや、幽霊のメルリンのそばに座っていた、銀糸と金箔に輝く妖精が立ちあがり、かぶっていた薄いベールを取り去って、この上なくというよりもさらに美しい顔をあらわした。そして、まるで男のような威勢のよさと、あまり貴婦人らしくもない声で、サンチョに向かってこう言った——

「おお、空っぽの水瓶《みずがめ》のような魂と、コルク樫《がし》の心と、石ころや砂利の腸《はらわた》をもつ薄情な従士よ！　おお、この恥知らずの盗人《ぬすっと》め、もしお前に高い塔から身を投げろとか、あるいは、おお、人類の仇敵《きゅうてき》め、一ダースの蟇蛙《ひきがえる》と、二匹の蜥蜴《とかげ》と、三匹の蛇《へび》を食ってくれと頼んでいるなら、はたまた、怖気《おぞけ》をふるうような鋭い偃月刀《えんげつとう》でもってお前の妻子を殺してしまえとでも言っているなら、お前が恐れをなして逃げ腰になっても、べつに不思議はないでしょう。だけど、そんじょそこらの孤児院の、いくら小さな子供たちだって毎月我慢しているような、三千三百くらいの鞭打ちに文句を言うなんて、それを今ここで聞いている人たちの情け深い心を、さらに時の経過とともに新たにそれを知ることになる多くの人びとすべての心を驚かせ、呆《あき》れさせ、驚嘆させるに十分よ。おお、この冷酷でさもしい獣《けだもの》め！　さあ、お前のびくついた騾馬のようなその目を、夜空にきらめく星にもまごうあたしの瞳《ひとみ》にお注ぎ。そうすれば、そこから糸を引くように、そして束をなしてあふれ出る涙が、あたしの両頬という美しい野に溝《みぞ》をつくり、畝《うね》をつくり、さらには道をつくって流れ落ちるのが見えるでしょうから。この底意地の悪いふざけ屋の怪物め、花も恥じらう十代の乙女が……そうよ、あたしはまだ十九で、二十歳《はたち》にもなっていないのに、下卑《げび》た百姓娘の姿のまま、いたずらに萎《しな》びていくってことに、少しは同情してくれたらどうなの。たしかに、今は百姓娘には見えないと思うわ。だけど、それはここにおいでのメルリン様が、あたしの美しさでお前の心をやわらげようという特別の御配慮で、こうしてくださったからなのよ。だって悲嘆にくれる美女の涙は、岩を綿に変え、虎《とら》をも羊に変えるというでしょう。さあ、その大きなお尻に、びしびしと鞭を当てるのよ、この根性まがりのがさつ者。そして、ただただ食べることだけに集中しているお前の精力を、あたしの肌の滑らかさと、あたしの物腰のしとやかさと、あたしの顔の美しさを回復するために差し向けてちょうだい。それで、もしお前があたしのために心を和らげたり、道理にかなったことをしたりするのはいやだというなら、せめて、お前のかたわらにおいでの哀れな騎士さんのためにそうしておくれ。つまり、お前の御主人のためにと言っているのよ。気の毒にも、お前の御主人の魂は、あたしにはよく見えるんだけど、口もとから指幅十《とお》もない喉《のど》の上のほうまで出かかっていて、お前のつれない、あるいはやさしい返事しだいで、今にも口から外へ飛び出そうか、それとも、もう一度腹のなかへ引き返そうかと、やきもきしてるんだから。」

これを聞いたドン・キホーテは、自分の喉にさわってみると、公爵のほうをふりかえって、こう言った――

「これは驚きました、公爵殿、ドゥルシネーア姫の言われるとおりでござる。なるほど、拙者の魂は、まるで石弓の発条《ばね》のように、喉のここのところに引っかかっておりますわい。」

「さあ、サンチョさんはどうお答えするつもりなの?」と、公爵夫人が訊いた。

「おいらは、奥方様」と、サンチョが答えた、「前にも言ったとおり、鞭のことなら、ご、ご、ごたいじ申しあげるだ。」

「そうじゃなくて、御辞退と言いたいんだろう、サンチョ」と、公爵が口をはさんだ。

「かまわねえでくださいまし、公爵様」と、サンチョが言った。「今おいらには、言葉がどうのこうのといった、そんな細かいことを気にする余裕なんかありゃしねえ。他人《ひと》に打たれるんだか自分で打つんだか知らねえけど、とにかくこの鞭打ちのことですっかり気が動転しちまって、自分でも何を言ってるのか、してるのか、さっぱりわけが分からねえんですよ。それはそうと、おいらの奥様のドゥルシネーア・デル・トボーソ姫にひとつうかがいたいんだが、いったいどこで、そんなものの頼み方を覚えてきなさったのかね? おいらの体を鞭で痛め、傷つけてくれと頼みながら、おいらに向かって、空っぽの水瓶のような魂だの、手に負えねえさもしい獣だのといった、悪魔にならふさわしいようなひどい呼び名を並べたてるってのは、いったいどういう了見ですかい? ひょっとして、おいらの体が青銅でできてるとでも思っていなさるのかね？　しかも、お前様の魔法が解けようが解けまいが、そんなことおいらに何の関係があるというんだね？　それともおいらの機嫌をとるために、まっ白な肌着やシャツや靴下やナイトキャップなんかの、まあ、おいらの使わねえようなものであっても、そういうものの詰まった籠《かご》のひとつも持ってきなさったちゅうのかね？　だいいち、《黄金を背負った驢馬は楽々と山を登る》とか、《贈物は大岩をも砕く》とか、《神に祈るも手ぶらじゃだめだ》とか、《そのうちやるよの二つより、さあお取り一つのほうが価値がある》といった、世間でよく言われる諺を知っていながら悪態をつくとはなにごとですかい？

それに御主人も御主人よ。おいらの気持を、梳《す》いた羊毛か綿みたいに和らげたかったら、肩でも叩いておいらの機嫌をとるのが本当なのに、おいらを捕まえて裸にしたあげく、木に縛りつけて、鞭の数を倍にすると言いなさるんだからね。どうか情け深いお姫様も御主人も、鞭打ちを頼んでいなさる相手が、ただの従士じゃなくて島の領主だってことを、だから、こんな頼みごとはそれこそ筋違いの極めつきだってことを考えてくださいよ。人にものを頼んだり乞うたりする場合にはどういう作法がいるか、ああ、いまいましいったらありゃしねえ、どうかよく覚えていてもらいたいもんだ。月夜の晩ばっかりじゃねえし、人間いつでも上機嫌でいられるわけでもねえ。そうじゃなくても、おいらはこの緑色の服が破れちまったことで、今にも胸がはりさけそうだっていうのに、まるで追い打ちをかけるように、自分の意志で自分の体を鞭打てなんていう無理難題をふっかけるんだから。おいらにはどっかの酋長《しゅうちょう》になる気がねえのと同じで、鞭を手にする気なんかこれっぽちもねえのによ。」

「実を言うとね、親愛なるサンチョ」と、公爵が言った、「もしも君が、ここで熟《う》れた無花果《いちじく》のように心をやわらげてくれるのでなければ、島の領主の職を君にまかせるわけにはいかないと思うよ。だってそうだろう、残酷で石のようにかたくなな領主、悲嘆にくれる乙女の涙にも、思慮深く威厳にみちた老魔法使いや賢人の嘆願にも心を動かさないような領主を、わたしの大事な島民のところへ派遣できると思うかね。そりゃできない相談だよ。要するにサンチョ、君は自分で打つか他人に打たれるかは別として、鞭打ちをとるか島の領主になるのをあきらめるか、二つに一つだね。」

「公爵様」と、サンチョが答えた、「どうすればいいか考えるから、二日ばかり待っていただけねえでしょうか?」

「いや、それは絶対にならぬ」と、メルリンが横から口を出した。「この件に関する取り決めは、今すぐこの場でなされねばならぬ。それにより、ドゥルシネーアがモンテシーノスの洞穴に戻って、ふたたび元の百姓娘になるか、それとも現在のままの姿で楽園に連れてゆかれ、そこで約束の鞭打ちが完了するのを待つかが決まるのだ。」

「さあ、心のやさしいサンチョさん」と、公爵夫人が言った、「勇気を出して、これまでドン・キホーテ様から受けた御恩に報いてさしあげなさいよ。ドン・キホーテ様の立派なお人柄とその高邁《こうまい》な騎士道精神を知っている人なら誰でも、この方に奉仕して喜んでいただこうという気になるはずだわ。だから、あなたも鞭打ちを気持よく引き受けて、悪魔は地獄へ、臆病風はさもしい連中のところへ吹きとばしておしまいなさい。あなたなら先刻ご存じのように、《気概は悪運を挫《くじ》く》って言いますからね。」

こうした説得に対して、サンチョはメルリンに次のような、いささか筋違いの問いかけをすることによって応じた――

「ひとつ教えてくださいよ、メルリンどん。さっき悪魔の先駆けがここにやってきて、おいらの御主人にモンテシーノス様のことづけを伝えたとき、モンテシーノス様自身がドゥルシネーア・デル・トボーソ姫の魔法の解き方を教えにくるから、ここで待っているようにということでしたが、今になっても現われねえどころか、その気配さえありませんね。」

これに対して、メルリンが答えた――

「友のサンチョよ、あの悪魔は愚かなうえに大変な悪党でもあるのよ。わしがあれを、そなたの主人を探しにつかわしたのだが、あれが伝えたのはモンテシーノスのではなく、わしからのことづけじゃ。なぜかというに、モンテシーノスはいまだあの洞穴のなかにあって、自分の魔法が解けるのを待っている、より的確な言い方をすれば、希求しているからな。まだ彼には、魔法解きの最後のいちばんむずかしいところが残っているんじゃよ。それでも、彼がそなたに負債をおっているとか、そなたのほうで何か彼と取り引きしたいということであれば、いずれ折を見て、彼をそなたの望む場所に連れてまいろう。だが、さしあたっては、鞭打ちの件を引き受けることだ。請け合ってもいいが、この鞭打ちがそなたの魂にも、また肉体にも大いに裨益《ひえき》することになるのは間違いのないところじゃ。というのは、苦行をするという慈悲心がとりもなおさず魂にとっての功徳になるし、肉体に関して言えば、そなたは多血質のようだから、体から少々血を出したところで決して害になることはないからじゃ。」

「この世には医者がわんさといるもんだ。魔法使いまで医者ときたからね」と、サンチョがひきとった。「だけんど、誰もかれもが勧めるから、どうもおいらにゃよく分からねえけど、三千三百の鞭打ちを引き受けることにしようか。ただし、日にちや期限なんかは決めねえで、おいらがその気になった時に限って鞭を当てるって条件だけは守ってもらいますよ。そうと決まりゃ、おいらもできるだけ早目にこの責任を果たして、ドゥルシネーア・デル・トボーソ様の美しさを、世間の連中に拝ましてやることにしましょうや。どうやら、おいらが思っていたのとは反対に、本当に美しいお方のようだからね。それから、次のようなこともまた条件にしてもらわなきゃいけねえ。まず、鞭打ちで血を流す必要はねえちゅうことと、なかに蝿《はえ》を叩くぐらいの弱いやつがあっても、ちゃんと勘定に入れるちゅうこと。それから、もうひとつは、もしおいらが計算を間違えても、何でも知っていなさるメルリン様が、ちゃんと数えておいて、あといくつ足りねえとか、いくつ多すぎたとか教えてくれなきゃいけねえってことです。」

「多すぎたのを教える必要はなかろう」と、メルリンが応じた。「それというのも、鞭打ちの数が満たされれば、その瞬間にドゥルシネーア殿は魔法から解放され、すぐにも心やさしいサンチョを訪ねてこられ、そなたに深く感謝するのみならず、そなたの善行に対して御褒美《ごほうび》までくださるはずだからじゃ。したがってそなたは、鞭打ちの数が多すぎるとか足りないとかで気をもむことはない。しかも、わしが人を騙《だま》すなどということは、よしんば髪の毛一本のことであっても、決して天がお許しにならんのだ。」

「ええい、そんならひと肌脱ぐとするか！」と、サンチョが言った。「おいらは自分の不運を受け入れる、つまり、今あげた条件で苦行を引き受けることにしますよ。」

サンチョがこの最後の言葉を言うやいなや、ふたたび縦笛《チリミーア》の音が鳴りわたり、数限り

もうこの時には，すがすがしくもにこやかな
夜明けが足早に近づいていた．

ない火縄銃の発射音がとどろいた。ドン・キホーテはサンチョの首にすがりついて、相手の額や頬に口づけの雨を降らせ、公爵夫妻とその場にいあわせた者たちもみな、事の成り行きに大きな喜びを覚えたという様子を示した。やがて勝利の車が動きはじめ、美しいドゥルシネーアは別れしなに、公爵夫妻には軽く頭をさげて会釈《えしゃく》し、サンチョには深々とお辞儀した。

もうこの時には、すがすがしくもにこやかな夜明けが足早に近づいていた。そして、野の花は生気を得て頭をもたげ、水晶をなす小川の水は、白と灰色の小石のあいだをぬってささめきながら流れ、待ちうける川へいそいそと向かっていた。うれしげな大地、晴れわたった空、澄んだ空気、静謐《せいひつ》なる光、これらがそれぞれ、あるいはあいまって、いま曙《あけぼの》の女神の裳裾《もすそ》を踏むようにしてやってきているこの日が、穏やかな輝かしい一日であることを如実に示していた。公爵夫妻は山狩りにも、また、このたびの計画がかくも首尾よく達成できたことにもすっかり満足し、さらに悪ふざけを続けようという気持を抱きながら、城へ帰っていった。というのも、二人にとってこれより大きな喜びをもたらしてくれる現実《ベーラス》はなかったからである。

第三十六章

ここでは《苦悩の老女》の異名をもつ、トリファルディ伯爵夫人の、人の想像をこえた奇妙な冒険が語られ、それとともに、サンチョ・パンサがその妻テレサ・パンサに宛てた手紙が披露される

公爵邸には、ひどく陽気なふざけ屋で、しかも才気煥発《かんぱつ》といった執事がおり、この男が例のメルリン役を演じただけでなく、あの冒険のお膳立てを一手にひきうけて、台詞《せりふ》の詩を自分で書きもし、小姓の一人にドゥルシネーア役を演じさせもしたのである。そしてこの執事が今また、主人たる公爵夫妻のお墨付きと協力のもと、およそ想像しうる限り、最も愉快にして珍妙な趣向の冒険を案出するということになった。

さて、その次の日のこと、公爵夫人はサンチョに、ドゥルシネーアの魔法を解くために引き受けた苦行を始めたかどうかと尋ねた。するとサンチョは、ええ始めました、昨夜は尻を五回ぶちましたと答えた。そこで公爵夫人が何をもって打ったのかと問い返す

と、彼は手でやりましたと答えた。

「それじゃだめよ」と、公爵夫人が言った、「だって手のひらで叩くようなの、鞭打ちには入りませんもの。賢人メルリンだって、そんな生やさしいことじゃ決して満足しないと思うわ。ですからサンチョさんは、先端に金具《アブロッホ》のついた鞭か、または、よじった太い紐《ひも》を何本もつけた鞭でもって、身にこたえるような鞭打ちをしなけりゃいけません。寄宿舎の子供たちだって、鞭打たれ血を流して文字を覚えるんですよ。ましてや、ドゥルシネーア姫のようなやんごとない御婦人の自由を贖《あがな》うためですもの、そんな安っぽい、それっぽちの代償じゃ、とてもかないっこないわ。いいですか、サンチョ、手加減を加えた生ぬるい慈悲行為など、功徳もなければ何の役に立ちもしないんですからね。」

これに対して、サンチョが答えた――

「それじゃ奥方様、おいらに何か鞭なり、適当な綱でもくださいまし。そいつがあまりこの体を痛めねえようなやつなら、それでもって打つことにしますよ。というのは、おいらは田舎者のくせに、体はアフリカハネガヤというよりは、ふかふかの綿でできてるみたいなもんですからね。それに、他人様《ひとさま》の利益のためにわが身を傷つけるってのは、どうにも道理に合わねえような気がするし。」

「じゃ、そうしたらいいわ」と、公爵夫人が応じた。「明日、あなたのお望みどおりの、あなたの柔らかな肌にぴったりの、まるで本当の兄弟のような鞭を用意してあげますからね。」

するとサンチョがこんなことを言った——

「おいらの魂の奥方様、ひとつ申しあげたいことがございます。実を言うと、おいら、女房のテレサ・パンサ宛に手紙を書いたんです、あいつと別れてからおいらの身に起こったことをぜんぶ知らせようと思いましてね。手紙は今この懐《ふところ》にあり、あとは封筒に入れて上書きをするだけです。そこで、聡明《そうめい》な奥方様にひとつ、こいつを読んでいただきたいんですよ。おいらとしちゃ、領主風に、つまり、その、島の領主が書かなきゃいけねえような具合に書けてると思いますんでね。」

「で、文面は誰が作ったの？」と、公爵夫人が訊いた。

「おいらじゃなくて誰が作ったというんです、おいらに決まってるじゃありませんか？」と、サンチョが応じた。

「それじゃ、あなたが自分で書いたの？」と、公爵夫人が言った。

「いや、めっそうもねえ」と、サンチョが答えた。「なにしろおいらは読むことも書くこともできませんから。もっとも、自分の名前を書きしるすことだけはできますがね。」

「では、その手紙を見せていただきましょうか」と、公爵夫人が言った。「あなたはきっとそこでも、あなたのしゃれた機知を遺憾《いかん》なく発揮しておいででしょうからね。」

サンチョが懐から封のしていない手紙を取り出した。そして、それを手にした公爵夫人は、次のような文面を目にしたのである――

妻テレサ・パンサに宛てたサンチョ・パンサの手紙

《さんざん鞭打ちをくらったけれど、わしは驢馬から落ちることなく元気です。そして、立派な領地を手に入れたのも、したたかな鞭打ちのおかげ。と言っても、わしのテレサよ、今のところお前には何のことやら呑《の》みこめぬだろうが、いずれ分かることだ。わしのテレサよ、わしはお前がこれからは馬車に乗って出歩くように決めたから、そのことを承知しておいてもらいたい。これこそがお前にふさわしい出歩き方であって、それ以外はどれもこれもよつん這《ば》いで歩くようなものだからな。お前は今では島の領主の妻になったのだから、人に妬《ねた》まれ、陰口をたたかれないように注意されたし！　なお、お仕えする公爵夫人から戴いた緑色の狩猟服をお前のもとに送るから、これを仕立て直してわしらの娘のスカートと胴着にするように。

御主人のドン・キホーテ様は、当地でのもっぱらの噂によれば、正気の狂人にして機知に富んだばか者ちゅうことにて、わしもその点では、御主人におさおさひけをとらぬらしい。

わしらはモンテシーノスの洞穴に立ち寄ったが、それがもとで、賢人メルリンはわしを利用してドゥルシネーア・デル・トボーソ姫(そっちではアルドンサ・ロレンソと呼ばれている娘)の魔法解きをしようとしていなさる。つまり、三千三百から、すでにすませた五つを差し引いた数の鞭打ちを、わしが自分の体に当てさえすれば、お姫様はまるで生まれた日みたいに、完全に魔法から解き放たれるそうなのだ。このことは断じて口外無用、諺にもあるように、《お前の持ち物を人前にさらしてみろ、白いと言う者もいれば、黒いと言う者もいる》からなり。

わしはこの数日中に領地へ出発することになるが、わしも御多分にもれず、一財産つくるちゅう大望を抱いていくつもりだ。というのも、聞くところによれば、新任の領主はみんな、こうした野望をもって任地に赴くとのことだから。まずわしが島の様子を見て、その上でお前をかの地に呼びよせ、いっしょに暮らすことにするかどうか知らせるつもりだ。

灰毛のやつは元気にしており、お前にくれぐれもよろしくとのことです。わしは、よしんばトルコの皇帝になって行くとしても、あの驢馬を手放すつもりは毛頭ありゃしない。

お仕えする公爵夫人様が、お前の手に千回も口づけするとおっしゃるから、お前からも二千回のお返しをするように。わしの御主人が言いなさるように、この世に丁重な礼儀作法ほど金のかからぬ、安あがりなものはないからな。このたびは、神様はまだわしに前回のような、＊百エスクードの詰まった鞄《かばん》に出くわすちゅう幸運をお与えではないが、気を落すことはないぞ、わしのテレサ。なんと言っても、《塔の上で警鐘を鳴らす者は安全》だし、島の統治においてすべてがはっきりするだろうからな。ただわしにとってとても気がかりなのは、人の話によれば、いったん領主職の味をしめると、ますます欲の皮がつっぱるようになるちゅうことで、そうなるとひどい目にあいかねないからだ。まあ、しくじったところで、なんとかなるだろうよ。体の不自由な連中だって、施しを求めることによって結構な収入をあげている御時世だから。というわけで、とにかくお前は、このやり方で、さもなくばあのやり方で金持になり、幸せになるはずだよ。

神様がそのお力でお前に幸せを授け、また、お前に仕えんがために、わしをお守りくださいますように。このお城より、一六一四年七月二十日。

お前の夫である領主

サンチョ・パンサ》

公爵夫人は手紙を読み終えると、サンチョにこう言った――

「立派な領主殿は二点において、いささか間違っておいでだわ。まず一点は、この領主職が、みずから自分の体を鞭打つことの代償として与えられると言っている、あるいは、そのようにほのめかしているところです。でも実際は、わたくしの主人の公爵が島の約束をしたとき、鞭打ちのことなんかまったく念頭になかったし、誰ひとりとしてそんなこと夢想もしなかったことは、あなただってちゃんと承知しているはずだわ。いいえ、これが嘘だなんて言わせませんよ。それからもう一点は、あなたが相当の欲張りのように見えることだけど、わたくしはそうであってほしくありません。だって《強欲は袋を破る》って言いますし、欲の深い領主というものは秩序を乱すような、だらしのない統治をするものですからね。」

「おいら、そんなつもりで言ったんじゃありませんよ、奥方様」と、サンチョが応えた。「もしお前様に、この手紙がちゃんと書けてねえように思われるなら、この場で破り捨て、別のやつを書くまでのことです。もっとも、おいらの思いどおりに書いたら、もっとひどくなるでしょうがね。」

「いえ、それには及びません」と、公爵夫人がひきとった、「これはこれでよく書けてますから。そうだわ、公爵にも見てもらうことにしましょう。」

こうして二人は、その日そこで食事をすることになっていた城の庭へ出ていった。夫人からサンチョの手紙を見せられた公爵は、それを読んで大変な喜びを覚えた。さて、一同がそろって食事をし、テーブルクロスが取りはらわれてからも、ひとしきりサンチョを交えた味わい深い会話を楽しんでいたとき、突如として、いかにも悲哀に満ちた横笛の音と、調子っぱずれでひどく耳ざわりな太鼓の音が聞こえてきた。誰もが不意に湧《わ》きあがった、この勇壮なようで物悲しい異様な調べに動揺を示したが、とりわけドン・キホーテは、驚きのあまり座席にじっとしていられないほどであった。サンチョに関しては、彼が恐怖のあまりいつもの避難場である公爵夫人のそば、というよりはむしろスカートに逃げこんだと言うだけで十分であろう。ことほどさように、皆が耳にした音は、まさに掛け値なしで、この上なく侘《わび》しい悲痛なものだったのである。

こうして一同が呆然《ぼうぜん》としていると、喪服を着た二人の男が、ゆったりとしたその長い裾《すそ》を引きずりながら庭に入ってくるのが見えた。それぞれ、黒い衣に被われた大きな太鼓を叩きながらやってきた彼らの脇には、これまた真っ黒の衣装に身を固め、黒い横笛を吹く男が並んでいた。そして、これら三人のうしろには漆黒のガウンを着た、というよりはゆったりと羽織った、雲をつくような大男が従っていたが、このガウンの裾もまた途方もなくふくらんでおり、ガウンの上には、幅広のやはり黒い剣帯を斜めにかけ、そこに鍔《つば》も鞘《さや》も黒ずくめの巨大な偃月刀《えんげつとう》を吊《つる》していた。大男の顔は黒い紗《しゃ》のベールで包まれており、それを透して、ひどく長い、そして雪のように白い顎髭《あごひげ》を見てとることができた。彼は太鼓の音に合わせて、威厳を保ちつつ悠然と歩を運んでいた。要するに、黒装束にすっぽりと包まれたその偉丈夫ぶりと、堂々たる歩きぶり、さらに異様な供ぞろえは、この大男が誰であるのか、その正体を知らずに見守っている者たちすべてを呆然とさせ得たであろうし、実際、呆然とさせたのである。

さて、上で述べた悠揚《ゆうよう》迫らざる歩調で近づいてきた大男は、その場にいあわせた人たちとともに、立ったまま彼を待ち受けていた公爵の前でひざまずいた。公爵は相手が立ちあがるまでは、いっさい口をきくことを許さなかったので、公爵の命に従って立ちあがった異様な風体の男は、顔のベールを取りはらい、およそ人間の目に、いまだかつて映ったことのないような、おどろおどろしいほどに長くて白い、しかもびっしりと生えた豊かな顎髭をあらわにした。それから公爵をじっと見つめると、その広く部厚い胸から威厳のある、しかも朗々たる声をしぼり出して、こう言った——

「いとやんごとなく、権勢並びなき閣下、それがしは白髯《はくぜん》のトリファルディンと呼ばれる者で、《苦悩の老女》の異名をもつトリファルディ伯爵夫人の従士でございますが、主人たる伯爵夫人の使者として、閣下にお願いの儀があって参りました。実は、伯爵夫人がみずからの苦悩を訴えるために、閣下の前に参上する資格とお許しを賜りたいということなのでございます。とにかく主人の苦悩と申すのは、この世で最も悲嘆にくれる者であっても、なかなか思いつくことができそうにないたぐいの、まことに珍しい、驚嘆すべき苦悩でございます。なお、伯爵夫人は何よりもまず、もしやこのお城に、敗北を知らぬ勇猛果敢な騎士ドン・キホーテ・デ・ラ・マンチャ殿が御滞在かどうか知りたがっておいでです。なにしろ御主人は、このドン・キホーテ殿を探し求めて、はるばるカンダーヤ王国から閣下の御領地まで、徒歩で、しかも飲まず食わずでやってこられたのでございますが、これはどう考えても奇跡と、あるいは魔法の力によるものと見なしうる、いや見なすべきことでございましょう。御主人はただ今、この城砦《じょうさい》、ないしは別荘の門前に待機して、中に入るための閣下の一刻も早いお許しを待っておいでです。以上でございます。」

こう言い終ると、咳《せき》ばらいをし、両手でもって長い髭を上から下まで撫《な》でおろすと、落ち着きはらって公爵の返事を待ったが、その返事は次のようなものであった——

「これはこれは、忠実な従士たる白髯のトリファルディン殿、われらは敬愛するトリファルディ伯爵夫人、つまり魔法使いどもによって《苦悩の老女》と呼ばれる身の上にされた奥方様の御不幸については、ずいぶん前から聞き及んでおります。ですから、あっぱれな従士殿、御主人にお入りくださるようにと、また、ここには勇敢な騎士ドン・キホーテ・デ・ラ・マンチャもおいでになるので、この騎士の寛仁大度《かんじんたいど》からして、必ずや、あらゆる庇護《ひご》と援助が期待できるむねをも申しあげなされ。さらにまた、奥方様がわたしの援護を必要としているということであれば、喜んで力になるつもりであると、わたしになりかわってお伝えくだされ。というのも、わたしのような騎士たる者にとって、あらゆる女性を庇護すること、とりわけ、そなたの御主人がそうであられるような、寡婦《やもめ》となって寄るべをなくし、悲嘆にくれる貴婦人に救いの手をさしのべることは、むしろ本来的な義務ですからな。」

これを聞いたトリファルディンは、片膝《かたひざ》を地面につけてお辞儀をすると、横笛吹きと太鼓叩きに、ふたたび演奏するように合図し、入ってきたときと同じ楽の音に合わせた同じ歩調で庭を出ていったが、彼の外見と一挙手一投足は、その場に残った者たちすべてを感嘆させたのである。トリファルディンが退出すると、公爵がドン・キホーテのほうをふりかえって、こう言った――

「令名赫々《かっかく》たる騎士殿、結局のところ、悪意の闇も無知の闇も、勇気と美徳の輝きを被い隠すことはできないようですな。なぜかといえば、貴公がこの城にいらしてわずか六日しかたっていないというのに、早くも、愁いに沈み悲嘆にくれる者たちが、遠隔の地から、馬車や駱駝《らくだ》に乗りもせずに徒歩で、しかも飲み食いもせず、ただひたすら貴公を慕い、みずからの苦難と不幸の救済を貴公のたくましい腕に託して、はるばるやってきたのですから。それもこれもすべて、世界の津々浦々《つつうらうら》にまで知れわたっている貴公の偉大な武勲《ぶくん》によるものですよ。」

「公爵殿、できることなら」と、ドン・キホーテが応えた、「このあいだ食事の席で、遍歴の騎士に対するあからさまな反感と敵意をむき出しになされた、あの御立派な司祭さんにこの場にいあわせてもらい、彼が非難した騎士がこの世にとって不必要な存在かどうか、御自分の目でしかと見届けてもらいたかったものですわい。そうすれば、少なくとも、重大な危機におちいり、大きな不幸に直面して、極度に苦悩し悲嘆にくれる者たちが救いを求めていく先が、文人や学者の家でもなければ村の教会の堂守の家でもなく、さらにまた、おのれの住む町の境界から一度も出たことのないような騎士でもなければ、怠惰な廷臣、すなわち世の人に語り継がれ記録にとどめられるような手柄や偉業をみずから立てようとはせずに、噂話の種としてそうした新たな武勲を漁《あさ》るがごとき、宮仕えの柔《やわ》な騎士でもないことを経験で知ることになったでありましょうから。苦悩からの解放と困窮からの救済、および乙女たちの庇護と寡婦たちの慰めは、いかなる種類の人間よりも遍歴の騎士にこそふさわしい務めでござる。したがって拙者は、自分が遍歴の騎士であることを天に深く感謝し、この誇り高き任務の遂行においてわが身にふりかかる、いかなる不幸や災難も、むしろ喜んで甘受すべきものと考えております。さあ、伯爵夫人にここに来ていただいて、何なりと頼んでいただきましょう。拙者のこの腕の力と、鬱勃《うつぼつ》たる勇気と不退転の意志により、その方を窮地からお救いしてみせましょうぞ。」

第三十七章

ここでは《苦悩の老女》の名高い冒険がひきつづき語られる

公爵夫妻は、ドン・キホーテがまんまと自分たちのもくろみにはまってくれたのを見て大喜びであった。そんなとき、サンチョが口を開いた――

「おいらは、この老女《ドウエニャ》様が、もしかしておいらの島の約束のじゃまになるんじゃねえかと、それが心配ですよ。というのも、おいらがかつて、まるで紅鶸《べにひわ》が鳴くみたいによく喋《しゃべ》るトレードの薬屋が言うのを聞いたところによれば、老女が関わりを持つとろくなことは起こらねえそうだからね。それにしても、あの薬屋の老女方に対する反感とか毛嫌いといったら、なかったね！　そこで、おいらも考えるんだが、もし老女ってものが誰もかれも、どんな家柄でどんな身分であろうと、うっとうしくて図々しいものであるとするなら、この《三つの裾《トレス・ファルダ》》とか《三つの尾《トレス・コーラ》》伯爵夫人のような、悲しんで嘆いていなさる老女の場合はどんなことになるのかね？　なあに、おいらがそんな呼び方をしたのは、おいらの国じゃスカートの裾《ファルダ》も尻尾《コーラ》も、尻尾《コーラ》も裾《ファルダ》も同じことだからですよ。」

「口に気をつけるのじゃ、友のサンチョよ」と、ドン・キホーテが言った。「この老女殿は、遥《はる》かな遠隔の地からわざわざ拙者を尋ねてこられた方であってみれば、そのお喋り薬屋が考えていたような老女であるはずがないではないか。しかも、この方は伯爵夫人じゃ。よいか、伯爵夫人ともあろう方が老女としてお仕えするとあらば、御主人は王妃か皇后ということになり、御本人は自分の家ではまたほかの老女や侍女たちにかしずかれる身なのじゃ。」

すると、その場にいあわせたドニャ・ロドリーゲスが割って入った――

「あたしがお仕えしている公爵夫人だって、世が世ならば伯爵夫人となっているような老女たちにかしずかれておいでなんですよ。でも、時勢ってのは王様の御意向次第ですからね。それにしても老女たちの悪口を言うのはよくありません。ましてお年を召していながらも処女の老女だったら、なおさらです。あたし自身はそうじゃないけど、処女のままの老女の方がやもめの老女より優位にあることは分かりますし、十分に認識してもおりますわ。それはともかく、《あたしたちの髪を刈った人は、まだその手に鋏《はさみ》を持っています》からね。」

「そうは言いなさるが」と、サンチョが言い返した、「おいらの知り合いの床屋によると、老女方にゃ、うんと刈りこまなきゃならねえところがあるという話だよ……だが、まあ眠っている犬を起こさねえほうがよかろうて。」

「従士ってのはいつでも」と、ドニャ・ロドリーゲスがひきとった、「あたしたちの敵なのよ。なにしろ、のべつ控《ひか》えの間《ま》をうろついてる化け物みたいな連中で、事あるごとにあたしたちのことを監視し、お祈りをしていないときは、まあそれが一日の大半なんだけど、あたしたちの噂ばかりしているんだから。しかも、あたしたちの骨をほじくり返し、あたしたちの名誉を埋めてしまうような噂ばかりをね。だから、あたしはそういう木偶《でく》の坊《ぼう》たちに言ってやりますよ、お前さんたちにゃ申しわけないけど、あたしたち老女だってこの世で、というより貴族のお邸で生きていかなくちゃならないんだ、ってね。そうよ、たとえ飢え死にしようとも、あるいは、聖体行列の日に掃きだめをつづれ織りで被い隠してしまうように、あたしたちの柔肌《やわはだ》なり柔らかくない肌なりを黒いベールで包むことになろうとも、生きていかなくちゃならないのよ。あたし誓ってもいいけど、もしお許しがいただけて、時間が許せば、ここにおいでの方々だけでなく世界中の人に、人間の美徳で老女のうちに見いだせないものはないってことを分からせてさしあげることができますよ。」

「わたくしは親愛なるドニャ・ロドリーゲスの言うことはもっともだと、ええ至極もっともだと思いますわ」と、公爵夫人が言った。「でも、この人が自分自身とほかの老女たちを守るために、あの性悪な薬屋のよくない考えを論駁《ろんばく》し、偉大なサンチョ・パンサがその胸に抱いている偏見を根絶させるためには、また別の機会を待ったほうがいいでしょう。」

すると、サンチョがこう応えた――

「おいらは島の領主になる約束をしてからっていうもの、けちくさい従士気分なんかすっかり失《な》くしちまったさ。だから世界中の老女方が束になってかかってこようと、屁《へ》とも思わねえよ。」

老女論争はまだまだ続く気配であったが、そのとき、ふたたび横笛と太鼓の音が聞こえてきたので打ち切りになった。その楽の音により、《苦悩の老女》の到来が知れたからである。公爵夫人は公爵に、相手は伯爵夫人という高い身分なのだから、こちらから迎えに出たほうがよくはなかろうかと尋ねた。

「先方が伯爵夫人であるという点からすれば」と、サンチョが、公爵が答える前に口を出した、「お二人が迎えに出なさるのに賛成しますね。だけんど、老女であるという点からすれば、一歩も動きなさる必要はねえというのがおいらの意見だよ。」

「誰がお前に、そんな口出しをせよと頼んだかな?」と、ドン・キホーテが言った。

「誰がですかい、旦那様？」と、サンチョが答えた。「いや、おいらは自分から進んで口を出したんです。だって礼儀作法ということに関しちゃ、世界中で最も丁重にしてしつけの正しい騎士であるお前様の学校で、儀礼の掟《おきて》をしっかり学んだ従士として、おいらにはその資格があるからね。そして、こういう事柄について、おいらがお前様から学んだのは、カードの数が多すぎても、また少なすぎてもいけねえってことでしたよ。まあ、物分かりのいい者には、くどくど言うまでもなかろうがね。」

「サンチョの言うとおりだ」と、公爵が言った。「だから、まず伯爵夫人の人柄や様子を見たうえで、しかるべき礼儀作法をとることにしよう。」

そうこうするあいだに、先ほどと同じ横笛と太鼓が入ってきた。

ここで作者はこの短い章を終りにし、章をあらためて同じ冒険を書き続けているが、これは物語中でも最もめざましい冒険のひとつである。

第三十八章

ここでは、《苦悩の老女》がみずからの不幸について物語ったことが語られる

侘《わび》しげな感じの三人の楽師のあとから、総勢十二人もの老女たちが庭に入ってきた。二列に分かれた彼女たちは、どうやら晒《さら》したサージ地のそろいの尼僧服を身につけているようであったが、かぶっている薄い金巾《かなきん》の白い頭巾《ずきん》がとてつもなく長く垂れていたので、尼僧服はその裾《すそ》の部分しか見えなかった。これらの老女たちの背後から、従士である白髯《はくぜん》のトリファルディンに手をとられながらやってきたのがトリファルディ伯爵夫人で、彼女は、まだ毛羽《けば》を立てていない上等の黒いネルの喪服を着ていた。もしもこのネルが毛羽立ててあったとするなら、それこそマルトス産の見事なヒヨコ豆ほどにも大きな毛玉が並んでいたことであろう。その喪服の裾《ファルダ》というか尻尾《コーラ》というか、どちらでも好きなほうで呼んでかまわないが、それは三つに分かれていて、それぞれの端が尖《とが》ってお

り、その一つ一つを、これまた喪服に身を固めた三人の小姓が両手で捧げ持っていたので、これら三つの尖端が形づくる三つの鋭角は、目にも鮮やかな幾何学模様を呈していた。先端の尖った三つ《トレス》の裳裾《ファルダ》に目を注いだ人びとはみな、それゆえにこそ彼女が、《三つ裾《トレス・ファルダ》伯爵夫人》という意味合いにおいてトリファルディ伯爵夫人と呼ばれているものと理解した。実際、原作者のベネンヘーリも事実そのとおりであると言い、彼女の名前に関して、次のように書き添えている。つまり、彼女の本名はロブーナ伯爵夫人であるが、それは彼女の領地に狼《ロボ》がたくさん生息していたからで、もし狼のかわりに狐《ソーラ》がたくさんいたとしたら、ソルーナ伯爵夫人と呼ばれたことであろう。というのも、その地方においては、領主たちは自分の領内に最もふんだんに見られる事物の名をみずからの呼び名にするというのが習慣だったからであるが、この伯爵夫人はみずからのスカートの珍奇さを吹聴《ふいちょう》するため、ロブーナという名を捨てて、トリファルディを採ったというのである。

十二人の老女と伯爵夫人は、まるで聖行列のような歩調で進んできた。彼女たちはいずれも面《おもて》を黒いベールで被っており、しかもそれがトリファルディンのベールのように透明ではなく、目のつんだものだったので、何ひとつ見透すことはできなかった。

老女の一隊が完全に姿を現わすやいなや、公爵夫妻とドン・キホーテ、それにこのしずしずと進む行列を見守っていた人たち全員が立ちあがった。二列に並んだ十二人の老女が足を止め、列のあいだをあけて通路をつくると、その中央を、あいかわらずトリファルディンに手をとられた《苦悩の老女》がやってきた。

これを目にした公爵夫妻とドン・キホーテは、彼女を出迎えようと、十二、三歩ほど進み出た。すると伯爵夫人は地にひざまずき、しとやかな細い声というよりは、太くてしわがれた声で、こう言った――

「いとやんごとなき公爵御夫妻、どうか閣下方の僕《しもべ》を、いえ、その、端女《はしため》をそんなに丁重に扱わないでくださいまし。わたくしは悲嘆のあまり、こちらで当然なすべき礼儀を尽くすことができそうにないからでございます。なにしろ、前代未聞のいかにも奇妙な不幸が、わたくしの思慮分別を奪い取り、どこかへ持ち去ってしまったものですから。しかも、それをいくら探しても見つからないところからすると、きっとずいぶん遠いところへ持ち去ったものと思われます。」

「いや、伯爵夫人殿」と、公爵が答えた、「あなたのお人柄から、その真価を見抜けないような者こそ、思慮分別を欠いているというものですよ。だって、あなたの真価は、一見しただけで、礼節の精粋という精粋に、しつけのよい儀礼の華という華に値する底《てい》のものであることが分かりますからね。」

こう言うと、相手の手をとって起きあがらせ、公爵夫人の隣りの席に座らせたが、公爵夫人もまた、たいそう丁重に彼女を迎え入れたのである。

この間、ドン・キホーテは沈黙を守り、一方サンチョはトリファルディ伯爵夫人の顔か、せめて多くの老女たちのひとりでもいいから、誰かの顔が見たくてうずうずしていた。しかしこれは、彼女たちがみずからの意志で、進んでベールを取らない限り、とてもできる相談ではなかった。

さて、一同が落ち着いて、あたりが静かになり、いったい誰がこの沈黙を破るのだろうと思われたとき、口を開いたのは《苦悩の老女》で、こんなことを言った――

「権勢いと強き公爵様、いと美しき奥方様、いと賢き御参集の皆様、わたくしはわたくしのいと深き苦悩が、皆様方のいと勇壮なる胸のなかに、慈悲深くも寛大な、と同時に安らかな避難場を見いだせるものと確信いたしております。と申しますのは、わたくしの苦悩は大理石を溶かし、金剛石《ダイヤ》を軟化させ、さらに世界でもっとも頑《かたくな》な心の鋼鉄《はがね》さえ和らげるに十分なほど深刻なものだからでございます。もっとも、それを皆様方のお耳に入れる、とは申しませんが、皆様方にお聞かせする前に、ひとつお教えいただきたいことがございます。それはこのお集まり、この寄り合い、このお仲間のなかに、いと純粋で無垢《むく》な騎士、ドン・キホーテ・デ・ラ・マンチッシマ*と、いと従士のパンサがおいでかどうかということですが……」

「そのパンサというのはおいらですよ」と、ほかの者が返事をする前に、サンチョが言った。「それに、ドン・キホティシモもおりまさあ。ですから、いと苦悩のいと老女様、お前様はいと言いたいことを言いなされればいいよ。わしらはすぐにでも、いとお役に立ちたいと、いと用意ができてるからね。」

このとき、ドン・キホーテがすっくと立ちあがると、《苦悩の老女》に向かって、このような言葉をかけた――

「悲嘆にくれる方よ、もしあなたの御心痛が、誰か遍歴の騎士の勇気なり腕力なりによって癒《い》やされる可能性を秘めたたぐいのものであるならば、ここに拙者が控えておりまするぞ。なるほど拙者の勇気も腕力も脆弱《ぜいじゃく》ではござるが、あなたに対する奉仕に、それらのすべてを捧げる所存でござる。拙者こそドン・キホーテ・デ・ラ・マンチャにして、助けを必要とするあらゆる階層の人びとに救援の手をさしのべるを使命とする者。こういうわけでござるから、伯爵夫人よ、あなたは慈悲を乞うたり、いろいろ前置きに腐心したりすることなく、単刀直入にあなたの不幸をお話しなさるがよい。ここで聞いている方々は、よしんばあなたの不幸を取り除くことができぬとしても、それをともに悲しむことはできるであろうから。」

これを聞くやいなや、《苦悩の老女》はドン・キホーテの足もとへ身を投げ出そうという素振りを見せたばかりか、実際に身を投げ出し、騎士の両足を抱きかかえようとして躍起となりながら、こう言った――

「おお、無敵の騎士よ！　わたくしがあなた様の足下へ身を投げ出しますのは、この脚と足こそが遍歴の騎士道の礎《いしずえ》にして支柱であるからでございます。そしてわたくしは、わたくしの不幸からの救済が、ひとえにその動きにかかっているこのお御足《みあし》に口づけいたしとう存じます。おお、輝かしき遍歴の勇士よ！　あなた様の真実の武勲《ぶくん》は、アマディス、エスプランディアン、さらにはベリアニスといった名高き英雄たちの驚嘆すべき手柄をさえ凌駕《りょうが》し、その影を薄くしているほどですわ！」

こう言うと、今度はドン・キホーテからサンチョ・パンサのほうに向き直り、彼の両手をとりながら言った――

「おお、そなた、今の世においても過去の世紀にあっても、かつて遍歴の騎士に仕えた従士のなかで最も忠実な従士よ！　また、その善良さにおいて、ここに控えおるわたくしの付き人、トリファルディンの白き顎鬚《あごひげ》よりも長大な従士よ！　そなたは偉大なドン・キホーテにお仕えすることにより、この世で武器を手にした騎士族全体の精髄を体現する騎士に仕えているのだと自慢することができるのですよ。わたくしはそなたのいと誠実な善意を恃《たの》んで、心よりお願いいたしますわ、そなたの御主人が時を移さず、このいと卑しくもいと不幸な伯爵夫人に援助の手をさしのべてくれるよう、そのとりなし役になってくださいと。」

これに対して、サンチョが答えた――

「奥方様、おいらの善意がお前様の従士の髭みたいに長くて大きいって話は、おいらにはあんまり意味のねえことです。おいらにとって重要なのは、この世をおさらばするときに、おいらの魂に立派な髭の生えていることであって、この世でたくわえる髭なんぞ、おいらはあんまり、いやまったく気にかけちゃいねえからね。だけんど、そんなおべんちゃらやお願いなんかなくたって、おいらは御主人に、力の限りお前様を助け、お護《まも》りするように頼んであげますよ。御主人がおいらのことを好いてくれてることはたしかだし、おまけに今は、ある用件のためにおいらをとくに必要としてなさるって事情もあるからね。だからお前様は、胸のなかの苦しみを吐き出し、何もかも打ち明けて、わしらにまかせちまっておくれ。そうすりゃ、わしらがみんなして引き受けるからさ。」

この冒険を考え出し、実行に移した当事者であった公爵夫妻は、事の成り行きを目のあたりにして、いまにも吹き出さんばかりであった。そして心のなかでひそかに、トリファルディ伯爵夫人の、そらとぼけた、しかも機知に富んだ対応を称賛していたが、当の伯爵夫人はふたたび腰をおろすと、次のように話しはじめた――

「かの名高きカンダーヤ王国、*つまり大トラポバーナ島と南の海のあいだに位置し、コモリン岬から二レグアほどのところにあるあの王国を統治していたのは、女王のドニャ・マグンシア様で、女王は夫君である君主、故アルチピエラ王の御後室であられましたが、この御夫婦のあいだに、王国の世継ぎたる王女、アントノマシア姫が生まれていたのでございます。そして、このアントノマシア姫はわたくしの後見と教導のもとに成長なさいました。それは、わたくしが姫の母上にいちばん古くからお仕えする、最も身分の高い侍女だったからでございます。

さて、日々が過ぎ去っては来《きた》り、来りては過ぎ去るうちに、幼いアントノマシア姫も十四歳になり、その花も恥じらう完璧な美しさといったら、造物主もそのうえに何か付け加えることはできかねるほどでございました。それでは、お頭《つむ》のほうはまだ幼《いとけな》かったとでもいうのでしょうか？　それがとんでもないことでして、姫はその美しさに劣らず聡明《そうめい》、しかも文字どおり絶世の美人だったのでございます。そして、もし嫉妬《しっと》深い運命と、あの冷酷な三女神《パルカス》*が彼女の玉の緒を切っていさえしなければ、今でもそうであられましょう。いえ、玉の緒が切られていることなどありますまい。だって、この世で最も美しいぶどうの樹から、その房を未熟なうちにもぎ取るというような、そんなに大それた悪が地上で行なわれるのを天がお許しになるはずはありませんもの。

わたくしの貧弱な言葉をもってしては、とても満足に誉《ほ》め称《たた》えることのできない姫の美しさに、国内外の数限りない王公の御曹子《おんぞうし》たちが恋をするようになりました。ところがなかに一人、いっかいの宮仕えの騎士が、おのれの若さと凜々《りり》しさ、多芸多才、それに持ち前の才気煥発《かんぱつ》などを恃《たの》んで、大胆にも、天にも届くような高嶺《たかね》の花《はな》に懸想《けそう》したのでございます。と申しますのも、もし、皆様が退屈なさるということでなければ、ぜひお知りおきいただきたいのですが、この若い騎士はギターを、まるで物を言わせるように巧みに弾いたばかりか、詩を能《よ》くしダンスの名手でもあり、おまけに、実に見事に鳥籠《とりかご》を作ってみせたのです。本当にその手際のよさといったら、たとえ生活にひどく窮したとしても、それを作るだけで生計を立てることができるほどのものでした。実際の話、このような彼の資質や才能は、うぶな小娘はおろか、それこそ山でさえ崩すに足りたのではないでしょうか。

しかしながら、彼がいくら凜々しい伊達男《だておとこ》にして、機知に富み、もろもろの才能に恵まれていたところで、この恥知らずな泥棒が、まずわたくしを籠絡《ろうらく》するという手段に訴えなかったとしたら、わたくしの姫の堅固な砦《とりで》を攻略することなどほとんど、いや、まったく不可能だったことでございましょう。このやくざな、血も涙もない悪党は、まず最初にわたくしの機嫌を取りむすび、袖《そで》の下を使うことによってわたくしの気持を動かし、ついにはわたくしが、背信の城主よろしく、みずからの管理する城砦《じょうさい》の鍵《かぎ》を彼に手渡すようにしむけました。要するに、若者は甘言を弄《ろう》してわたくしの分別にとりいり、何やらさまざまな装身具の贈物によって、わたくしの意思を自分の思いどおりにしてしまったのでございます。でも、そうした贈物よりも何よりもわたくしの心を動かし、わたくしを陥落させたのは、ある夜、彼が来ていた路地に面している格子窓で聞いた、彼のうたう歌でした。それは、わたくしの記憶が正しければ、次のような歌詞でございました——

わが優美なる敵《かたき》を想うゆえ
わが魂を傷《いた》める苦痛の生まれ
その苦しみをいやますのは
痛みに耐えてただ黙すること。

わたくしにはこの詩が珠玉のように、そして彼の声は甘露のように思われました。そして、あれからこっち、いえ、そのとき以来、このような詩やこれに類する詩のおかげでわたくしが陥りました不幸に鑑《かんが》みまして、わたくしはプラトンも忠告したように、よく調和のとれた国家からは詩人たちを、少なくとも淫靡《いんび》な恋愛詩人たちを追放すべきだと考えるようになりました。こういう詩人は、女子供を慰めたり、泣かせたりする《マントゥア侯爵のロマンセ》のような詩歌とは違って、まるで柔らかい刺《とげ》のように人の魂を突きとおし、また、稲妻のように、身に着けている衣服はそのままにしておきながら、人の魂を傷つけてしまう、鋭利な詩をつくるからでございます。また、あるときはこんな歌を聞きました――

死よ　ひそやかに来たれかし
到来のわれに気づかれぬように
さもなくば　死の甘美さが
再生の願望をわが裡《うち》に生じさせん。

そして、これに類したいくつもの端歌《はうた》や諷刺詩を耳にしましたが、これらはいずれも歌われて人の心を魅惑し、書かれて人の魂を奪う底《てい》のものでございます。ですから、そうした詩人たちが形式にとらわれることなく、当時カンダーヤ王国で流行《はや》っていた、セギディーリャと呼ばれる詩に手を染めたときには、どんな状況を招いたとお思いになりますか？　それはもう魂は小躍りし、笑いがはじけ、体は瞬間たりとも静かにしていないといった、まあ要するに、あらゆる感覚が水銀中毒にかかったように落ち着きを失ってしまうといった状態だったのです。それゆえにこそ、皆様方、そのような詩人たちは当然の刑罰として、蜥蜴《とかげ》島＊へ送られるべきだと申しあげているのでございます。

でも、よく考えてみますと、悪いのは詩人たちではなく、彼らの詩を口をきわめて誉めそやす愚か者たちであり、詩に書かれていることをそのまま信じてしまうばかな女たちです。わたくしも、本来そうあるべき善良にして実直な老女であったとするなら、詩人たちの手垢《てあか》にまみれた陳腐な詩句に感動したりすることはなかったでしょうし、また、《われ死につつ生きる》とか、《われ凍《い》てつつ燃ゆる》とか、《われ炎のなかで震える》とか、《われ望みなく望む》とか、《われ立ち去りて留まりぬ》とか、あるいはこの種の、彼らの作品に満ちあふれている数々の矛盾する詩句を真実だと思ったりすべきではなかったのです。それにまた詩人たちが、アラビアの不死鳥、アリアドネの王冠、太陽神の馬、南の海の真珠、ティバルの黄金、パンカーヤの香油などを約束する際の書きっぷりときたらどうでしょう？　彼らのペンが自由奔放に、最ものびやかに走るのはこういうところであり、それは、彼らが果たすつもりもなければできもしない約束をしたところで、お金など一銭もかからないからでございます。

それにしても、わたくしとしたことが、とんでもない脇道にそれてしまいましたわ！　ああ、情けない！　自分のことで話すべきことが山ほどあるというのに、こんなに他人《ひと》様《さま》の過ちばかりあげつらったりして、なんて的はずれな狂気沙汰でしょう？　くり返しますが、本当にわたくしはなんと幸《さち》薄き女でございましょうか！　だって、わたくしを屈服せしめたのは、詩ではなくてわたくし自身の愚かさであり、わたくしの心を和らげて誘惑したのは音楽ではなくて、わたくしの軽薄さだったのですもの。つまり、わたくしの大変な無知と迂《う》闊《かつ》さがドン・クラビッホの、これが件《くだん》の騎士の名前でしたが、彼の通る道を切り拓き、障害となるものを取り除いたのでございます。かくして、わたくしの取り持ちにより、彼は一再ならず何度も、彼によってではなく、このわたくしによって騙《だま》されたアントノマシア姫のお部屋に入りこむようになりました。もちろん真実の夫になるという約束のもとにでございました。なるほど、わたくしは罪深い女ではございますが、姫君の夫ということでなければ、彼女の部屋履《ば》きの底の端に触れることだって許すようなことはいたしません。ええ、そうですとも、絶対にさわらせやしません！　とにかく、わたくしの才覚で取り運ばれるこの種の仕事にあっては、いかなる場合にも、まず結婚がその前提条件とならなければならないんです！　ただ、残念なことに、このお二人の場合にはひとつ大きな障害がありました。身分の不釣合いというのがそれで、なにしろドン・クラビッホがいっかいの騎士であるのに対して、王女のアントノマシア様は、先ほど申したように、王国の継承者だったからでございます。

この色恋沙汰はわたくしの如才ない配慮によって、しばらくのあいだは秘め隠されておりましたが、そのうちに、なにやら、その、アントノマシア様のお腹のふくらみが、日に日に目立つようになってきたように思われました。そこで、悪事が露見するのを恐れたわたくしども三人は額をつきあわせて相談し、その結果、一件が明るみに出る前に、ドン・クラビッホが司祭のもとに赴き、王女アントノマシアが彼の妻になる旨を約束した一札《いっさつ》にもとづいて、二人の結婚を願い出ようということになりました。この証文というのは、わたくしが知恵を絞りに絞って書き取らせたもので、そこには、怪力無双のサムソンの腕力をもってしても壊すことはできないほどの強固な意志がしたためられてありました。計画は実行に移されて、司祭が証文を読み、それから王女の告解を聞きましたので、王女はそれまでのことを洗いざらい告白しました。司祭は王女様に、宮廷に勤める、きわめて信望の厚い、ある警吏の家に身を寄せるようにとお命じになりました……」

このとき、サンチョが口を出した――

「カンダーヤという王国にもまた、宮仕えの警吏や詩人がいて、セギディーリャという詩まであるとすりゃ、おいらは、世界どこもおんなじで一つのものだと想像できると誓ってもかまわねえ。それはそうと、トリファルディ様、もうちょっと急いでおくんなさいよ。もう遅くなってきたし、おいらはそのひどく長い話の最後が知りたくてうずうずしてるんだからさ。」

「ええ、そうしますよ」と、伯爵夫人が答えた。

第三十九章

ここではトリファルディ伯爵夫人が、その記憶に値する驚嘆すべき話を続ける

公爵夫人はサンチョが口にするあらゆる言葉を楽しんだが、一方でドン・キホーテは、それを聞くたびにいらだちを覚えていた。そこで従士に、黙っているように命じると、それを受けて《苦悩の老女》が話を続けた——

「それから多くの申し立て、尋問、そして返答がくり返されたものの、王女が当初の告白の内容をいっさい変えることも、そこから逸脱することもなく、あくまでもみずからの主張を貫いたものですから、結局のところ司祭もドン・クラビッホの要求どおりの裁定を下し、王女を彼の正当な妻としてお認めになりました。王女アントノマシアの母君であらせられる女王のドニャ・マグンシア様はたいそう御立腹で、そのお怒りはあまりにも激しかったものですから、三日後には、わたくしたちは女王様を埋葬せざるをえ

ないことになりました。」

「それじゃ、きっとお亡くなりになったんだね」と、サンチョが言った。

「もちろんじゃよ！」と、トリファルディンが答えた。「カンダーヤ王国じゃ生きている人間を埋めるようなことはしないからね。死んでから埋葬するんじゃ。」

「従士さん」と、サンチョがやり返した、「これまでにも、気絶した人間を死んだものと思いこんで埋めちまった例があるんですよ。それに、おいらにゃマグンシア女王は死ぬよりもまず気絶なさるべきであったと思われるからさ。だって、命あっての物種と言うように、生きてさえいりゃ、たいていのことはなんとか解決がつくものだし、その王女様の不始末なんぞ、そんなに深刻に悩むほど重大なことじゃねえだろうに。なるほど、その王女様が誰かお付きの小姓とか、あるいは宮廷の召使ふぜいとくっついたというなら、それも、おいらの聞いたところじゃ世間によくある話だってことだけど、そういうことなら、そりゃ取り返しのつかねえ大事かも知れねえよ。ところが王女様は、いま老女様が話しなさったような、いい男っぷりの、何でもよくできなさる賢い騎士さんと結婚しなさったわけだから、そりゃたしかに軽はずみなことではあったにしても、まったくの本当のところを言やあ、世間で言われるほどばかげた過ちじゃねえさ。だって、ここにいなさる、そしておいらに決して嘘なんぞつかしちゃおかねえおいらの御主人の考え方からすると、学問を修めた人間から司教様が出るように、騎士なら、ましてやそれが遍歴の騎士なら、国王にだって皇帝にだってなれるってことですからね。」

「お前の言うとおりよ、サンチョ」と、ドン・キホーテが言った。「というのも、遍歴の騎士たるもの、指二本ほどの幸運に恵まれさえすれば、すぐにもこの世の最大の主君となる可能性を秘めておるからじゃ。まあ、それはそうとして、《苦悩の老女》殿に話を続けていただきましょうぞ。拙者の見るところ、いままでは甘美であった物語の苦《にが》い部分がこれから語られることになるのであろうから。」

「ええ、そうですとも、苦い部分はこれからなんです！」と、伯爵夫人がひきとった。「しかも、その苦さときたら大変なもので、これと比べたらコロシント瓜《うり》だって甘く、夾竹桃《きょうちくとう》だって美味に思われるほどですわ。では続けますが、女王様が気絶なさったんじゃなくてお亡くなりになったものですから、わたくしたちは埋葬を執り行ないました。ところが女王の亡骸《なきがら》に土をかぶせて最後のお別れ《バーレ》を申しあげていたとき（嗚呼《ああ》、誰ガコレヲ聞イテ涙ヲ抑エルコトガデキヨウゾ）、*女王の御陵《ごりょう》の上方に、木馬にまたがった巨人、マランブルーノが姿を現わしました。この巨人は女王マグンシア様の従兄《いとこ》で、残忍なうえに魔法使いでもあったのですが、自分の従妹の死に対する復讐心《ふくしゅうしん》に燃えた彼は、ドン・クラビッホの不埒《ふらち》な行為を罰するために、またアントノマシア姫の恥知らずな振舞いに対する憤怒のあまり、二人を魔法にかけ、姫を青銅の雌猿《めすざる》に、そして騎士を何やらその名の知れぬ金属の、おどろおどろしい鰐《わに》に変えて、御陵の上に置き去りにしたのでございます。そして二人のあいだに、これまた金属製の碑柱が立てられ、そこにはシリア語の文字が刻みつけられておりました。それをカンダーヤ語に訳し、それを今またカスティーリャ語に直して申しあげますと、次のような文章が書かれていたのでございます――《この二人の分際を弁《わきま》えぬ恋人たちは、かの勇敢なマンチャ人が来たりて余と一騎打ちを果たすまでは、元の姿に戻ることかなわざらん。運命が、この前代未聞の冒険を、ただかの騎士の豪勇にのみ取り置きしゆえ。》

さて、こうして二人を魔法にかけたマランブルーノは、今度は途方もなく長くて幅の広い偃月刀《えんげつとう》の鞘《さや》を払い、もう一方の手でわたくしの髪の毛をつかんで引き寄せると、今にも喉首《のどくび》を削《そ》ぎ取り、この頭を根元から切り落そうという素振りを見せました。当然のことながら、わたくしは動顛《どうてん》し、声は喉にへばりついてしまい、恐怖のあまり、もはやこれまでかと思いましたが、それでも懸命になって気をとりなおし、哀れをもよおすようなふるえ声で、いろいろ申し立てたり懇願したりした結果、なんとかその厳しい刑の執行を思いとどまらせることができました。そうこうした後、マランブルーノは宮廷にいるすべての老女たちを、自分の前に引き立ててくるようにと命じました。それが今ここに並んでいる者たちでございますが、彼はわたくしたちの落ち度をおおげさにあげつらい、老女というものの属性、その狡智《こうち》としたたかな手練手管などを口汚なくののしったあげく、わたくし一人の罪を老女全員に着せて、わたくしたちに、死罪だけは免じてやるが、そのかわりにもっと長続きする罰、公民としての死を意味する永続的なむごい罰を加えてやる、と申しました。そして彼がこの宣告をするやいなや、まさにその瞬間に、わたくしたちはみな顔の毛穴がひらくのを感じ、顔じゅうが針の先で突っつかれるような痛みを覚えたものですから、すぐに両手で顔をさわってみたところ、今みなさんにお見せするような状態になっていたのでございます。」

こう言ったのと同時に、《苦悩の老女》をはじめとする老女たち全員が、それまで被っていたベールをいっせいに上げて顔をあらわにすると、それらはいずれも髭面《ひげづら》で、しかもその髭が金色、黒、白、はたまた雑色と色とりどりであった。この光景を目のあたりにして、公爵夫妻は驚いた様子を見せ、ドン・キホーテとサンチョは呆然《ぼうぜん》とし、その場にいあわせた者たちはあっけにとられた。

そして、トリファルディ伯爵夫人は話を続けた――

「あの底意地の悪いごろつきのマランブルーノは、わたくしたちの顔のしなやかな柔《やわ》肌《はだ》を、このような剛毛で被うことによって、わたくしたちを罰したのでございます。ああ、それにしても、こんな薄汚ない毛でもって顔の艶《つや》やかな輝きを陰らされるくらいなら、いっそのこと、あのばかでかい偃月刀で首をはねられていたほうがどれほどよかったか知れませんわ。だって、ちょっと考えてみれば分かることじゃありませんか、親愛なる皆様(本来なら、これからお話しすることは両目からあふれる涙にくれながら語ってしかるべきものを、自分たちの不幸の大きさに思いを致して、すでに大海となるほどの涙を流したわたくしの両目は、もはや水気を失い、まるで麦の芒《のぎ》のように干からびておりますので、涙なしにお話ししますが)、髭を生やした老女なんて、いったいどこへ行くことができるというのでしょうか? 父親であれ母親であれ、そんな女を不憫《ふびん》に思ってくれるでしょうか? 誰か助けの手をさしのべてくれる人がいるでしょうか? すべすべの肌をしていて、しかもその顔をありったけの化粧品で塗りたてていても、老女に好意を示す人なんかめったにいないんですもの、ましてや茂みみたいなもじゃもじゃの顔をしていたのでは、どんなことになりましょうか? ああ、わたくしのお仲間の老女の方々、わたくしたちはなんという不幸な星のもとに生まれてきたのでしょう! わたくしたちの親は、なんと悪い時にわたくしたちを生んだのでしょう!」

こう言いながら、《苦悩の老女》は今にも失神しそうなふりをしたのである。

第四十章

この冒険、およびこの記憶に値する物語にかかわりがあり必要でもある事柄について

まったくの話、本書のような物語を好むすべての人びとは、この物語の原作者であるシデ・ハメーテの好奇心に対して、つまり彼が物語の記述に際して示した、細々としたことを、よしんばそれがいかに微細にわたることであろうと、決して切り捨てることなく、一つ一つ明るみに出さずにはおかないというその好奇心に対して感謝しなければならないであろう。彼は人の思想を説き明かし、想像していることを暴《あば》き、黙した質問に答え、疑いを晴らし、もろもろの反論に解決を見いだしてしまう。要するに彼は、この上なく詮索《せんさく》好きな読者が知りたいと思うような、いかなる細部をも解明してくれるのである。おお、令名赫々《かっかく》たる作者よ！　おお、幸運なドン・キホーテよ！　おお、その名も高きドゥルシネーアよ！　おお、機知に富んだ愛嬌者《あいきょうもの》のサンチョ・パンサよ！　そな

たたちが一人ひとり、また皆いっしょになって、この世に生を受ける者たち共通の慰めとも喜びともなるために、無限の世紀を生きながらえますように！

さて物語は、《苦悩の老女》が気絶するのを目にするやいなや、サンチョが次のように言った、と述べている――

「おいらは正直者の信仰にかけて、また、パンサ家の先祖代々の後生にかけて誓うけど、こんな冒険はこれまでついぞ目にしたことも耳にしたこともねえし、御主人の口から聞かされたこともねえよ。さすがの御主人の頭にも、浮かばなかったに違いねえや。それにしてもべらぼうな話じゃあるまいか、マランブルーノ、別にお前さんをののしろうってわけじゃねえけど、巨人の魔法使いともあろうお前さんが、哀れなこの老女方を罰するというんで、事もあろうに顔を髭だらけにするなんて法があるのかね？　ほかに何かやり方が見つからなかったのかね？　女衆に髭を生やすくらいなら、鼻のあたまを半分ほど削り取ったほうが、そりゃ、そのため鼻声で話すことになるかも知れねえけど、そのほうが気がきいているし、女衆にとってもよかったんじゃねえのか？　おいら賭《か》けてもいいけど、この衆はこんな髭を剃ってもらうのに十分な金を持っちゃいねえと思うよ。」

「本当にそのとおりですわ、旦那様」と、十二人の老女のひとりがひきとった。「わたくしたちには顔の毛を抜くお金なんかありゃしません。ですから、わたくしたちの幾人かは経済的な手段として、膏薬《こうやく》やべたべたした絆創膏《ばんそうこう》を用いました。つまり、それを顔に貼《は》りつけ、それから一気に引っぱがすんです。そうすると、一時的に、まるで石臼《いしうす》の底みたいに、つるつるすべすべになったものですわ。もっともカンダーヤ王国には、家から家へと歩きまわって、女たちの顔のむだ毛を取り除いたり、眉毛をととのえたり、さまざまな化粧品を調合したりするのを生業《なりわい》にしている女がいますが、女王陛下にお仕えするわたくしたち老女は、一度としてそういう女たちを近づけたことがありません。というのも、彼女たちのほとんどが、主役《プリマ》が務まらなくなって脇役《テルセーラ》にまわった、つまり、あれの取り持ち《テルセーラ》をしている女らしいからですの。ですから、結局わたくしたちは、ドン・キホーテ様のお力によって救っていただかない限り、髭を生やしたままお墓に入ることになるんですわ。」

「もし、そなたたちの髭を取り除くことができなかったら」と、ドン・キホーテが言った、「拙者は憤怒のあまり、モーロ人の地で自分の髭を引き抜く覚悟でござる。」

この瞬間、トリファルディ伯爵夫人が失神からわれに返り、こう言った――

「勇敢な騎士様、今のお約束が、失神のさなかにあってもわたくしの耳に心地よく響いたものですから、そのおかげでわたくしはわれに返り、すべての感覚を取り戻したのでございます。そこであらためてお願い申しあげますが、卓越した遍歴の不撓《ふとうふ》不屈《くつ》の騎士様、どうかあなた様の優にやさしいお約束が実行に移されますように。」

「拙者としては、すぐにも行動に移りましょうぞ」と、ドン・キホーテが応えた。「さあ言ってくだされ、伯爵夫人、拙者はさしあたって何をすればよろしいのかな？　拙者の気力はそなたのお役に立ちたくて、うずうずしておりますぞ。」

「では申しあげますが」と、《苦悩の老女》が答えた、「まず、ここからカンダーヤ王国まで、陸路をとりますと五千レグアほどで、違っても二レグア多いか少ないといったところでございます。そして、空中を飛んで一直線にまいりますと、三千二百二十七レグアでございます。それから、また御承知おき願いたいのですが、件《くだん》のマランブルーノは、わたくしたちが幸運にも救済者たる騎士にめぐりあえた暁には、その騎士に世間一般の貸し馬よりもはるかに性質がよくて、ずっと欠陥の少ない乗馬を調達してやろうと申しておりました。つまり彼は、かの勇敢なピエールが麗《うるわ》しのマガローナを連れ去った折に乗っていたのと同じ木馬を送り届けてくれるというのでございます。この馬は額《ひたい》のところにつけられた木栓によって制御され、それが手綱の役割を果たすのですが、空中を飛ぶ速さといったら、ほかならぬ悪魔どもがそれを運んでいくとしか思われません。古くからの言い伝えによりますと、この木馬を組み立てたのはその名も高き賢人のメルリンで、彼が友人のピエールに貸したところ、ピエールはこれに乗って大々的な空の旅をしたあげく、先ほど申しましたように、麗しのマガローナを奪うと馬の尻に乗せ、地上から見守る者たちを唖然《あぜん》とさせたまま、空高く飛び去ったというのでございます。そして、メルリンはその木馬を自分の好きな男、あるいは特別に払いのよい男にしか貸さなかったと言われておりますが、果たして傑物のピエール以降、今日に至るまで誰かそれに乗った者があるのかどうか、わたくしたちは存じません。ただマランブルーノは別で、この魔法使いは、得意の秘術によりその馬を盗んでわが物にしてしまい、自分の旅に利用しているのです。なにしろ彼は休む間もなく世界の各地を飛びまわり、今日ここにいるかと思えば明日はフランスに、そしてその次の日にはもうポトシにいるといった目まぐるしさですからね。さらによいところは、この馬が食べもしないし眠りもしない、また蹄鉄《ていてつ》をすりへらすこともなければ翼ももっていないのに、空中をいかにも軽快に上下動なく疾駆する点でございましょう。実際、その動きが静かで楽なことといったら、背中にまたがった者が、水を一杯に満たしたカップを手にして、一滴もこぼさずに運ぶことができるほどなんです。そんなわけで、麗しのマガローナはこの馬の尻に乗って飛ぶのをたいそう喜んだのでございます。」

このとき、サンチョが口をはさんだ――

「静かに、楽に進むということにかけちゃ、なんつってもおいらの灰毛だね。もっとも空を飛ぶってわけじゃねえけど、地面を行くってことなら、世界中の馬のどんな歩き方にだってひけをとるこたあねえさ。」

一同がどっと笑った。そのあとで《苦悩の老女》が続けた——

「ところで、マランブルーノが本当にわたくしたちの不幸を終りにしたいという気持なら、ほかならぬその木馬が、日が暮れて半時間とたたないうちに、わたくしたちの目の前に現われるはずでございます。と申しますのも彼は、わたくしが探し求めていた騎士に現実にめぐりあったということを知らせる合図として、その馬をわたくしのもとに、それが世界のどこであろうと、滞《とどこお》りなく迅速に差し向けようと告げたからでございます。」

「で、その馬にゃ何人乗れるのかね？」と、サンチョが訊いた。

《苦悩の老女》が答えた——

「二人です。一人は鞍《くら》に、もう一人はお尻にまたがるんです。そしてたいていの場合、二人というのは騎士と従士のペアですわ。もっとも、どこかから連れ去られる姫君がいるときは別ですけどね。」

「ひとつ教えてもらいたいんだが、《苦悩の老女》様」と、サンチョが言った、「その馬はなんていう名前ですかね？」

「その名は」と、《苦悩の老女》が答えた、「英雄ベレロフォンの愛馬、ペガソスといったような名前でもなければ、アレクサンドロス大王のブケファロスでも、狂えるオルランドのブリラドーロでもなく、ましてや、レイナルドス・デ・モンタルバンのバヤルテでも、ルッジェーロのフロンティーノでも、太陽神の車を引いたといわれるボーテスやペリトアでもなく、はたまた、ゴート族最後の王たる悲運のロドリーゴが、みずからの生命《いのち》と王国を失うことになる戦いにおいてまたがっていた馬のオレリアでもありません。」

「おいら賭《か》けてもいいけど」と、サンチョが言った、「そういった世間でよく知られた馬の有名な名前をその馬につけなかったとすりゃ、おいらの主人の愛馬のロシナンテという名もやっぱりついちゃいねえな。もっとも、ロシナンテならその馬にうってつけで、さっき挙げなさったどの馬の名よりもぴったしですがね。」

「おっしゃるとおりですわ」と、髭の生えた伯爵夫人が答えた。「それでも、なかなか気の利いた名前がついているんですよ。実は、《快足《アリヘロ》》クラビレーニョといいましてね、この名は、これが木材《レーニョ》でできていて額に大きな栓《クラビーハ》をつけており、しかも脚の速い《リヘーロ》ことを示しているので、実体とぴったりなんです。ですから、名前に関しては、音に聞こえるロシナンテと十分に肩を並べる*ことができると思いますわ。」

「なるほど、名前は悪かねえや」と、サンチョが応じた。「だけんど、そいつを操るのはどんな手綱で、さもなきゃどんな面繋《おもがい》でやるのかね？」

「それは、さっき申しましたよ」と、トリファルディ伯爵夫人が答えた。「額のところの木栓でやるんです。木馬に乗った騎士がそれを前後左右に動かすことにより、思いどおりに、あるいは空高くを、あるいは地面すれすれのところをほとんど掃くように、あるいはまたその中ほどのところを駆けさせるのです。もっとも、人間のあらゆる秩序だった行動において求められ、遵守されるべきは、この中ほど、つまり中庸《ちゅうよう》というものですけどね。」

「早くそいつを見てみたくなったよ」と、サンチョが言った。「だけんど、鞍であれ尻の上であれ、おいらをそれに乗せようってのは、楡《にれ》の木に梨《なし》を探すようなもんだからね。おいらは自分の灰毛にさえ、それも絹よりも柔らかい荷鞍の上でさえ、やっとの思いで乗っかってるっていうのに、そんなおいらを、クッションも座蒲団《ざぶとん》もねえ木の馬の尻に乗せようなんて、まったく結構な話だよ！　冗談じゃねえ、おいら、他人様《ひとさま》の髭を取り除くために自分の体を痛めつけるなんてのはごめんだね。人はそれぞれ、いちばん都合のいいやり方で髭を剃《そ》りゃいいんだ。おいら、主人にお供してそんな長旅をするつもりなんかありませんからね。おまけにおいらは、ドゥルシネーア様の魔法解きには役立つかも知れねえけど、この女衆の髭《ひげ》っ面《つら》をきれいにする役には、とても立ちそうにねえから。」

「いいえ立ちますとも、お友だち」と、トリファルディ伯爵夫人が言った。「それどころか、あなたが加わってくださらなければ、わたくしたち、それこそ何ひとつできないだろうと思いますわ。」

「ああ、お助けを！」と、サンチョが叫んだ。「いったいぜんたい、騎士の旦那方のやるような冒険が、わしら従士ふぜいに何の関係があるっていうんだね？　旦那方は成しとげた冒険の栄誉をひとり占めにできるからいいけど、わしらはただ苦労するばかりじゃねえのかね？　とんでもねえ話よ！　そりゃ、物語の作者たちが、例えば《騎士なにがし、かくかくしかじかの冒険を成就せり。ただし、その従士なにがしの助けと功労大にして、それなくしては成就あたわざりき……》なんて具合に書いてくれりゃ、そりゃ少しは救われますよ。それがどうだい、たいていはにべもなく、《三つ星の騎士ドン・パラリポメノンは六匹の怪物退治の冒険を成就せり》と書くだけで、終始その場にあって危険をともにした従士のことなんか、まるでこの世に存在してなかったみたいに、名前ひとつあげてねえんですからね。だから、もう一度言いますけど、おいらの御主人はひとりで行って、立派な手柄を立てなさるがいいよ。おいらは公爵の奥方様のお相手をしてここにとどまってるからね。で、御主人がお戻りになる頃にゃ、おそらくドゥルシネーア様の一件も大々的に進展してるに違いありませんよ。なぜかっていやあ、おいらは手持ち無沙汰な閑《ひま》な折に、それこそ傷口に二度と毛が生えねえほどしたたかな鞭打《むちう》ちをうんとするつもりでおりますからね。」

「それでもね、善良なサンチョさん」と、公爵夫人がひきとった、「そうするのが必要ということなら、あなたも御主人のお供をしなくちゃいけませんよ。だって、あなたにそれをお願いしているのは身分の高い方々なんですもの。それに、あなたのつまらない臆病風のせいで、こちらの御婦人たちの顔がいつまでも髭もじゃのままなんてことになったら、それこそ由々しき一大事ですからね。」

「ああ、もう一度、どうかお助けを！」と、サンチョが叫んだ。「まあ、こうした慈善行為も、引きこもった生娘とか孤児院の少女のためにするってことであれば、そりゃ誰しも、どんなつらいことでも我慢しようって気にもなるでしょうよ。ところが、老女方の髭を取り除くためにするなんて、くそっくらえだ！　よしんば老女という老女が、いちばん年嵩《としかさ》の女からいちばん若いのまで、ひどくなよなよしたのからいちばん気取った女まで、みんな髭もじゃになってたところで、ごめんこうむりますよ。」

「あなたは本当に老女方が嫌いなのね、お友だちのサンチョ」と、公爵夫人が言った。

「あなたの言うことは、例のトレードの薬屋の意見とほとんど同じですもの。でも、あなたが間違っているのはたしかなところですよ。だってわたくしの邸《やしき》には、世の老女たちの鑑《かがみ》となりうるような老女がいるんですからね。今ここに、親愛なるドニャ・ロドリーゲスがいますが、この人がわたくしにそうでないとは言わせませんわ。」

「いえ、好きなことをおっしゃってかまいません、奥方様」と、ロドリーゲスが言った。「だって神様がすべての真実を、つまり、わたくしたちが善人であるか悪人であるかを、この髭がどういう性質のものであるかを、そしてまた、わたくしたちもまたほかの女たちと同じように、それぞれ自分の母親のお腹から生まれたということをご存じなんですから。実際、わたくしたちをこの世に送り出してくださったのは神様ですから、神様はそれが何のためなのかもご存じなんです。ですから、わたくしは神様のお慈悲におすがりし、他人様《ひとさま》のお髭なんかには頼りませんわ。」

「それくらいで十分でござる、ロドリーゲス殿」と、ドン・キホーテがひきとった。

「さて、トリファルディ伯爵夫人とお供の老女方、拙者は天がそなたたちの苦難に対し慈眼を注ぎたまうことを切に祈願いたしましょうぞ。サンチョは拙者の言うとおりにするはずゆえ、御心配には及ばぬ。あとは一刻も早くクラビレーニョに来てもらい、拙者がマランブルーノとあいまみえることでござる。と申すのは、拙者の剣がマランブルーノの首をすっぱりと刎《は》ね落すほど、それほどやすやすと、そなたたちの髭を剃り落しうる剃刀《かみそり》など、この世に存在しないということを、拙者よく存じているからでござる。たしかに神は悪人の跋扈《ばっこ》を堪忍なさるが、それとて、いつまでもというわけではありませぬ。」

「ああ！」と、このとき《苦悩の老女》が叫んだ。「勇敢なる騎士様、天界のありとあらゆる星が、あなた様に慈愛あふれる眼差しの光をふりそそぎますように！　そして、侮辱されて打ちひしがれた老女族、つまり薬屋たちに憎まれ、従士たちには陰口をたたかれ、小姓たちに愚弄《ぐろう》されている老女たちを護《まも》る盾とも防壁ともなるための気力と隆運が、あなた様の心に吹きこまれますように！　ああ、それにしても、花も恥じらう年頃に、尼僧になるどころか老女などになってしまった罰あたりな女に呪《のろ》いあれ、ですわ。まったく、わたくしたち老女はなんて不幸なんでしょう！　よしんば、わたくしたちがほかならぬトロイヤの勇士ヘクトルに発する男子直系の子孫であったとしても、わたくしたちのお仕えする奥方様はわたくしたちを《これ、お前》と呼び捨てにすることをおやめにならないでしょう。そうすることで、女王様にでもなった気でいらっしゃるのですから。おお、巨人のマランブルーノよ！　そなたは魔法使いではあっても、約束は必ず守る方ですから、わたくしたちの不幸を終らせるための比類なき木馬クラビレーニョを、すぐにもこちらへ送りたまえ！　もし、これから暑い時季になってもわたくしたちの髭がこのままだったら、ああ、なんと情けないことでしょう、なんとつたない運命でしょう！」

トリファルディ伯爵夫人が深い悲しみをこめ、感きわまった調子で話したものだから、彼女の言葉は、いあわせた人たちすべての目に涙をあふれさせた。そしてサンチョさえもらい泣きをし、老女方のおごそかな顔から剛毛を取り除くことに役立つなら、たとえ地の果てまでも主人のお供をしていこうと心に決めたのである。

第四十一章

木馬クラビレーニョの到来、および、長々と続いたこの冒険の結末について

そうこうするうちに夜になり、つづいて名高き木馬クラビレーニョ到来の予告された刻限になったが、これがなかなか来ないので、ドン・キホーテはじりじりし、気をもみはじめていた。マランブルーノが馬を寄こすのに手間どっているのは、自分がこの冒険をあてがわれる騎士ではないからか、あるいは、マランブルーノに自分と一騎打ちをする勇気がないからではないかと思われたからである。ところが、ほら、ごらんあれ、そのとき不意に、緑色の蔦《つた》を身にまとった野蛮人風の男が四人、大きな木馬を担いで庭に入ってきたのである。そして、木馬を地面におろすと、野蛮人のひとりがこう言った——

「そうする勇気のある騎士は、この絡繰《からくり》に乗られよ。」

「そういうことなら」と、サンチョが言った、「おいらは乗らねえよ。こちとらは勇気もねえし、騎士でもねえからね。」

しかし、野蛮人が言葉を続けた――

「もしその騎士に従士があれば、それを馬の尻に乗せるがよい。そして勇士マランブルーノを信頼し、彼の剣によってでない限り、ほかのいかなる剣や悪意によっても決して傷つけられることはないものと安心なされよ。この馬の操縦は、首の上にとりつけられた木栓を動かすだけでよい。そうすれば、この馬が天を駆け、マランブルーノの待ちうけるところへ運んでいってくれるであろう。ただし、飛行の高さや天の広大さゆえに目まいを起こすといけないので、馬が大きくいななくまで、目に覆《おお》いをしていなければならない。そのいななきが旅の終りを示す合図となるであろう。」

これだけ言うと、四人はクラビレーニョをその場に残したまま、入ってきたところから意気揚々と引き返していった。《苦悩の老女》は、木馬を前にするなり、ほとんど目に涙を浮かべながら、ドン・キホーテにこう言った――

「勇敢な騎士様、マランブルーノの約束は果たされて、木馬はわたくしたちのところへやってまいりました。一方、わたくしたちの髭はあいかわらず伸びておりますので、わたくしたちはめいめいがあなた様に、この髭の一本一本にかけて、どうかわたくししたちの髭を剃《そ》り、抜き取ってくださいますよう、ひたすら懇願いたす次第でございます。それもこれも、ただただ、あなた様が従士さんといっしょにこの馬に乗り、あなた様の新たな旅のめでたい出立をなさりさえすればよろしいことなのでございますから。」

「言うまでもありませんぞ、トリファルディ伯爵夫人殿。もとより拙者は心から、喜び勇んで、しかも、暇《ひま》どるのをきらうあまり、尻にあてるクッションを用意することも、靴に拍車をつけることもせず、直ちに出発するつもりでござる。とにかく、奥方様をはじめとする老女方一同の、髭を落したすべすべの顔を一刻も早く拝見したいという拙者の願望には切なるものがござるのでな。」

「おいらはそんなことするつもりはねえよ」と、サンチョが言った、「心から喜ぼうと、いやいやだろうと、どっちにしても絶対にいやだね。もし、従士が馬の尻に乗らなきゃこの髭落しができねえということなら、おいらの御主人はいっしょに行く別の従士を探しなされればいいし、老女方も顔をつるつるすべすべにする別の方法を見つけりゃいいさ。おいらは、好きこのんで空を飛びまわるような魔術師とはわけが違うんだ。それに、自分たちの領主が風に吹かれて大空を歩きまわっていたなんてことを知った日にゃ、おいらの島の住民たちがなんて言うだろうかね？　それに、まだ気がかりなことがあるよ。それはね、ここからカンダーヤ王国まで三千何百レグアもあるっていうのに、もし馬が途中で疲れてしまったり、巨人が怒りだしてつむじを曲げたりしたら、そのせいで戻ってくるのに五年も六年もかかるんじゃねえかってことですよ。そうなったら、もうおいらのことを知ってる島も島民も、この世にいなくなってるに違いねえ。だって、世間でも、《暇どれば危険がつのる》とか、《仔牛をやろうといわれたら、綱を持って駆けつけろ》って言うから、まあ、この女衆の髭には勘弁してもらいますよ。やっぱり、《サン・ピエトロ寺院はローマにあってこそ光り輝く》ってわけだもの。いや、おいらの言いたいのは、おいらにとっちゃこのお邸がいちばん居心地がいいってことです。ここでなら大変なもてなしにあずかれるし、お邸の御主人様からは、島の領主にしてもらえるほどの恩恵がいただけるんだからね。」

これを聞いて、公爵が言った──

「友のサンチョよ、わたしが君に約束した島は動きもしないし、逃げも隠れもしないよ。実際、大地の奥底深くまで広く根を張っているものだから、ちょっとやそっと引っぱったくらいでは、今ある場所から動かすことも引き抜くこともできやしないのさ。ところでサンチョ、わたしも知っているし君も承知していると思うが、島の領主のごとき重要な地位といったものは、それがいかなる職種であれ、程度の差はあるものの、なんらかの種類の賄賂《わいろ》を使うことなく手に入れられるようなものではないよね。そして、わたしがこの領主職に対する見かえりとして要求したいのは、君が御主人のドン・キホーテ殿のお供をして、この記憶に値する冒険に決着をつけ、見事に完遂してくれることなんだ。それで、君がクラビレーニョにまたがり、この馬の脚の速さに見合うわずかな日数で戻ってこようと、あるいは災難に見舞われて、まるで巡礼のように旅籠《はたご》から旅籠、街道宿から街道宿へと旅を続け、てくてくと歩いて帰ってこようと、君が帰ってきさえすれば、君の島はもとどおりの場所にあるだろうし、島の住民たちは以前と少しも変らぬ熱意でもって、君を自分たちの領主として歓迎することだろうよ。また、わたしの好意も決して変ることはないさ。この真実に疑いをさしはさむようなことをしてもらっては困るよ、サンチョさん。それこそ、君のお役に立ちたいというわたしの願望に対するあからさまな侮辱というものだからね。」

「もう、それ以上おっしゃらねえでください、公爵様」と、サンチョが言った、「おいらはしがねえ従士なものですから、そんなに仰山《ぎようさん》な礼儀はとても背負《しよ》いきれねえです。それじゃ、まず御主人に乗ってもらおう。それから、おいらにも目隠しをして、おいらのことを神様にお頼みしてくださいまし。それでひとつお聞きしたいんだが、木馬で空の高いところを飛んでいくとき、こういう魔法にかかわることであっても、やっぱり神様においらの身をおゆだねしたり、天使方においらをお護《まも》りくださるよう祈願してもかまわねえのかね？」

これに対して、トリファルディ伯爵夫人が答えた――

「サンチョ、あなたは神はもちろん、誰でも好きな人に、自由に祈願してかまいませんよ。というのも、なるほどマランブルーノは魔法使いですけど、ちゃんとしたキリスト教徒で、魔法を行なうときには、とても巧妙に、かつ慎重にやって、誰にも迷惑をかけないようにしていますからね。」

「ああ、そういうことなら」と、サンチョが言った、「どうか神様も、ガエタのサンティシマ・トリニダー*もおいらを護りたまえ！」

「あの忘れがたい縮絨機《しゆくじゆうき》の冒険からこのかた」と、ドン・キホーテが言った、「拙者はこれほど怯《おび》えているサンチョを見たことがありませぬ。もし拙者が世間によく見られるような担《かつ》ぎ屋《や》でしたら、あれの怖《お》じ気《け》ぶりは拙者の勇気をもいささか動揺させたかも知れませんな。それはそうと、こちらにまいれ、サンチョ。ここにおいでの方々のお許しを得て、二人だけでちょっと話したいことがあるのじゃ。」

こうして、ドン・キホーテはサンチョを庭の木立のなかに連れていくと、相手の両手を握りしめながら、こう言った――

「兄弟のサンチョよ、これからわしらは長途の旅に出るわけだが、いつ戻ってこられるものやら、あるいは旅がいかなるものであり、そのあいだにどれくらい暇があるものやら、神のみがご存じじゃ。だから、これからお前に、何か道中に必要なものを用意しにいくようなふりをして、自分の部屋に引きとってもらい、そこでお前が引き受けている、あの三千三百の鞭打ちの手付けとして、せめて五百くらいを、あっという間にすませてもらいたいのじゃ。そうすればお前のためにもなろうぞ。物事を始めるは、半ば成就したも同然なりと言うからな。」

「こりゃたまげた！」と、サンチョが言った。「お前様はどうやら、頭がおかしくなっていなさるに違いねえや！　そりゃまるで、《孕《はら》んだあたしを見て、あんたはあたしに処女を求める！》っていう諺《ことわざ》みたいなものさね。これからおいらが、むき出しの木の上に座っていこうってのに、お前様はおいらに、尻を傷《いた》めつけろと言いなさるのかね？　そいつは、まったく本当に無理難題ってものですよ。まあ、さしあたってこのたびは、老女衆の髭剃りに精を出そうじゃありませんか。無事に帰ってきたら、お前様が満足しなさるほどてきぱきとおいらの務めを果たすってことを、おいらの魂にかけて約束しますよ。このうえ何も言うことはねえ。」

すると、ドン・キホーテが答えた――

「その約束を聞いてな、善良なサンチョよ、わしもほっとしたぞ。わしはもちろん、お前が約束を果たしてくれるものと信じておる。まったくの話、お前は愚かではあっても真率《ベリディコ》な男だからの。」

「いや、おいらの顔色は緑色《ベルデ》というよりは浅黒いほうですよ」と、サンチョが応じた。「もっともおいらは、どんな色であっても約束は守りますがね。」

やりとりはこれだけにして、二人はクラビレーニョに乗るため皆のいる所に戻った。いざ乗ろうという段になって、ドン・キホーテが言った――

「さあ、サンチョ、目隠しをしてから馬に乗るがよい。カンダーヤのような遠隔の地から、わざわざこの馬を送ってよこしたからには、よもやわれわれを欺くつもりではあるまい。おまけに、自分を信頼した者を欺くような行為からは、ほとんど栄誉など得られないのであってみれば、なおさらのことじゃ。そして、よしんばすべてが拙者の期待するところと反対の結果になったところで、このような壮挙にのりだしたという栄光は、いかなる悪意もこれを曇らせることはできないのだからな。」

「そんなら、行くとしますか、旦那様」と、サンチョが言った、「なにしろ、この老女衆の髭と涙がおいらの心にしっかりくいこんじまったものだから、老女衆の元のすべすべの顔を拝むまでは、何を食ってもうまいと思わないでしょうからね。さあ、お前様がまず乗って、先に目隠しをしなさいよ。おいらがこれの尻に乗っていくってことなら、鞍《くら》の者が先に乗るのが当然の順序ですからね。」

「それはたしかにそうじゃな」と、ドン・キホーテが応じた。

こう言うと、彼は内ポケットからハンカチを取り出し、《苦悩の老女》に、しっかり目を被《おお》ってくれろと頼んだ。ところが、こうしていったん目隠しをした彼が、またそれを取りはずして、こんなことを言った——

「拙者の記憶に間違いがなければ、拙者はウェルギリウスの詩のなかで、ギリシャ人たちが女神パラスに献呈した木馬、トロイヤのパラディウムについて読んだことがござるが、その馬の腹のなかには武装した騎士たちがすし詰めになっており、これがもとでトロイヤは全滅してしまったのであった。したがって、ここでもまず、クラビレーニョが腹のなかに何を入れているかあらためておく必要がありましょうぞ。」

「その必要はございませんよ」と、《苦悩の老女》がひきとった。「わたくしが請け合いますし、それにわたくしは、マランブルーノが底意地の悪いところや裏切り者の気《け》などまったくない男であることを存じておりますもの。ですから、ドン・キホーテ様、どうぞ御心配なくお乗りください。もし、あなた様に何か不都合なことが起こりましたら、わたくしが責任をとらせていただきますわ。」

ドン・キホーテは、みずからの身の安全についてとやかく言うことは、勇者の沽券《こけん》にかかわると考えたので、もうそれ以上は何の反論もすることなく、そのままクラビレーニョの背にまたがった。そして首の上の木栓を試してみると、それは容易に動いた。ところで、その馬には鐙《あぶみ》がついておらず、それゆえドン・キホーテの両脚はぶらりと垂れさがっていたため、その格好はちょうど、ローマ人の戦勝を描き、織りあげたフランドルの壁掛けのなかの人物そっくりであった。次いでサンチョが、浮かぬ顔つきで、のろくさと馬に乗り、尻のところでさまざまな体勢をとりながら、できるだけ楽な座り方をしようとした。しかし木馬の尻がいささか固く、決して柔らかとはいえなかったので、彼は公爵に向かって、できることなら何かクッションか座蒲団《ざぶとん》を用意してもらえないか、公爵夫人の応接間のものでも、誰か小姓の寝床のものでも何でもかまわないからと頼んだ。この馬の尻は、木でできているというよりはむしろ大理石製のように思われるから、というのであった。

これに対してトリファルディ伯爵夫人が、クラビレーニョはおのれの身にいかなる馬具も、いかなる種類の飾り馬衣をもつけることを許容しない、だから、この際とりうる最善の方法は女のように横向きに座ることで、そうすれば、固さにそれほど苦しむこともないでしょうと言った。言われたとおりにしたサンチョは、皆に「さようなら」を言って、目隠しをさせた。しかし、目隠しをしてもらってから、またそれを取りはずすと、目にうっすらと涙を浮かべ、庭にいたすべての人びとをいかにもいとおしげに眺めわたしながら、皆でそれぞれ主の祈りとアベ・マリーアの祈りを唱えることによって、このような窮地に陥った自分を助けてもらいたい、そうすれば必ずや神は、皆さんが自分と同じような危機に瀕《ひん》した折に、そうした祈りを捧げてくれる人を授けてくださるでしょうから、と言った。すると、ドン・キホーテが次のように言った――

「このたわけ者、そんな祈りを頼むとは、お前はこれから絞首台にのぼるとでも、いや、いまや瀕死の状態にでもあるというのか？　お前は、かの麗しきマガローナ姫が占めたのと同じところに腰をおろしているのがわからんのか、この薄情な臆病者めが？　しかも、物語の伝えるところに偽りがなければ、姫はそこから降りて墓場に向かったのではなく、ほかならぬフランスの王妃になられたのじゃ。かてて加えて、拙者がお前のそばにいるではないか。それとも、いま拙者が座っておるのと同じところにまたがっていたあの勇士ピエールと、拙者は肩を並べることができぬとでも言うのか？　さあ、早く目隠しをせい、このさもしい獣《けだもの》め。もう二度と臆病風に吹かれるでないぞ、少なくとも拙者のいるところではな。」

「それじゃ、おいらの目を覆ってもらうよ」と、サンチョが答えた。「それにしても、おいらが自分で神様におすがりすることも、他人様《ひとさま》にそれを頼んでもらうのもいけねえとなると、わしらをペラルビーリョ*へしょっぴいていこうと、悪魔の群がそこいらで目を光らせていやしねえかと、おいらが怖がったとしても当たり前じゃありませんかね？」

かくして二人の目隠しも終り、ドン・キホーテは出発の準備がととのったと判断したので、目の前の木栓に手をかけてみた。彼の指が木栓に触れるやいなや、老女たちをはじめとする庭にいあわせたすべての者がいっせいに声をあげ、口々に叫んだ――

「神に導かれていらっしゃいよ、勇敢な騎士様……！」

「神の御加護がありますように、豪胆な従士さあん……！」

「もうお二人は空を飛び、矢よりも速く大気をつんざいていらっしゃるのね……！」

「もはやあなた方は、地上で眺めているわたしたちを驚嘆させ、唖然《あぜん》とさせはじめているのよ……！」

「あらあら、勇ましいサンチョさん、しっかりつかまってなきゃだめよ、ぐらぐら揺れてるじゃないの！　落っこちないように気をつけなさいよ……！　そこから落っこちた日にゃ、父親の太陽神の戦車を操縦しようとして地上に落下した、向こうみずな若者*よりひどいことになるわよ……！」

こうした声を耳にしたサンチョは、両腕を主人の体にまわして、しがみつきながら、

こう言った──

「旦那様、あの連中の声がここまではっきり聞こえ、まるで、わしらのすぐそばで叫んでるとしか思えねえのに、わしらが空高く飛んでるなんて言ってるのは、どうしたことですかね？」

「その点はあまり気にかけぬことじゃ、サンチョ。なにしろ、この種のことやこの空中飛行というのは尋常一般の道から大きくそれているのであってみれば、千レグアも離れたところから、お前が好きなことを見たり聞いたりしてもおかしくはないのじゃ。だがサンチョよ、そんなにわしを締めつけないでくれ、落ちてしまうではないか。それにしても、お前がどうしてそんなに取り乱し、怯《おび》えているのか、わしにはとんと解《げ》せぬぞ。あえて誓ってもかまわぬが、わしはこれまでの生涯をつうじて、これほど静かで、これほど揺れのない歩みの馬に乗ったことなど一度もないわ。まるで、同じ場所からまったく動いてはいないとしか思えぬほどじゃ。さあ、友よ、その恐れを追い払うのだ。現に、事は順調に運んでおるし、幸い、われわれは順風に運ばれているようだからな。」

「風はたしかにそうですよ」と、サンチョがひきとった、「こっち側から、ものすごい風がおいらに吹きつけてますからね。それこそ、千のふいごでもって、おいらを吹き飛ばさんとしてるみたいだよ。」

これは事実そのとおりであって、いくつかの大きなふいごが二人に向けて風を送りはじめていたのだ。公爵と公爵夫人と執事によって仕組まれたこの冒険には、実に細かな配慮がなされていて、冒険を完全なものにするための準備におさおさ抜かりはなかったからである。

さて、風が吹きつけるのを感じたドン・キホーテはこう言った――

「サンチョよ、われわれは疑いもなく、空の第二層に到達したらしいぞ。この第二層において雪や雹《ひょう》がつくられ、雷鳴や稲妻は第三層において産み出されるのじゃ。もしわれわれが、この調子で上昇を続けるとしたら、ほどなくして火の層に突入することになろうが、そこまで行っては焼け焦《こ》げてしまう。だがそこまで昇らぬようにするのに、この木栓をどう操作したものか、わしには分からんのよ。」

そのとき、燃えつきやすくてすぐに消える麻くずを吊《つる》した長い棹《さお》が遠くのほうから伸びてきて、二人の顔をほてらせた。すると、その熱気に気づいたサンチョが、こう言った――

「わしらがその火の場所に、あるいは、そのすぐ近くに来てねえとしたら、おいらの首をやってもかまわねえよ。だって、おいらの顎鬚《あごひげ》があらかた焦げちまったもの。だから旦那様、おいらちょっと目隠しを取って、今わしらがどんなところに来てるのか見てみようと思うんだ。」

「そんなことはするでないぞ」と、ドン・キホーテが応じた。「ほら、トラルバ学士にまつわるあの真実の話を思い起こしてみるのだ。学士は箒《ほうき》にまたがり、目を閉ざしたまま、悪魔に連れられて空を飛び、十二時間かけてローマに到着し、トーレ・デ・ノーナに、つまりその市《まち》の通りのひとつに降りたった。そしてそこで、カルロス一世によるローマの攻略とその戦いにおけるブルボン伯爵の死などをつぶさに目撃した後、翌朝には、はやマドリードに戻り、自分が見てきたところの一部始終を話して聞かせたというのじゃ。さらに、学士はこんなことも言っておる。つまり、空中を飛んでいるとき、悪魔が目をあけろと命じたので、そのとおりにしてみると、どうやら月の球体と思しきもののすぐ近くに、それこそ手を伸ばせば届きそうなほど近くに来ていたが、ついでに地球を見ようという気にはなれなかった、目眩《めまい》を起こして失神してはいけないと思ったからというのよ。だからなサンチョ、われわれが目隠しをはずすには及ばんのじゃ。われわれをこの木馬に乗せた男が、万事よしなに取りはからってくれるであろうからな。それはそうと、われわれはいま、一気にカンダーヤ王国に向かって降下するために、旋回しながら上昇しているようだぞ、ほら、ちょうど鷹狩《たかが》りの際に、隼《はやぶさ》や大鷹が、どんなに高く舞いあがっても、鷺《さぎ》を目がけて急降下するようにじゃ。われわれが公爵邸の庭を出発してから、まだ半時間ほどしかたっていないように思われるが、それでもやっぱり大変な距離を飛んできたものと信じるがよいぞ。」

「そのへんのことは、おいらにゃ分からねえです」と、サンチョが答えた。「ただおいらに言えるのは、マガリャーネスとかマガローナとかいいなさったあの姫が、この木馬の尻に腰をおろして御満悦だったというなら、姫のお尻の肉はあんまり柔らかじゃなかったはずだってことですよ。」

二人の勇士のこのようなやりとりは、公爵夫妻をはじめとする、庭にいあわせたすべての人びとによってあますところなく聞かれ、彼らに格別の喜びと満足を与えたのである。こうして十分に楽しんだ彼らは、この奇妙きてれつな、しかし実に巧みに仕組まれた冒険に結末をつけようと思い、クラビレーニョの尻尾《しっぽ》に麻くずを用いて火をつけた。すると、木馬の腹のなかには爆竹がいっぱい詰まっていたものだから、馬は途端に、異様な大音響を発して宙にふっ飛び、ドン・キホーテとサンチョは体じゅう、ほとんど焦げたような状態になって地面に叩きつけられてしまった。

この時にはすでに、トリファルディ伯爵夫人をはじめとする、髭を生やした老女たちの一団は、庭から姿を消していた。また、庭に残ったほかの者たちは、あたかも気絶したかのようなふりをして地面に横たわっていた。そして、しばらくして起きあがったひどい体《てい》たらくのドン・キホーテとサンチョは、あたりを見まわして、あらためて仰天し、呆然《ぼうぜん》とするのであった。自分たちが最前と同じ庭にいたからであり、さらに地面におびただしい数の人間が伸びているのを目にしたからである。しかし、庭の片隅の地面に長い槍が突き立てられていて、その槍から緑色の絹の紐《ひも》で、白くて滑らかな羊皮紙が吊《つ》り下げられているのを認めたとき、二人の驚きはいっそう大きくなった。この羊皮紙には大きな金文字で次のようなことが書かれていたのである――

その名も高き騎士、ドン・キホーテ・デ・ラ・マンチャは、トリファルディ伯爵夫人、またの名《苦悩の老女》とその仲間の冒険を、ただ単にそれを意図せしことによりて終らせ、完遂したり。

マランブルーノはこの結果を喜びて心より満足し、いまや老女たちの顔は髭も取れて滑らかにして艶《つや》やか、ドン・クラビッホ王と王妃アントノマシアも以前の姿に戻りたり。されば、従士の鞭打ちが完了した暁には、かよわき白鳩《しろばと》は執拗《しつよう》な大鷹《おおだか》の迫害をのがれて、求愛せし雄鳩の腕に抱かれることになるであろう。以上は、魔法使いのなかの第一人者たる賢人、メルリンの御沙汰なり。

さて、羊皮紙に書かれた文章を読んだドン・キホーテは、これがドゥルシネーアの魔法解きについて述べていることをはっきりと理解した。そして、すでに姿を消していた、おごそかな老女たちの顔にかつての柔肌《やわはだ》を戻すといった大事業を、これほどわずかな危険を冒すだけで達成できたことに対し、神に何度も感謝を捧げた。それから、いまだ正気に戻ることなく横たわっていた公爵夫妻のところへ行くと、公爵の手を取って、こう言った——

「さあ、公爵殿、元気をお出しなされ、元気を！　たいしたことではござらんから、御安心なされ！　あれなる羊皮紙に記された文言が明らかにしておりますように、冒険は誰にも危害を加えることなく完了しましたぞ。」

するとと公爵は、まるで深い眠りから目覚めるかのように、徐々にわれに返っていった。そしてまた、公爵夫人と庭に倒れていたすべての者たちも、同じような調子で起きあがりながら、いかにも怪訝《けげん》そうな、驚いた様子を示すという具合で、そのしぐさといったら、自分たちがふざけて、実に巧みに演じていたところを、実際に起こったことであるかのように思わせるに十分であった。公爵は眠たげな、半ば閉ざしたような目で、槍に吊るされた羊皮紙を読んだが、読み終ると両腕を大きく広げてドン・キホーテに近づき、相手を抱きしめながら、あなたこそかつて世に現われたことのない最高の騎士であると言うのであった。

サンチョは《苦悩の老女》を探しまわっていた。髭のなくなった伯爵夫人はどんな顔をしているのだろうかと思い、あの優美な物腰が予想させるような美しい女なのかどうか、見たくてたまらなかったからである。しかしその姿はなく、ただクラビレーニョが空から燃えながら下りてきて、地上に墜落するやいなや、老女たちの一隊はトリファルディ伯爵夫人を先頭にして庭から姿を消してしまったが、その時にはもう全員の顔から髭が抜け落ち、それこそ髭の根っこさえ残っていなかった、と人に教えられるばかりであった。公爵夫人はサンチョに、長い空の旅はいかがでしたか、と尋ねた。するとサンチョは、こう答えた――

「奥方様、おいらは、おいらの御主人によれば火の層を飛んでたときに、顔のほてるのを感じたもんですから、ちょっとばかり目隠しをはずしてみたいと思ったんです。そこで、御主人にその許しを願い出ましたが、どうにも許しちゃもらえません。ところがおいらには、なんちゅうか、その、いささか物好きなところがありましてね、人にいけねえと言われたり禁止されたりすると、なおさらそれが知りたくなる性質《たち》なんですよ。そんなわけで、こっそりと、誰にも見とがめられずに、おいらの目を覆っていたハンカチを、鼻のあたりでちょっとあけて、そこから地球を見おろしてやりました。すると驚いたことに、地球全体が一粒の芥子《けし》の種くらいにしか見えなかったし、その上を動きまわってる人間もハシバミの実より大きくは見えませなんだ。これからしても、そのときわしらがどれほど高いところを飛んでたかが分かろうってものですよ。」

これを聞いて、公爵夫人が言った――

「お友だちのサンチョ、言うことには気をつけてちょうだい。あなたはどうやら地球は見ないで、その上を歩いていた人間だけを見たらしいわね。だってそうでしょう、もしあなたに、地球が芥子の種くらいの大きさに見えて、人間がみんなハシバミの実ほどであったとするなら、たった一人の人間でも地球全体を被ってしまうはずですからね。」

「なるほど、そのとおりですね」と、サンチョが応じた。「だけんど、それでもおいらは、地球を片側からちらっと、その全体を見ましたよ。」

「いいですか、サンチョ」と、公爵夫人が言った、「片側からちらっとじゃ、人が眺めるものの全体は見わたせないものよ。」

「おいらは、そういう見方云々《うんぬん》についちゃ何も知りません。ただ、おいらに分かるのは、なにしろわしらは魔法で空を飛んでたんだから、魔法でなら、おいらがどのような見方で見ようと、地球をくまなく見ることも、すべての人間を見ることもできた、ということを、お前様に了解していただくのが一番だってことですよ。もし、このことが信じてもらえねえとすると、お前様は次の話も信用なさらねえでしょうよ。実を言いますとね、おいらが目隠しを眉毛《まゆげ》の上にあげてみたところ、天がすぐそばに、それこそおいらから一パルモ半ほどのところにあったんですよ。本当にね奥方様、おいら何にかけて誓ってもいいけど、天というのは途方もなくでかいものですよ。そのとき、たまたまわしらは七匹の雌山羊*のいるところを通過しようとしていました。神とおいらの魂にかけて誓うけど、おいらこう見えても子供のころ村で山羊番をしてたことがあるもんだから、その雌山羊どもの姿を目にしたとたん、ちょっくらいっしょになって遊びたいって気持が不意にわいてきたんです。そりゃとても強い気持で、それを満足させねえことには、どうにも体がもたねえと思われたほどでした。そこで、ままよとばかり決心して、おいらがどうしたと思いなさるかね？　おいらは誰にも何も言わず、御主人にことわりもしねえで、こっそりと足音をしのばせてクラビレーニョから降り、まるで咲き誇ってるアラセイトウみたいに可愛《かわい》らしい山羊たちと戯《じゃ》れあいましたよ。そう、時間にすれば四十五分ばかりそうやって遊んでましたけど、そのあいだ、クラビレーニョはその場に止まったままで、まったく先へ進もうとはしませなんだ。」

「それでは、好漢サンチョが雌山羊とたわむれているあいだ」と、公爵が訊いた、「ドン・キホーテ殿は何をしておいでだったかな？」

これに対して、ドン・キホーテが答えた――

「こうしたことや今日われわれに起こったことはすべて、自然の秩序から逸脱したものであってみれば、サンチョがあのようなことを口にしたからとて、それほど驚くにはあたりませぬ。ただ拙者に関して言えば、拙者は目隠しを上げることも下げることもしませんでしたので、天も地球も、海も陸地もいっさい見てはおりませぬ。なるほど、拙者もたしかに風の層を通過し、火の層にさしかかったことは感じとることができました。しかし、それを通り過ぎたとはとても信じるわけにまいりませぬ。なぜと言って、火の層というのは月のある天界と風の最上層とのあいだに位置しているのであってみれば、われわれがサンチョの言う七匹の雌山羊のいる天界に、身を焼くことなく到達することは不可能だからでござる。実際、われわれが身を焦がすことはなかったのですから、サンチョが嘘をついているか、さもなくば夢を見ているかのどちらかでござりましょう。」

「おいら嘘をついてるわけでも、夢を見てるわけでもねえよ」と、サンチョがひきとった。「なんならおいらに、あの雌山羊たちの外見を訊いてごらんなさいまし。その返事から、おいらの言ってることが本当かどうかお分かりになりましょうて。」

「じゃ、それを教えてくださいな、サンチョ」と、公爵夫人が言った。

「それはですね」と、サンチョが答えた、「二匹が緑色で、二匹が緋色《ひいろ》で、二匹が青色で、あとの一匹はそれらの色がまだらになってました。」

「そいつはいずれも山羊の新種だ」と、公爵が言った、「われわれの住むこの地上界ではあまり見かけない色だからね。いや、そういう色の山羊は、っていう意味だがね。」

「そりゃ当然のことですよ」と、サンチョが言った、「天界の山羊と下界の山羊に違いがあるのは、当たり前のことですからね。」

「それじゃ教えてくれないか、サンチョ」と、公爵が訊いた、「君はその雌山羊のあいだに雄を見かけたかね？」

「いいえ、公爵様」と、サンチョが答えた、「だけんど、雄山羊《カブロン》で月の先端《クエルノ》を越えたの＊はいねえって話を聞いたことがありますよ。」

公爵夫妻はもうこれ以上サンチョに、空の旅について尋ねようとはしなかった。サンチョが庭から少しも離れなかったくせに、天上界をくまなく歩きまわったことにして、そこで起こったという一切合切を、滔々《とうとう》とまくしたてるに違いないと思われたからである。

要するに、《苦悩の老女》の冒険の結末は以上のごとくであり、これは公爵夫妻に、この時だけでなく生涯にわたって笑いの種をもたらし、と同時に、サンチョ自身には話の種を何百年にもわたって、もし彼がそれだけ長生きしたらの話だが、与えることになったのである。一方ドン・キホーテは、そっとサンチョに近づくと、その耳もとでこう言ったのである——

「サンチョよ、お前が天上で見たことを人に信じてもらいたければ、わしもわしがモンテシーノスの洞穴で見たことを、お前に信じてもらいたいものじゃ。わしはもうこれ以上なにも言うまいて。」

第四十二章

島の領主として赴任するサンチョ・パンサにドン・キホーテが与えた忠告、および、よく考えぬかれたそのほかのことについて

《苦悩の老女》の冒険のめでたくも愉快な結果にすっかり満足した公爵夫妻は、さらに悪ふざけをおしすすめようと決心した。サンチョの領主就任という、いかにも本当のことと思わせるに足る、格好な主題がすでにあったからである。そこで翌日（すなわち、クラビレーニョの飛行の次の日）、家臣や召使たちに、約束の島の統治にあたるサンチョにいかに対処すべきかについて、前もって策を授け、さまざまな指図をしたうえで、公爵はサンチョに、いよいよ島の領主として赴任する準備をし、身仕度《みじたく》をととのえるように、島の住民が五月の雨を待つように、首を長くして彼の到着を待っているからと言った。サンチョはかしこまってお辞儀をすると、こう答えた――

「おいらが天上を旅してまわり、天の高いてっぺんから地球を見おろして、それがひ

どくちっちゃいことが分かってからというもの、それまで抱いていた、領主になりたいっていう、あんなに強かった気持がいくらかしぼんじまいましたよ。だってそうじゃありませんか、芥子《けし》の種ほどのところを支配するってのがそんなに偉いことでしょうかね？　また、ハシバミの実くらいの人間を半ダースほど、おいらの見たところじゃ、世界中にこれくらいしかいなかったけど、それを治めるってのが、それほど威厳に満ちた、権勢を示すことなんでしょうかね？　もし公爵様がおいらに、天のほんのちょっとでも、たとえ半レグアくらいでもくださるちゅうなら、おいらは世界でいちばん大きな島よりも、そっちのほうをずっとありがたがっていただきまさあ。」

「いいかね、友のサンチョ」と、公爵が言った、「わたしは誰に対しても、天の一部を与えることなど、それが爪《つめ》くらいの広さであろうと、とてもできないんだよ。というのも、そのような恩恵や好意を施すのは、ただ神のみにとっておかれた特権だからね。したがって、わたしは君に、わたしが与え得るもの、つまり、どっしりとして大きく、非の打ちどころのないほど形のよい、おまけに、稀《まれ》にみるほど肥沃《ひよく》にして豊かな島を進呈するんだ。君がその島へ行って優れた才覚を発揮することができれば、それこそ君は地上の富でもって天上の富を手に入れることさえできるだろうよ。」

「そういうことなら」と、サンチョがひきとった、「喜んでその島をいただくことにします。そいでおいらは、邪魔だてする悪党どもには気の毒ながら、天国に行けるような立派な領主になるつもりで精を出しますよ。かといって、別に、おいらが豪勢な暮らしをしたいとか、出世をしたいとかいった欲の皮のつっぱった話じゃねえです。そうじゃなくて、領主の地位ってもんがどんな味がするのか、ちょっと味見をしてみたいんですよ。」

「君もいったん領主の味を知ったら」と、公爵が言った、「それこそ病みつきになって、それをとことん食べてしまいたくなるさ。人に命じたり、人にへいこらされるってのは、それほど美味なものだからね。わたしのにらむところ、君の御主人が皇帝になられた暁には、まあ、あの方にまつわるもろもろの事態の進展からして、いずれ皇帝になられるのは間違いないところだが、あの方を皇帝の地位から引き離すのは容易な業ではなかろうし、またあの方は、心の奥で、皇帝になるまでに過した長い時間を苦々しく思って後悔されることになるだろうよ。」

「公爵様」と、サンチョが言った、「おいらの想像じゃ、支配し命令するってのは、たとえ相手が家畜の群れであっても気持のいいもんに違えねえですよ。」

「わたしもまったく同感だよ、サンチョ」と、公爵が応じた。「君は何でも実によく知っているから、わたしは君がその分別を発揮して立派な領主になるよう期待しているよ。

それはそうとして、承知しておいてもらいたいのは、君が明日にもさっそく、領主として島に向かう段どりになっているということだ。それで今日の午後には、君が着てゆく、領主にふさわしい衣装や、出発に入用なものがすべて渡されることになっているはずだよ。」

「何でも着せてくれるものを着ることにしますよ」と、サンチョが言った。「どんななりをしていこうと、おいらがサンチョ・パンサであることに違いはねえんだから。」

「それはそうだ」と、公爵が答えた、「しかし、衣装というものは、その人間の職掌《しょくしょう》なり地位なりにふさわしいものでなければならない。だって、そうだろう、法律家が兵士のような服装をしたり、兵士が僧侶のような服装をしたりしては困ったことになるからね。サンチョ、君はなかば文官、なかば軍人のような格好をしていったらよかろう。というのも、わたしが君にまかせようと思う島では、軍事と学問が、つまり武器と文字が等しく求められているからね。」

「おいらにゃ学問なんぞ、まるでありませんや」と、サンチョが答えた。「ＡＢＣ《アーベーセー》だってろくに知らねえんだからね。だけんど立派な領主になるには、アルファベットの頭に記された十字形さえ覚えてりゃ、それで十分ですよ。武器についちゃ、おいらにあてがわれるものを倒れるまで振りまわしてみせまさあ。まあ、それもこれも神様の思し召し次第ですがね。」

「そうさ、その十字さえ拳々服膺《けんけんふくよう》しておれば」と、公爵が言った、「サンチョは何ごとにおいても過《あやま》つことはなかろうよ。」

このときドン・キホーテがその場にやってきたが、彼はサンチョがあわただしく島の統治に向かうことになった経緯《いきさつ》を知ると、公爵の許可をえて、サンチョの手をとり、自分の部屋に連れていった。従士に、領主としての身の処し方を言い聞かせておこうと思ったからである。

そして部屋に入って扉を閉ざすと、ドン・キホーテはサンチョをほとんど力ずくで自分のかたわらに座らせ、静かな声で話しだした――

「友のサンチョよ、わしが何らかの幸運に恵まれる前に、お前がこのような僥倖《ぎょうこう》にめぐりあい、それを手にするにいたったことに対し、わしは神に限りない感謝を捧げるものじゃ。お前の奉仕に報いる支払いをこの腕の武運にゆだねていたわし自身の立身出世はいまだ緒《ちょ》についたばかりであるのに、お前の大願は早くも、本来の順序の法則に反してかなえられつつあるのだからな。世間の多くの者たちが賄賂《わいろ》をつかい、しつこくせがみ、懇願し、夜討ち朝駆けなんのその、ねだりまくって、ねばりにねばっても、それでもなお望むものを手に入れることができないでいる。なのに、そこへひょっこり別の男が現われて、どうしてなのかその内情は分からぬまま、大勢の者があれほど望んでいた地位と職務をさらってしまう、などということがある。したがってこのような場合、《請願に際しては運不運がものを言う》という諺《ことわざ》がぴったり当てはまるのじゃ。サンチョよ、わしの目から見ればお前は疑いもなくうすのろで、早起きするでもなければ徹夜をするでもなく、何ひとつ精魂こめて努力することもない。それにもかかわらず、ただただ遍歴の騎士道の息吹きにふれたおかげで、まるでちょっと手を伸ばして棚の物を取ってくるように、一つの島の領主におさまったのじゃ。よいかなサンチョ、わしがこんなことを言うのは、お前が手にした恩恵を、くれぐれも自身の功績によるものだなどと思いあがることなく、いかにも慈悲深く物事を運びたまう天のおかげと考えて心から感謝を捧げ、さらには遍歴の騎士道が内に秘める威徳に感謝してもらいたいからじゃ。さて、わしがいま言い聞かせたことを素直に信じようという気持になったなら、おお、わしの息子よ！　これからお前のカトー*が与える忠告の数々を心して聞くがよい。すべては、お前がこれから船出しようとしている荒海を無事に航海し、安全な港に入るための北極星とも羅針盤ともなるものじゃ。というのも、重大な地位や職務というのは、混乱の渦《うず》まく深い海原にほかならぬからな。

まず第一に、おお、サンチョよ！　お前は神を畏《おそ》れねばならぬ。なんとなれば、神を畏れるところに知恵が生まれ、すぐれた知恵をもってすれば、何ごとにおいても過つことはないからじゃ。

第二には、たえずわが身をふりかえり、おのれを知ろうと努めねばならぬ。もっとも、これは人間にとって最もむずかしいことであるがの。おのれの身のほどを知ってさえおれば、牛と同じ大きさになろうとした蛙《かえる》のように膨《ふく》れあがることもないのじゃ。もしお前が、思いあがり膨れあがるようなことがあったら、自分が故郷の村で汚ない豚の番をしていた時のことを思い起こすがいい。そうすればその考えが、お前の狂った驕慢《きょうまん》という広げられた孔雀《くじゃく》の羽根に対する汚れた脚*の役割を果たしてくれるだろうからの。」

「たしかにおいらは豚番をしてました」と、サンチョがひきとった、「だけんど、それはおいらがまだ餓鬼《がき》の時分のことで、ちょっと大人になってから番をしたのは鵞鳥《がちょう》で豚じゃねえですよ。もっとも、おいらの考えじゃ、そんなこたあこのさい関係ありゃしねえ。だって、領主になる者がそろいもそろって王様の血をひいてるってわけでもねえんだから。」

「それはそうじゃ」と、ドン・キホーテが応じた、「しかし、だからこそ、高貴な出自でない者は、おのれが占めている地位の厳《いかめ》しさに柔軟なやさしさを添えねばならぬ。しかも深い思慮に導かれたこのやさしさは、通常、いかなる地位にあってもまぬかれることのできぬ、悪意に満ちた陰口から人を救ってくれるものじゃ。そしてサンチョよ、おのれの卑しい家柄にも誇りをもつように。決して百姓の子であることを卑屈に思ってはならぬぞ。なぜかといえば、お前がそのことを恥に思っていないと分かれば、誰もお前に恥をかかせようとはしないからじゃ。罪深い貴族よりも、身分の低い有徳の士のほうがいかほど立派であるかを考えるのだ。下賤《げせん》の出でありながら、法王とか皇帝といった至高の位にのぼった者は、歴史上数かぎりない。なんなら、そうした事実の例を、お前がうんざりするほど挙げてやってもよいぞ。

よいかサンチョ、お前が徳をおのれの行動の指針となし、徳義にそむかぬ行為を誇りとするならば、王侯貴族の血をひく者たちを羨《うらや》む必要がどこにあろうか。血は代々受け継がれるものだが、徳は個人がみずから獲得するものであってみれば、徳はそれ自体において、血統のもちえない価値を秘めているのじゃ。

そういうわけであって、これは間違いのないところであるから、サンチョよ、もしお前が島にいるあいだに、親戚の誰かがお前に会いにくるようなことがあったら、彼を追いかえしたり、蔑《さげす》んだりすることなく、こころよく迎えて、大いにもてなしてやるがよい。実際、そうすることは天意にかなうことになるのだが、それというのも、天は何であれ、御自分がお造りになったものが蔑まれるのをお喜びにはならぬからじゃ。と同時に、お前のそうした行為は、調和のとれた自然の掟《おきて》とも合致するものとなるであろうぞ。もしお前がお前の妻を呼び寄せることになったら(というのも、統治にたずさわる者が、長期にわたり妻なしで過すのは決して望ましいことではないからだが)、いろいろ教えたり、指導したりして、妻の生まれつきのがさつにして不作法なところを取り除いてやることじゃ。よくあることに、思慮深い領主が苦労してかち得たところすべてを、粗野で愚かな妻が浪費し、台無しにしてしまうものだからの。

万が一お前が男やもめになったら、これは起こりうることだが、そして職務上もっと立派な後添《のちぞ》えを探すとしたら、お前にとって釣《つ》り針《ばり》や釣《つ》り竿《ざお》の役を果たすような女、また、陰でこっそり賄賂を受け取るような女をめとってはならぬ。というのもな、サンチョ、お前に本当のところを教えておくが、一般に権力者の妻が受け取ったものは、夫がそれをすべて最後の審判において報告しなければならず、彼は生前まったく関与していなかった事柄について、死後それを四倍にして支払う羽目になるからじゃ。

お前は自由裁量という法に決して頼ってはならぬ。あれは、往々《おうおう》にして、自分が利発だとうぬぼれている無知な連中がとても重宝にする法だからな。

お前は貧者の涙に対し、富者の申し立てに対するよりも、はるかに大きな憐憫《れんびん》の情を示さねばならぬ。もっとも、それによって裁きまで曲げることは無用じゃ。

貧者のすすり泣きや哀願と同じく、富者の贈物と約束のなかにも真実を見いだすことを忘れぬようにするがよい。

公正というものがしかるべく保持されうる限り、罪人に対する法の適用をあまり厳しくしないこと。峻厳《しゅんげん》な判事という評判が、寛大な判事という評判にまさるわけではないからじゃ。

もし、万が一お前が裁きの杖《つえ》を曲げることがあるとしたら、それは贈物の重さゆえではなく、慈悲の心によるものでなくてはならぬ。

お前が誰かお前の敵を裁くという事態が生じた場合は、彼に対する恨みや憎悪をすっかり払いのけて、事件の真相に澄んだ目を注ぐように。

他人の訴訟を裁くのに、お前の個人的利害や感情に目がくらんで、判断を誤ってはならぬ。そうした過失はたいていの場合、取り返しのつかぬ致命的なものになるからな。そして、よしんばその過失をとりつくろうことができたにしても、それはお前の信用を、いや財産までをも犠牲にしてのことになろうぞ。

もし、どこかの美しい女がお前の裁定を求めてやってきたら、その女の涙から目をそらし、嘆きには耳をふさいで、訴えているところの実体をじっくりと考えることじゃ。お前の理性がその女の落涙《らくるい》に、またお前の廉直さがその溜め息にかき乱されてはならぬからな。

体刑でもって罰すべき者を言葉でもってなじってはならぬ。その不幸な者にとっては体刑の苦痛だけで十分であり、そのうえ、口汚なくののしられるにはおよばぬからじゃ。

お前の管轄下で罪人となった者には、われわれ人間の堕落した本性に屈した、あわれむべき人間として接してやることじゃ。そして、お前の立場においてでき得る限り、また相手方に不利益をもたらさぬ限りにおいて、情愛と慈悲をかけてやるがいい。なぜかといえば、なるほど神によって授けられた属性に甲乙はないものの、それでもわれわれの目には、厳格な正義よりも寛大な慈悲のほうがはるかに輝かしく、たちまさって映るからじゃ。

サンチョよ、もしお前がこれらの教訓や約束ごとを遵守するならば、お前は長生きをして名声は不滅のものとなり、お前はいくたの栄誉につつまれて、えもいわれぬ幸福感にひたるであろう。さらに子供たちも望みどおりに結婚させて、彼らもお前の孫たちも貴族の仲間入りをし、お前は誰からも愛されて、安らかな余生をおくることができよう。そして穏やかな、円熟した老境において死を迎えた時には、お前の曾孫《ひまご》たちの、かわいらしい柔らかな手がお前の目を閉ざしてくれることになろう。

以上、わしがお前に言い聞かせたことは、お前の魂を飾るべき教訓であるが、これから話すのは体の飾りとして役立つはずの教訓じゃ。心して聞くように。」

第四十三章

ドン・キホーテがサンチョ・パンサに与えた、さらなる忠告について

前章でのドン・キホーテの話を聞いて、彼のことを思慮分別に富み、善意に満ちた人間と思わない者がいるであろうか？　実に、この壮大な物語の流れのなかで何度も述べたように、彼はただ話題が騎士道に及んだときに限って途方もないことを口にしたのであり、それ以外のことに関しては理路整然たる話しぶりによって闊達《かったつ》な知性の持主であることを示していたのであった。かくして、事あるごとに、その行為が彼の分別を疑わしめ、その分別が彼の行為を疑わしめたのである。そして、このたびの行為、つまり、サンチョに新たな教訓を与えるという件では、彼はユーモラスな機知を示すと同時に、その知恵と狂気を遺憾《いかん》なく発揮したといえる。

さて、サンチョは主人の忠告に一心に耳を傾け、懸命にそれを記憶にとどめようとし

ていたが、その様子はまるで、胸にとどめた主人の忠告の力添えにより、そこから島の統治という胎児を首尾よく生み落そうとしている人間のようであった。ドン・キホーテは、つづけてこう言った――

「サンチョよ、いかにしてわが身と家を持《じ》すべきかについて、まず第一にお前に言っておきたいのは、清潔を心がけて、爪《つめ》をきちんと切るということじゃ。時おり、爪を長く伸ばしている連中を見かけるが、あれは無知ゆえに、長く伸ばした爪が自分の手を美しく見せると思いこんでいるにすぎぬ。連中ときたら、伸ばし放題にしている、あの異常増殖物ともいうべき余分なものを、やっぱり爪だと思っているようだが、あんなものは人間の爪というよりは、蜥蜴《とかげ》を捕って食らうチョウゲンボウの鉤爪《かぎづめ》のようなものであって、要するに、不潔きわまりない、いかにも不埒《ふらち》な悪癖の産物なのじゃ。

いいかな、サンチョ、しまりのない、だらしない服装で歩きまわってはならんぞ。だらしのない乱れた格好は、たるんだ精神のあらわれとみなされるからじゃ。もっとも、ユリウス・カエサルの場合にそうであったと考えられているように、身なりのくずれやだらしなさが、計算された狡智《こうち》さゆえのものなら話は別だがの。

お前の役職からどれほどの収入があるものか、慎重に計算してみるように。そして、召使たちにお仕着せを与える余裕があったら、派手で人目をひくものより、地味で働きやすいものを支給するがよい。しかもそれを、お前の召使と貧乏人とのあいだで分けること。つまり、例えばお前が六人の小姓に制服を与えることができるとしたら、小姓は三人にして、あとの三着を貧乏人にまわすのだ。そうすることによってお前は、天国にも地上にも小姓を持つことになるのだから。このようなお仕着せの新たな支給法など、見栄っぱりな連中には思いもよらぬだろうて。

サンチョよ、ニンニクや玉葱《たまねぎ》は食わぬことじゃ。あの臭いで、お前の卑しいお里が知れてはまずいからな。

ゆったりと歩き、落ち着いた口調で話をするように。かといって、おのれの言葉に聞《き》き惚《ほ》れていると思われるような話し方はいけない。何ごとであれ、気どりや衒《てら》いはよろしくないからじゃ。

昼食を控えめにし、夕食はさらに少なめにするよう心がけよ。というのも、全身の健康は胃の働きによって維持されるからじゃ。

また、酒も控えめにしなければならぬ。飲みすぎると秘密を洩《も》らし、約束を忘れるということになるからな。

それから、サンチョよ、口いっぱいに頬《ほお》ばってがつがつ食べたり、人前でおくびを出したりしてはならんぞ。」

「はあて、おいらにはそのおくびを出すってのが分からねえな」と、サンチョが言った。

すると、ドン・キホーテがこう応じた――

「おくびを出すというのはな、サンチョ、げっぷをするという意味じゃ。ところが後者は、なるほどよく意味を伝える語ではあるが、カスティーリャ語のなかで最も下品な言葉のひとつなので、洗練された人たちはラテン語をひっぱり出して、げっぷ《レゴルダール》をすると言うかわりにおくび《エルタール》を出すと言い、げっぷ《レグエルド》と言わずにおくび《エルタシオン》と言うようになったのじゃ。だから、この言葉の分からぬ者がいても不思議ではない。言葉というものは、時とともに広く使われるようになり、そうして、人びとに容易に理解されるようになるものだから。また、このようにして国語が豊かになっていくのであり、そのためには民衆と習慣というものが大きな力をもっているのじゃ。」

「実を言うとね、旦那様」と、サンチョがひきとった、「おいらがぜひとも覚えておきたいと思う忠告とお言いつけは、そのげっぷをしねえってことですよ。なにしろ、おいらはそいつを、ひっきりなしにやるからね。」

「おくび《エルタール》を出すと言うのだ、サンチョ、げっぷ《レゴルダール》をするではない」と、ドン・キホーテがたしなめた。

「これから先は、おくび《エルタール》を出すと言いますよ」と、サンチョが答えた。「決して忘れねえと誓ってもいいです。」

「次はな、サンチョ、話のなかに諺《ことわざ》をやたらにごたごた交ぜるというお前の癖、あれもやめねばならぬぞ。なるほど、諺というものは、わずかの言葉に重い意味のこめられた格言には違いないが、お前ときたら多くの場合、前後とまったく関係のないのをもちこむものだから、格言というよりは放言になりかねぬのじゃ。」

「それぱっかりは、神様に治していただくしかねえや」と、サンチョが答えた。「なにしろ、おいらは本一冊分より多くの諺を知ってるもんだから、おいらが話そうとすると、そいつらが一緒になってどっと口もとに押し寄せて、押し合いへし合いしながら、自分が先に出ようと争うんです。そこでおいらの舌が、最初に出くわしたやつから順に、そいつがその場にぴったしであろうとなかろうとかまわずに放り出していくってわけですよ。だけんど、これから先は自分の地位の偉さに見合ったやつを口にするよう気をつけますよ。なんといっても、《豊かな家なら、夕食の準備も早い》だし、《カードを切る男はカードを混ぜねえ》だし、《警鐘を鳴らす奴は安全なところにいる》だし、《物をやるにも取るにも脳味噌《のうみそ》が必要》ってわけですからね。」

「そうそう、やれやれ、サンチョ！」と、ドン・キホーテが言った。「そうやって諺をもちだし、並べて数珠《じゅず》つなぎにするがよいぞ、お前を抑えることなど誰にもできぬわ！《お袋がお仕置きしても、おいらは出し抜いて仕返す》というやつよ！　諺をつつしめと言っておるのに、その舌の根も乾かぬうちに、またしても諺の大行進じゃ。それではまるで、海へ行こうというのにウベダの山へ行くようなものではないか。よいか、サンチョ、わしはなにも、その場にぴったりと当てはまる諺まで悪いと言っているのではない。ただ、お前のように、めったやたらに諺を連発すると、話もしらけ、品がなくなると言いたいのじゃ。

馬に乗る際には、体を鞍《くら》の後輪にどかっともたせかけたり、両脚をぴんと伸ばして、馬の腹から横に突き出したりしてはならぬし、さらにまた、まるで灰毛驢馬に乗っている時のような、あんなだらしのない格好をしてもいけない。馬の乗り方ひとつで、人は騎士にもなり、馬丁にもなるからじゃ。

睡眠もほどほどにせねばならぬ。朝日とともに早起きをせぬ者は、その日の恵みを受けられぬと心得よ。よいか、サンチョ、勤勉が幸運の母であるのに対し、その反対である怠惰は、よき願いが定めた目的地に、いまだかつて到達したためしがないことを、心に刻みつけておくのじゃ。

さて、次にお前に与えるわしの最後の忠告は、肉体の飾りとして役立つものではないにしても、これまで与えたいかなる忠告にもまして有益なものだと信ずるから、しっかりと記憶にとどめておいてもらいたい。それは、人の家柄を云々《うんぬん》してはならぬ、少なくとも、人の家柄と家柄の優劣を論じてはならぬということじゃ。というのも、そんなことをすればどうしても、比較された双方のうち、どちらかが勝《まさ》っているということにならざるをえない。その結果、お前が貶《けな》した一族からは憎悪されることになろうし、持ちあげた一族のほうからも、それゆえに称賛されることなど決してないからじゃ。

ところでお前の服装だが、それは脚全体を被うタイツにゆったりとした袖《そで》つきの胴着、それに、ちょっと長目のマントをはおるのがよかろう。だが、あの幅広ズボンは絶対にいかんぞ、あれは騎士にも領主にもふさわしくないものじゃ。

サンチョよ、さしあたりお前に言っておきたいのはこれくらいだが、これから先も、お前が置かれている状況を、そのつど怠りなくわしに知らせてくれれば、その場に応じた忠告なり教訓なりを与えることも可能であろうぞ。」

「旦那様」と、サンチョがひきとった、「お前様の言いなさったことが、どれもこれも立派で、ありがたい、役に立つことばかりだってこたあ、おいらにもよく分かりますよ。だけんど、それをどれひとつ思い出せなんだら、いったい何の役に立つだろうかね？そりゃ、爪を伸ばすなってことや、機会があったらもう一度結婚してもかまわねえってことなんぞは、おいらの頭から離れねえと思うさ。ところが、そのほかのごたごたして込みいった、面倒な話となると、それこそ去年見た雲みたいなもんで、いちいちおいら覚えてられねえし、思い出しそうにもねえんだ。だから、ちゃんと書き付けにしておくんなさい。そうすりゃ、おいらは読むことも書くことも知らねえけど、その書き付けを、おいらの告解を聴いてくれる司祭様に渡しておいて、必要な時に適当なのを取り出し、おいらに思い出させるようにしてもらいますから。」

「ああ、情けない」と、ドン・キホーテが応じた、「領主たる者が読み書きもできぬとはなんと無様《ぶざま》なことじゃ！　知っておくがよいぞ、サンチョ、ある人間が文字を知らぬとか、左利きであるとかいうのは、次の二つのいずれかを意味するのじゃ。すなわち、あまりにも低く卑しい身分の親の子供であるか、あるいは、その者が箸《はし》にも棒にもかからぬほど出来の悪い人間で、良きしつけも教育もまったく効果がなかったかの、どちらかなのよ。したがって、読み書きができぬというのは、お前にとって大変な恥部となるゆえ、せめて自分の名を署名するぐらいのことは覚えてほしいものだな。」

「自分の署名なら、ちゃんとできますよ」と、サンチョが答えた。「おいら、村で組合の役員やってたときに、ちょうど荷物につける焼印みたいな、ごつい文字を書くのを覚えたし、それを見てみんなは、おいらの名前に読めると言ってましたから。もっとも、いざとなったら、おいら右手が利かねえようなふりをして、誰かに署名の代わりをさせてもいいと思ってるんだ。なあに、死ぬことを別にすりゃ、どんなことにだって策はみつかるもんですよ。おいらは権力を示す杖《つえ》を持ってるわけだから、そいつを振りまわして、何でもやりたいことをやりまさあ。それに、《判事の息子は気軽に法廷に立つ》って言うじゃありませんかい。おいらは領主で、判事より偉いわけだから、ごちゃごちゃいう連中の鼻を明かしてやりまさあ。おいらをばかにしたり貶《おとし》めたりしようたって、そうはいかねえ。ほら、《羊の毛を刈りに行って、刈られて帰る》って言いますからね。《神は、御自分が愛しておいでの人間の家をご存じ》だし、また、《金持のたわごとは、世間で格言として通る》ってもんだ。おいらは領主だから金持なわけで、そのうえ、気前のいい男にもなるつもりだから、人にとやかく言われることたあねえだろうさ。《蜜《みつ》になり、そうすりゃ蝿《はえ》がむらがり寄る》とか、《お前の値打ちは、持てば持つほど上がるもの》とか、うちの祖母様《ばあさま》がよく言ってたよ。要するに、《素封家《そほうか》相手じゃ意趣返しはできぬ》ってわけなんだ。」

「おお、天罰を受けるがよいぞ、サンチョ！」と、このときドン・キホーテが言った。「六万の悪魔がお前とお前の諺をさらっていくがよいわ！　お前はこの一時間ほど、ぶっつづけに諺を吐きおったが、その一つ一つがわしには水責めの拷問のようであったぞ。

わしは請け合ってもいい、その諺がいつの日かお前を絞首台へ送ることになるとな。つまり、諺がもとで、お前の臣下たちがお前を領主の座から追い払うか、さもなくば反乱を起こすであろうということじゃ。さあ、言ってみろ、お前は一体どこでそういう諺を探してくるのじゃ、この能無しめが？　また、どうしてそんなにぽんぽんはめこむことができるのじゃ、このうつけ者めが？　わしなど、たった一つの諺を見つけ、それをぴったり当てはめるのに、まるで大きな穴でも掘るかのように苦労し、汗水たらしておるというのに。」

「神様にかけて言わせてもらいますけど、旦那様」と、サンチョが答えた、「お前様は、まったくちっぽけで些細《ささい》なことにけちをつけていなさるんだよ。いったい全体、おいらが自分の財産を、といっても諺のほかにそれらしいものはなんにもねえから、財産といやあ諺ということになるんだが、それを利用するからといって、どうしてそんなに目くじらを立てなさる必要があるのかね？　おやおや、おいらの頭に今、この場にちょうどいい、まるで柳の果物籠《くだものかご》に梨《なし》みたいにぴったりの諺が四つばかり浮かんだよ。でも言わねえことにしよう、《よく黙《もく》する者、そはサンチョなり》って諺もあるからね。」

「そのサンチョは断じてお前ではないぞ」と、ドン・キホーテが言った、「だってそうではないか、お前はよく黙する者どころか口さがないお喋《しゃべ》りで、おまけにしつこいお喋りだからな。まあ、それはそれとして、今お前の記憶のなかに浮かんで、この場に具合よく当てはまるという四つの諺がどんなものか知りたいものじゃ。わしも自分の記憶のなかを隈《くま》なくさぐってみたのだが、しかもわしの記憶はなかなかよいはずなのだが、何ひとつ浮かんでこないのでな。」

「こんなのより、もっとぴったしなのがあるだろうかね」と、サンチョが応じた、「《親知らずと親知らずのあいだに、親指を突っこんではならぬ》、《わしの家から出ていけ、わしの女房に何の用だ、には返す言葉がねえ》、それに、《水瓶《みずがめ》が石に当たろうと石が水瓶に当たろうと、ひどい目にあうのはいつでも水瓶》ってのはどうですかね。どいつもこいつも、この場におあつらえむきじゃありませんかい？　要するに、誰も、領主様とか自分に命令するような者とは事を構えちゃいけねえってことですよ。そんなことをしたら、指を人の親知らずと親知らずのあいだに突っこむようなもので、嚙《か》まれて痛い目にあうからね。もっともこれは親知らずに限らず、奥歯でありさえすりゃ何でも同じですがね。それから、領主の命ずることに対しては、《わしの家から出ていけ、わしの女房に何の用だ》と同じで、返す言葉がねえはずだ。石と水瓶のぶつかりあいの諺なんぞ、目の見えねえ者にもよく分かる話さね。だから、他人の目にあるおが屑《くず》が見える者は、自分の目のなかの丸太*にも気がつかなきゃいけねえんだ、《死神が首をはねられた女を見ておびえた》なんて言われねえようにね。それに、お前様もよくご存じのとおり、《愚か者も自分の家なら、他人の家にいる賢者より物が分かる》ちゅうことだから。」

「いや、それは違うぞ、サンチョ」と、ドン・キホーテが答えた。「愚か者は自分の家にいようと他人の家にいようと、何も分からぬものよ。愚鈍という土台のうえに深慮の建物がたつことなど決してないからじゃ。だが、サンチョよ、この話はこれくらいにしておこう。なにはともあれ、もしお前が島の統治において過ちをおかしたら、それはお前の咎《とが》であると同時に、わしの恥ともなることを忘れてはならぬ。なあに、わしはありったけの知恵を絞り誠意をこめて、お前に当然すべきであった忠告をし、教訓を与えたことで、ある種の安堵感《あんどかん》を覚えておるのじゃ。これでわしは、自分の義務と約束を果したのだからな。サンチョよ、わしは神が島の統治においてお前をお導きくださるよう、そして、お前が島をひっくり返すような騒動を引き起こすのではないかという、わしの抱いている不安を取り除いてくださるよう、お祈りするばかりじゃ。もっとも、こうした不安は、わしが公爵にお前がいかなる人物であるかを、すなわち、ずんぐりしたお前の体はくだらぬ諺と悪知恵のつまった大袋にすぎぬということを、正直にばらしてしまえば、すぐにも解消することではあるがの。」

「旦那様」と、サンチョが応じた、「もしお前様が、サンチョって男は島の統治にゃ向いてねえと思いなさるなら、おいらこの場で島を手放すことにしてもいいよ。おいらにとっちゃ、この体全体より、ほんの爪の垢《あか》みたいな魂でもこっちのほうが大切だからね。そうなりゃ、領主方が鷓鴣《しやこ》や去勢した鶏を食いなさるように、おいらはパンと玉葱《たまねぎ》だけで身を養っていくつもりでさあ。それに考えてみりゃ、人間眠ってるあいだは、身分の高いも低いも、金持も貧乏人も、みんな同じですからね。だいいち、おいらを島の領主にするなんてことを考え出したのは、一体どこのどなただね？　ほかならぬお前様じゃありませんか。おいら島の統治なんかについちゃ、それこそ禿鷹《はげたか》よりも無知なんだから、領主になれば悪魔にさらわれるちゅう恐れがあるというなら、領主になって地獄に落ちるより、ただのサンチョで天国へ行ったほうがましですよ。」

「これは、よくぞ申したな、サンチョ」と、ドン・キホーテが言った、「今の最後の言葉だけでも、お前は千の島の領主になる資格があるというものよ。お前には生得《せいとく》のよい資質があるが、実際それなくしては、学問など何の役にも立たんのじゃ。すべてを神にゆだねて、めでたく初一念《しよいちねん》を貫くがよい。つまりな、お前に起こるあらゆる問題を過《あやま》つことなく見事に解決するという、固い意志と信念をつねに保持せよということじゃ。なんとなれば、天はいつでも善意を庇護《ひご》したまうからじゃ。それでは、そろそろ食事にまいろう。公爵夫妻がわれらをお待ちであろうからの。」

第四十四章

サンチョ・パンサが統治すべき島へ案内された様子、および、公爵の城でドン・キホーテにふってわいた奇妙な冒険について

伝え聞くところによれば、この物語の原典を読むと、作者シデ・ハメーテがこの章に書いたことを翻訳者は忠実に訳していないことが判明するとのことであるが、そこに書かれていたことというのは、実はモーロ人の原作者が自分自身に発した慨嘆のようなものであった。つまり、ドン・キホーテの伝記のごとき無味乾燥で広がりのない物語の執筆に着手してしまったがゆえに、のべつ騎士とサンチョのことばかり語らねばならず、もっと重要でもあれば興味深くもあるエピソードや余談におよぶことができないと思われたところからくる嘆きである。だから原作者はこのように続けているのである。たえず頭と手とペンを、ただひとつのテーマについて書くことに、そして、ごくわずかな人物の口を介して話すことにさし向けてゆくというのはひどく耐えがたい仕事であり、し

かも、そうした苦労が作者の功績となってあらわれ出るわけでもない。そこで、この不都合を回避するために、『前篇』においては、そこに「愚かな物好きの話」や「捕虜の話」のごときいくつかの短篇を挿入するという工夫をしてみたのだが、それらはいずれも物語の本筋からは遊離している、というのも、その書におさめられたほかの話はすべてドン・キホーテ本人に起こった、書かずにすませるわけにはいかないことばかりだったからである、と。

原作者はまた、彼みずから述べているように、こうも考えていた。多くの読者はドン・キホーテの数々の手柄にばかり気をとられて、挿入された小説に注意を向けようとはせず、ざっと、あるいはいらいらしながら読み飛ばしてしまうだけで、それらが内に秘めている趣向や技巧といったものに気がつかなかったに違いないが、もし、そうした小説がドン・キホーテの狂気沙汰やサンチョの笑止《しょうし》な言動とはかかわりなく、それだけで個別に出版されていたとすれば、その趣向や技巧は誰の目にも明らかになっていたことであろう、と。それゆえ彼は、この『後篇』には本筋から遊離した小説や取って付けたような話はいっさい挿入せず、ただ真実がもたらす出来事から生まれ出たいくつかのエピソードだけに限ったが、それらでさえ簡潔を旨とし、その顚末《てんまつ》を伝えるに足る最小限の言葉しか費やさなかったのだ。かくして原作者は、もともと宇宙全体でさえ扱うことのできる理性と才能に恵まれながらも、たえず物語という狭隘《きょうあい》な枠内に身を置き、そこからはみ出ないように気をつけているのだから、そうした苦心をないがしろにしないでもらいたい、したがって彼が実際に書いたところではなく、むしろ書かずにおいたところに対して賛辞をおくってもらいたい、と要求しているのである。

これだけ言うと、シデ・ハメーテは物語をこのように続けている——サンチョにさまざまな忠告を与えた日の午後、食事をすませたドン・キホーテは、従士が誰か適当な人にそれを読んでもらえるようにと、忠告を紙に書いて渡してやった。しかし、サンチョは受け取るとすぐに落してしまい、その書き付けはけっきょく公爵の手に渡ることになった。そして公爵がそれを夫人にも見せ、読み終った夫妻は、いまさらながらドン・キホーテの狂気と才知に舌を巻いたのである。そこで公爵は、自分たちの悪戯《いたずら》をさらにおしすすめるため、その日のうちに、サンチョに大勢の供をつけ、彼にとっては島であるはずの村へ送り出すことにした。

ところで、たまたまサンチョを島へ案内する任を負うことになったのが公爵邸の執事、すなわち、すでに述べたように、トリファルディ伯爵夫人の役を、おもしろおかしくも巧みに演じた、例の才気煥発《かんぱつ》にしてユーモアに富んだ(もっとも才気のないところにユーモアなどありえないが)男であった。こうした才覚に恵まれた執事であってみれば、前もって公爵夫妻からサンチョにどう対応すべきか言い含められていたことでもあり、この新たな悪ふざけを驚くほど見事にやってのけたのは言うまでもない。

まず起こったのはこんなことであった。つまり、サンチョは自分の案内役の執事を見たとたんに、相手の顔がトリファルディ伯爵夫人の顔とそっくりのように思われたので、主人をふりかえってこう言った――

「旦那様、もしお前様が、今ここにいる公爵の執事の顔があの《苦悩の老女》の顔と同じだちゅうことを認めてくださらなきゃ、おいら、この場から、今すぐに悪魔に連れ去られてもかまわねえよ。」

ドン・キホーテは執事にじっと目を注いだ。そして、じっくりと見つめてから、サンチョに言った――

「サンチョよ、別に悪魔がお前を、今すぐもあとからも連れ去る必要はなかろうじゃないか。いったいお前は何が言いたいのかな、わしにはよく分からんぞ。なるほど《苦悩の老女》の顔はたしかに執事の顔と同じじゃ。だが、それだからといって執事が《苦悩の老女》というわけではない。もしそうだとしたら、それは大変な矛盾をはらむことになるが、今はそんなことをあれこれ詮索《せんさく》する時ではないし、またそんなことをしたら、われわれはひどく錯綜《さくそう》した迷路に入りこむことになるであろうて。友のサンチョよ、わしの言うことを信じるのじゃ。そして何よりも、われら二人を邪悪な魔法使いや妖術使いから解放したまえと、われらの主なる神に心から祈願することが肝要じゃ。」

「冗談ごとじゃねえですよ、旦那様」と、サンチョが応じた、「だって、さっきあの男が話すのを聞いたけど、その声ときたら、おいらの耳もとでトリファルディ伯爵夫人の声が響いてるとしか思えなかったんだよ。でも、まあいいや、おいら黙るとしましょう。だけんどこれから先は、用心おさおさ怠りなく、おいらの疑いを強めるか消し去るか、どっちかのたしかな証拠を見つけてやりますよ。」

「それはそうするがよいぞ、サンチョ」と、ドン・キホーテがひきとった。「そして、この件に関して分かったこと、さらに、島の統治においてお前に起こったことをすべて、あますところなくわしに報告してもらいたい。」

かくしてサンチョは、大勢の供を引き連れて出発した。その服装は文官風で、上から波形の光沢を放つ、赤味をおびた駱駝《らくだ》のゆったりとした外套《がいとう》をはおり、これまた同じ駱駝の縁なし帽をかぶった彼は、鐙《あぶみ》を短くした乗り方で騾馬《らば》にまたがっていた。彼のすぐうしろには、公爵の命令で、真新しい馬具と絹の見事な飾り馬衣をつけた灰毛驢馬が従っていた。サンチョは時おり背後をふりかえっては自分の驢馬を眺めやったが、灰毛といっしょに行けるのがうれしくてたまらなかった彼は、たとえドイツ皇帝にしてやると言われてもそれを手放すことはしなかったであろう。

別れに際して、サンチョは公爵夫妻の手に口づけをし、自分の主人の祝福を受けた。ドン・キホーテは祝福を涙声で授け、受けるサンチョのほうも泣きべそをかいていた。

さて、優しい読者よ、好漢サンチョにはこのまま、つつがなく旅を続けてもらうことにしよう。いずれ彼が領主としてどのようにふるまったかが分かった時にもたらされるはずの、大量の笑いをどうぞお楽しみに。では、しばらくサンチョから離れて、その晩彼の主人の身にふりかかったことに目を向けていただこう。それを知ったら、よしんばふきだすことはないにしても、少なくとも猿が笑う時のように、口もとをゆがめるか、ほころばすかはしていただけるに違いない。なぜなら、ドン・キホーテに起こる冒険というのは、驚嘆か笑いのどちらかでもって称《たた》えられるべきものだからである。

さて、物語は続けている——サンチョが出発してしまうと、とたんにドン・キホーテはどうしようもない孤独感に襲われた。実際、かりにサンチョの任命を無効にし、サンチョの領主就任を取り消すことができるものなら、ぜひともそうしたいとさえ思ったほどである。公爵夫人はドン・キホーテがふさぎこんでいるのを見ると、どうしてそんなに悲しそうにしておいでなのかと尋ね、もしサンチョがいなくなったのが原因ならば、この邸には彼にかわってあなたにお仕えし、なんなりと満足のいく応対のできる従士や

別れに際して，サンチョは自分の主人の祝福を受けた．

侍女や老女には事欠きませんよ、と言った。

「なるほど奥方様」と、ドン・キホーテが答えた、「サンチョがいなくなったことを寂しく思っているのは事実でござる。しかし、拙者が悲しんでいるように見える主な原因はそれではござりませぬ。したがって拙者は、奥方様が拙者に対してなされた数々のありがたいお申し出のなかから、ただひとつ、それらすべての根底をなす御厚意だけをお受けし、それ以外に関しては、拙者の部屋で拙者に仕えかしずくのは拙者ひとりということに御同意とお許しをいただけますよう、心からお願い申しあげまする。」

「とんでもございませんわ、ドン・キホーテ様」と、公爵夫人が言った、「そんなこと絶対にいけません。わたくしの侍女のなかから、まるで花のように美しい乙女を四人、あなた様にはべらせますから。」

「拙者にとっては」と、ドン・キホーテが答えた、「その乙女方は、花というよりはむしろ、拙者の魂をつきさす茨《いばら》のようなものでありましょう。そのような乙女や、それに類した女衆が拙者の部屋に入るなど、およそ考えもつかぬことでござる。もし奥方様が、拙者の身にあまる恩恵をさらにお与えくださるおつもりなら、どうか拙者を好きなようにさせ、拙者の部屋のなかにあっては、自分で自分の世話をするようにさせてくだされ。つまり、拙者はおのれの欲望とおのれの慎《つつし》みのあいだに大きな壁を置きたいのでござる。

これは拙者の習慣でして、拙者は奥方様のお示しくださる寛大さゆえに、これを失うようなことはしたくありませぬ。要するに拙者は、誰か女子《おなご》に衣服を脱がせてもらうくらいなら、着衣のまま眠るつもりだ、ということでござる。」

「もう結構、もうそれで十分ですわ、ドン・キホーテ様」と、公爵夫人がひきとった。「わかりました、あなた様のお部屋には、侍女はもちろんのこと、蠅《はえ》一匹入っちゃいけないって、そのようにきつく命令しておきましょう。だって、わたくしのせいでドン・キホーテ様の身持ちのよさがそこなわれるようなことになったら大変ですもの。どうやら、わたくしの拝察するところでは、あなた様の数ある美徳のなかで一段と際立っているのは節操のようですものね。さあ、どうぞあなた様はお一人で、いつでもお好きな時にお好きなように、衣装を脱ぐなり身に着けるなりなさいませ。それを邪魔だてするような者はおりませんから。それに扉をきっちり閉ざして眠る人のために必要な器《うつわ》、つまり生理的要求が生じた際に扉をあけて外に出なくてすむようにするあの器も、部屋に用意させますから御安心くださいませ。

それにしても偉大なドゥルシネーア・デル・トボーソ様が千年も長生きして、その名が地球上の津々浦々《つつうらうら》にまで知れわたりますように。だってあの方は、これほど勇敢にしてこれほど節操の固い騎士に愛されるような女性なんですもの。また慈悲深き天が、わたくしどもの領主、サンチョ・パンサの心に、例の鞭打《むちう》ちを早く終らせたいという気持をかきたててくださいますように。そうすれば、世の人びとがふたたび、かくも立派な姫の美しさを享受することができるようになるのですから。」

これに対して、ドン・キホーテが言った——

「奥方様は、さすが御身分にふさわしいことを仰せじゃ。もっとも、やんごとない御婦人のお口から、よくない言葉が発せられるはずもありませんがな。そしてドゥルシネーアも、奥方様にお褒《ほ》めいただいたことにより、この世の最も卓越した雄弁家たちが彼女に与え得るあらゆる賛辞によるよりも、はるかに多くの人びとに知られ、より大きな幸運に恵まれることになりましょうぞ。」

「ところで、ドン・キホーテ様」と、公爵夫人が言った、「もうそろそろ夕食の時間ですわ。きっと公爵もお待ちでしょうから、行って食事にいたしましょう。そして、今日は早くお休みなさいませな。昨日なさったカンダーヤへの旅行は、お体にこたえないほど短いものでは決してなかったのですから。」

「いや、まったくこたえてはおりませぬ」と、ドン・キホーテが答えた、「というのも、ここであえてお誓いいたすが、奥方様、拙者これまでの生涯で、クラビレーニョほどおとなしくて静かな歩調の馬に乗ったことはないからでござる。ですから、どうしてまたマランブルーノが、あれほど軽快な逸物《いちもつ》を見捨て、わけもなく、あんなに性急に焼いてしまう気になったのか、拙者にはとんと合点がいきませんのじゃ。」

「それに関しては、こんなふうに想像できますわ」と、公爵夫人がひきとった。「おそらくマランブルーノは、トリファルディ伯爵夫人とそのお仲間に対してはたらいた悪事や、妖術師あるいは魔法使いとして、その他多くの人びとに加えたに違いないもろもろの罪悪を悔いて、自分が仕事に用いた道具をすべて廃棄しようという気になったのでしょう。そこでまず、彼にとっていちばん重要な道具であり、それに乗って世界の各地を忙《せわ》しなく飛びまわっていたクラビレーニョを焼き払ったというわけです。でも、その木馬の灰と羊皮紙の立て札によって、偉大なドン・キホーテ・デ・ラ・マンチャの勇名が永遠に残ることになりましたわ。」

ドン・キホーテはあらためて公爵夫人に謝意を表した。そして食事が終るとすぐに、ひとりで自分の部屋にひきとったが、もちろん前もって、誰の世話も必要としないから誰も部屋に入ってきてもらっては困ると断ったうえでのことであった。遍歴の騎士たちの華であり鑑《かがみ》であるアマディス・デ・ガウラの美徳を拳々服膺《けんけんふくよう》していた彼は、自分が思い姫ドゥルシネーアのために守っている純潔を捨てるように誘われたり、強いられたりする可能性を、それほどまでに恐れていたのである。

さて、部屋の扉をしっかりと閉めたドン・キホーテは、二本の蠟燭《ろうそく》の灯《ひ》をたよりに服を脱いだ。それから靴下を脱いだそのとき、そこに飛び出したものがあったが(おお、これほどの人物になんとそぐわない不幸であることか!)それは彼のため息でもなければ、何か彼のたしなみのよさに傷をつけるようなものでもなかった。そうではなく、片方の靴下の編み目が二ダースばかりほどけてしまい、まるで簾《すだれ》のように垂れさがったのである。善良な騎士はすっかり途方にくれた。実際、そのときほんのわずかな緑の絹糸が手に入るものなら、彼は銀一オンスでも差し出していたことであろう。いま緑の絹糸と言ったのは、その靴下が緑色だったからである。

ここで作者のシデ・ハメーテは嘆声を発し、次のように書いている――《おお、貧窮よ、貧窮よ! 余はかのコルドバの大詩人*が、いかなる理由によってお前のことを

感謝されることなき聖なる贈物!

と呼んだのか理解に苦しむ。余は回教徒のモーロ人ではあるが、長きにわたるキリスト教徒との付き合いにより、なるほど聖性というものが隣人への愛、謙遜《けんそん》、信仰、服従、そして貧しさから成り立っていることをよく承知している。とはいうものの、貧しくあ

りながら満足しておれる者というのは、はなはだ神に近い存在であると言えよう。もっともキリスト教の最大の聖人のひとりが、＊「あらゆるものを、あたかもそれらを所有せざるがごとく所有せよ」と言った、あの種の貧しさなら話は別で、これは精神における貧困と呼ばれるものである。しかし、汝《なんじ》、第二の貧困よ、いま余がここで取りあげているのはお前であるが、お前はどうして、他のいかなる人たちにもまして郷士や生まれのよい者たちを攻撃するのか？　どうして彼らに靴墨のかわりに煤《すす》を塗らせ、彼らの胴着のボタンを、あるものは絹、あるものは剛毛、あるものはガラス玉と、ありあわせのものにするのか？　どうしてまた、彼らの襟《えり》の大半はいつもよれよれで、きちんと型にあてて糊《のり》づけされてはいないのか？》

この発言からしても、シャツの襟にきちんと糊づけする習慣が古くからあったことが分かろうというものである。それはさておき、シデ・ハメーテはなおも続けている――《おお、汲々《きゅうきゅう》としておのれの体面をとりつくろう郷士たちの哀れさよ！　彼らは家の中でこっそりとみすぼらしい食事をしたのち、歯の掃除をしなければならないような物は何も食べてはいないのに、これ見よがしに、口に楊枝《ようじ》をくわえて表に出ていくのだ！　くり返すが、おどおどしながら体面を守っている男たちの哀れさよ！　彼らは靴の修理のあとが、帽子についた汗のしみが、外套のほころびが、さらには胃袋の空《す》き具合が、

―レグア先からも他人《ひと》に見つかってしまうのではないかと、いつでも恟々《きようきよう》としているのだ！》

こうした想いが、靴下のほつれを機にドン・キホーテの脳裡《のうり》によみがえったのである。しかし彼は、サンチョが旅用の編上げ靴を一足残していったことに気づき、明日はそれをはくことに決めて、いくらか心を慰めた。こうして、彼はやっとのことで床に就いたが、それでもまだ物想いに沈み、悲痛な気持で横たわっていた。サンチョがそばにいなくなったこと、および長靴下の救いがたい破損ゆえであり、靴下に関しては、たとえ色違いの絹糸を使ってでも自分でかがり直したいとさえ思ったのである。もっとも、そのようなことは、郷士の日常的な窮乏生活のなかにあっても、最も惨めな現象のひとつになろうが。

ドン・キホーテは蠟燭《ろうそく》の灯《ひ》を消した。しかし、その夜は暑くて眠れなかったので、ベッドから起きだして、美しい庭を見おろす格子窓を少し開けてみた。すると、誰か人が庭を歩いている気配が感じられ、話し声も聞こえてきた。そこで、じっと聞き耳を立てていたところ、外の人間の声が大きくなり、おかげで次のような会話を聞きとることができた――

「ああ、エメレンシア！　そんなに歌え、歌えって、あたしにせっつくもんじゃないわ。だって、あの他国の騎士がこのお城にやってきて、あたしの目があの方の勇姿を見てしまってからっていうもの、あたしは歌うどころか、泣くことしかできなくなってしまったってことを、あんたもよく知ってるんだから。ましてや、うちの奥様は、眠りが深いというより浅いほうだから見つかる恐れがあるし……でもあたし、世界中の宝をやると言われても、あたしたちがここにいることを奥様に知られたくないのよ。それに、よしんば奥様がぐっすりとお休みでお目覚めにならないとしても、あたしを愚弄《ぐろう》するためにあたしの目の前に現われたに違いない、あの第二のアエネアス*が眠りこんだままで、聞いてくれることがなければ、あたしの歌なんか何の役にもたたないわ。」

「どうやら、その心配は無用みたいね、アルティシドーラ」という返事があった、「公爵夫人をはじめこの邸の者はみんなぐっすり眠りこけてるに違いないけど、あんたの心の君《きみ》で、あんたの魂を目覚めさせたあの騎士はそうじゃないわ。だって今さっき、あの方の部屋の格子窓が開く音がしたから、きっと起きていらっしゃるのよ。さあ、歌いなさいよ、傷心のお友だち、あんたの竪琴《たてごと》に合わせて、低いやさしい声でね。もし公爵夫人に見つかったら、今夜の暑さのせいにしちゃいましょうよ。」

「ああ、エメレンシア！　あたしが心配しているのはそんなことじゃないのよ」と、アルティシドーラが答えた。「そうじゃなくて、あたしの歌があたしの気持をあらわにし、それがもとで、恋のあらがいがたい力を知らない人たちから、はすっぱで気まぐれな女と思われることがありはしないかと、それが心配なの。でも、どうなろうとかまやしないわ、顔に出る羞恥《しゅうち》のほうが心に抱いている傷よりはましだって言うもの。」

そしてこのとき、いとも妙《たえ》なる竪琴の音が聞こえてきたが、それを耳にしたドン・キホーテはいささか呆気《あっけ》にとられた。というのも、その瞬間、彼の脳裡にこれとよく似た無数の出来事、つまり彼が荒唐無稽《こうとうむけい》な数々の騎士道物語のなかで読んだ、美しい庭に面した窓、鉄格子、音楽、愛の睦言《むつごと》、それに失神などからなる数限りない冒険がよみがえってきたからである。そして彼はただちに、公爵夫人に仕える侍女のひとりが自分に恋をした、しかし慎み深さのあまり、恋慕の念をじっと秘めているのであろうと、想像をたくましくした。そこで、自分の心が惹《ひ》かれるのを恐れた彼は、絶対に乙女の恋に屈するまいという気持を固めたうえで、全身全霊をこめて思い姫ドゥルシネーア・デル・トボーソにすがりつつ、楽の音に耳を貸そうと決心した。そして、自分がそこにいることを知らせるため、わざとくしゃみをしてみせた。これには、二人の侍女は少なからずほくそえんだ。彼女たちのねらいと望みは、ドン・キホーテに聞いてもらう以外になかったからである。そこで竪琴の音をたしかめ、調子をととのえると、アルティシドーラは次のようなロマンセを歌いだした――

わが君よ、そなたは寝床にありて
オランダ布のシーツにくるまり
すでに　脚を大きく投げ出して
明日の朝までゆっくりと眠る。

ラ・マンチャの地が生み出せし
勇敢なること世に並びなき騎士
アラビアの純なる黄金よりも
なお清純にして徳高き騎士よ！

伸びやかに育てど幸《さち》薄き乙女
君の両眼の太陽の輝きに
心を射ぬかれ胸をこがす乙女の
悲しみの歌に耳を貸したまえ。

勇んでおのが冒険を探しつつ
他人《ひと》の不幸と苦悩を招く君
君は他人に深傷《ふかで》を負わせるとも
それを癒《いや》す手だてを拒む。

おお　君の熱情に神の庇護《ひご》を！
われに告げたまえ　若き勇士よ
君はリビアに生い立ちしか
はたまた　ハカの険しき山地か？

君に乳をふくませしは大蛇《おろち》か
あるいは　君を手塩にかけしは
人里離れたうっそうたる森と
おどろしくも険しい山奥か？

肉づき豊かで健やかな乙女

ドゥルシネーア姫は　猛《たけ》きこと
虎《とら》をもしのぐ勇敢な騎士を
手なずけ従えしを誇るべし。

それゆえ姫の名声はとどろかん
エナーレスよりハラーマまで
タホよりマンサナーレスまで
ピスエルガよりアルランサまで。*

われ姫と代われるものならば
わが持てる最もはなやかな
スカートのひとつを姫に与え
金糸でもって縁飾りを付けん。

ああ　君の腕に抱かれたし
あるいは　君の寝床に寄りそい

君が頭をやさしく掻《か》きて
頭垢《ふけ》を落してさしあげたし！

されど　これは過分な願い
われには能《あた》わざる恩恵なり
せめて御足《みあし》を揉《も》めさえすれば
卑しきわれには十分なり。

ああ　でき得れば君に贈らん
ヘアネットに銀のスリッパ
ダマスク織りのタイツに
上等な亜麻布の外套までも！

さらにまた樹の瘤《こぶ》ほどもある
目もあやな真珠も贈らん
それに比すべき仲間がなきゆえ

《みなし児》と呼ぶべき真珠を！

ラ・マンチャ生まれのネロよ
わが胸を焦《こ》がすこの大火を
タルペア*の岩より眺めたまうな
君の怒りで火を煽《あお》りたまうな。

われ　うら若きたおや女《め》にして
まだ年齢《よわい》十五に満たぬなり
神とわが魂に誓ってもよい
十四年と三か月が真実の歳《とし》。

われは足腰とも健やかにして
両の手にも欠けたるところなし
髪の毛はさながら百合の花にて
立てば地を掃くばかりの長さ。

わが口は鷲《わし》のように尖《とが》り
鼻はたしかに団子鼻なれど
トパーズかと見まごう歯並びが*
わが美を天まで高めおるなり。

わが歌聞けばお分かりのごとく
声の甘美なこと人後に落ちず
わが身《み》の丈《たけ》は目立つことなく
世間並よりはいささか低し。

こうしたわが美点はすべて
君の箙《えびら》がかち得し戦利品
われはこの邸に仕える侍女
アルティシドーラなり。

ここで恋に悩めるアルティシドーラの歌は終り、求愛されたドン・キホーテの驚きが始まった。彼はひとつ大きなため息をつくと、こうつぶやいたのである――

「ああ、拙者を一目見て拙者に想いをかけぬ乙女がおらぬとは、拙者も不運な遍歴の騎士であるものよ……！　そして比類なき拙者の堅固な愛をただ一人で享受することが許されぬとは、世に並びなきドゥルシネーア・デル・トボーソもなんと不幸な方であろうか……！　ああ、世の王妃方よ、あなた方はわが思い姫をどうなさろうというのでござるか？　皇后方よ、なぜ彼女を迫害なさるのか？　まだ十四、五歳の小娘たちよ、どうしてまた彼女をそんなに責めたてるのじゃ？　そんなことはやめなされ、そして、《愛の神》が、拙者の心と魂をあの方に委ねるようになさったその運命を、あの幸薄き方に存分に享受させ、愛の勝利に酔わせてさしあげてくだされ。恋に悩む方々よ、この際御承知おき願いたい、拙者はひとりドゥルシネーアにとっては、柔らかなパンの練り粉か砂糖菓子だが、他のすべての女性にとっては、この上なく固い火打ち石でござるな。彼女に対しては蜜であり、ほかの女に対しては苦いアロエでござる。拙者にとっては、ドゥルシネーアのみが美しく、賢明で、誠実で、さわやかで、生まれのよい女性であって、ほかの者はすべて醜く、愚かで、軽薄で、卑しい生まれの女じゃ。そして、自然が拙者をこの世に誕生させたのも、拙者があの方のものとなるためであって、他の女

ここで恋に悩めるアルティシドーラの歌は終り……

性のものとなるためではござらん。さあ、アルティシドーラ殿、泣くなり歌うなり、御随意じゃ。それから、魔法にかかったモーロ人の城のお女中よ、＊そなたも諦《あきら》めなされ、そういえば、あの城ではそなたのせいで拙者もひどく打ちのめされたものだが。とにかく拙者は、この世のありとあらゆる妖術による横槍《よこやり》が入ろうとも、たとえ煮られようと焼かれようと、つねに清廉潔白、礼節を守り、誠実な騎士としてドゥルシネーアのものであらねばならんのじゃ。」

ドン・キホーテはこれだけ言うと、格子窓をぴしゃりと閉めた。そして、あたかも何か重大な災難に見舞われでもしたかのような、いらだたしくも悲痛な気持でベッドに横たわったが、われわれはしばらく彼をそのままにしておくことにしよう。評判を呼ぶことになる島の統治にいよいよ着手する偉大なサンチョ・パンサが、われわれを呼んでいるから。

第四十五章

偉大なサンチョ・パンサが島に着任した経緯《いきさつ》と、彼がどのように統治を始めたかについて

おお、日々休むことなく地球の両半球を訪れる者、世界を照らす松明《たいまつ》、天空の目、ぶどう酒入れの心地よい動かし手よ！＊こなたではティンブリウス、かなたではポイボスと呼ばれ、ここでは射手にして、かしこでは医師、はたまた詩歌の父にして音楽の祖たるそなたは、必ず現われいでて、それから沈むように見えながら、決して没することはない！　おお、そなた、われら人間に子を生む力を与えている太陽よ、余はそなたにお願いいたす、余が偉大なサンチョ・パンサの統治を物語るにあたって、遺漏《いろう》なく、委曲を尽くすことのできるよう、余を助け、余の才知の闇を明るく照らしたまえ、と。実際、そなたなくしては、余は力なく意気消沈し、途方にくれてしまうであろう。

さて、それでは話を続けると、サンチョは大勢のお供を従えて、人口千人ほどの、公

爵の所領のなかでは最もすばらしい村のひとつに到着した。サンチョにはそれがバラタリアと呼ぶ島であると告げられたが、その名の由来はおそらく、その村がもともとバラタリアという名であったことか、あるいは、そこの統治権がいとも安く《バラート》サンチョに譲られたことのいずれかであった。高い城壁でかこまれた村の入り口に着くと、村の役人たちが彼を迎えに出てきた。あちらこちらで鐘が打ち鳴らされ、住民は誰もかれも、喜びをあらわにして彼を受け入れたうえ、皆で大騒ぎをしながら彼を村の大聖堂に連れていき、神に感謝を捧げると、ひきつづいて奇妙きてれつな儀式を執り行なった。そして、その儀式によって村の鍵《かぎ》が彼に渡され、かくして、サンチョはバラタリアの終身領主として認められたのである。

この新任領主の服装、もじゃもじゃの髭《ひげ》、でっぷりと太ったちんちくりんな背格好は、事の真相を知らない者はいうまでもなく、その場に大勢いた真相をわきまえている者たちをさえ驚嘆させるに十分であった。儀式が終って大聖堂を出ると、次にサンチョは村の法廷に連れてゆかれ、そこの椅子に座らされた。すると、公爵家の執事がこう言った――

「領主殿、島の昔からの習慣により、この名高い島の領主として着任された方は、まず、法廷にもちだされる問題を、それがいささか込みいった難問であっても、解決してみせることになっております。住民はそのお裁きによって新たな領主の才知を推しはかり、その御着任を喜んだり悲しんだりするのでございます。」

執事がこんなことを話しているあいだ、サンチョは自分の席の真向かいの壁に書かれている数多くの大きな文字を眺めていたが、彼は字が読めなかったので、いったいあの壁の模様は何かと尋ねた。返事はこうであった——

「領主様、あそこには閣下がこの島の領主として就任された日付が明記されておりまして、銘文には《本日、某年某月某日、ドン・サンチョ・パンサ殿、本島を領有せらる。いく久しく統治されんことを》と、ございます。」

「で、そのドン・サンチョ・パンサちゅうのは誰のことだね？」と、サンチョが訊いた。

「もちろん、閣下のことでございます」と、執事が答えた。「ただ今その椅子におかけの方を除いて、パンサという姓の方がこの島にお入りになったことは一度もありませんから。」

「そういうことなら、はっきりさせとくけどね、兄弟」と、サンチョが言った、「わしは《ドン》なんちゅう偉い肩書きはもっちゃいねえし、わしの血筋で《ドン》のついた者はいねえよ。わしの名はただのサンチョ・パンサで、父親《てておや》もサンチョなら祖父様《じいさま》もサンチョで、そいで、みんな《ドン》みたいな添えものなしのパンサだったんだ。どうやらこの島にゃ、石ころより《ドン》がごろごろしてると見えるね。でも、いいや、神様はわしの気持をご存じだからね。もしわしの統治が四日も続いたら、蚊《か》みたいにうるさいにちげえねえ、うじゃうじゃしてる《ドン》を一掃するつもりよ。ところで執事どん、さっきの難問とやらをよこしてもらおうかね。村の衆ががっかりするか喜ぶか知らねえが、まあ、できるだけうまく答えてみるとするから。」

するとそのとき、法廷に二人の男が入ってきた。ひとりは百姓のなりをし、もうひとりは鋏《はさみ》を手にしているところから仕立て屋と知れた。まず、仕立て屋が口をひらいた——

「領主様、手前とこの百姓男は、あなた様のお裁きをいただきたくて、まかり出ました。実は昨日この男が手前の店にまいりまして(この場の皆さんのごめんをこうむって*申しあげますが、手前は神様のおかげで免許を与えられた仕立て屋でしてね)、手前に少しばかりの布地を見せながら、「親方、この布地で頭巾《ずきん》ひとつ作れるかね?」と尋ねました。手前は布地の寸法をあらためてから、だいじょうぶ、作れる、と申しました。ところがこの男は、手前の想像が間違いではなかったように、仕立て屋というのはごまかしをするものだという世間一般のあいだにある悪い評判をうのみにして、手前もまたこの男の布地をいくらかくすねようとしている、と思ったのでしょう、さらに手前に、頭巾二つ分あるかどうか見てくれろ、と申しました。手前は相手の肚《はら》がちゃんと読めましたが、ああ、だいじょうぶだと答えてやりました。するとこの百姓は、当初からのあさましい下心にのっかって、頭巾の数を次々につりあげていき、こちらも「だいじょうぶ」を付け加えていったものですから、ついには頭巾が五つということになりました。そして今しがた頭巾を取りにきたのですが、あきれたことに、この男は仕立て賃を払おうとしないばかりか、残った布地代を弁償するか、布のままで返すかしてくれと言うのです。」

「お前さん、今の話にまちげえはねえかね？」と、サンチョが百姓に尋ねた。

「まちげえございません、領主様」と、百姓が答えた、「ですが、この男がわしのためにこしらえたっていう五つの頭巾を、この場に出させてくださいまし。」

「そりゃ、出すとも」と、仕立て屋が応じた。

そして、時を移さず外套《がいとう》の下から片手をつきだし、その五本の指の先にかぶせた、五つの小さな頭巾を見せながら言った――

「これがこの男の注文した頭巾でございます。神と手前の良心にかけて誓いますが、手前の手もとには、布地はこれっぽっちも残っちゃおりません。それに手前は、この仕事の出来ばえを同業組合の検査役に見てもらうつもりでいるんです。」

その場にいあわせた者はみな、頭巾の数の多さと、いかにも珍妙な訴訟に笑い声をあげた。サンチョはしばらく考えたあとで、こう言った──

「わしの考えでは、この件はくどくどと調べたてるまでもなく、あたりまえの常識でもってすぐに決着すべきこったね。つまり、仕立て屋は仕立て賃の丸損、百姓は布地の丸損、そいで、頭巾は牢獄の囚人たちにくれてやること、これがわしの判決だよ。へえ、一件落着。」

もし後ほど言い渡される、家畜商人の財布に関する判決が参会者を感嘆させたとするなら、この裁決は一同の笑いを誘ったのである。しかし、結局のところ、サンチョの命令はそのまま実行に移された。次に領主の前に出頭したのは二人の老人であったが、そのうちのひとりは長い葦《あし》の茎を杖《つえ》にしていた。まず口を開いたのは杖を持たないほうの老人で、こう言った──

「領主様、もうかなり前になりますが、わしはこの爺《じい》さんに金貨で十エスクードを、わしが返せと言ったらいつでもすぐに返すという条件つきで、貸してやりました。もちろん、この人を喜ばせたい、善行を施したいという気持からです。それからしばらくのあいだは、わしも返せと催促はしませなんだ。金を返させて、この爺さんがわしから借りた時よりもっと困ることになっては気の毒だと思ったからです。ところがこの爺さん、いつまでたっても返す気がないどころか、借りたことさえ忘れているみたいなあんばいになってきたので、わしは一再ならず催促しました。しかし爺さんは、返すのを拒んだだけでなく、十エスクードという金を借りた覚えなどない、よしんば借りたとしても、とっくに返したはずだとぬかします。この一件に関しては、貸したときの証人や証文もなければ、返してもらったときのもありませんが、これは当然で、まだ返してもらってはおらんからです。そこで領主様、どうかお願いです、この爺さんから誓言をとってくだされ。そして、もしこの男がわしに間違いなく金を返したと誓うなら、わしはこの場で、神の御前で借金を帳消しにしてやるつもりですから。」

「杖の爺様、これについて何か言い分はないかね？」と、サンチョが訊いた。

するとと杖の老人はこう答えた――

「領主様、わしはこの人から金を借りたことを白状します。だが、わしが誓《ちこ》うたら、すべてを水に流そうと言うてくれてるから、わしはたしかに、間違いなく返済したと誓うことにします。ですから領主様、お前様のその職権を示す杖をば、ちょっとわしのほうへ貸してくだされ。」

サンチョは言われるままに、手にした権杖を老人のほうに差し出した。杖の老人は、

「杖の爺様，これについて何か言い分はないかね？」

まるでそれが誓いの邪魔になるとでもいうように、自分が誓いを立てているあいだこれを持っていてくれといって葦の杖を相手の老人に手渡し、それから、サンチョの権杖の握りの十字架の上に手を置くと、十エスクードの金《かね》はたしかに拝借した、しかし、それをこの手から相手の手にまちがいなく返したのに、相手はそれに気づかないので、しきりに返済を求めている、と言った。

これを見ていた偉大なる領主は、貸し主に向かって、相手の誓言に対して何か言い分はないかと尋ねた。すると貸し主は、相手が真実を言ったことに疑問の余地はなかろう、なにしろ彼は善良なキリスト教徒なのだから、したがって、おそらくは自分がいつどこで金を返してもらったか忘れてしまったに違いない、だから今後はいっさい請求しないつもりだ、と答えた。

かくして、金を借りた老人は自分の杖を返してもらうと、一礼して法廷から出ていった。杖の老人がそそくさとその場を立ち去る様子と、告訴した老人がじっと我慢している様子を見くらべたサンチョは、頭を胸の上に垂れ、右手の人さし指を眉と鼻の上にやりながら、しばらく考えこんでいるようであったが、やがて頭をもたげると、杖の老人をすぐに呼び戻すようにと命じた。そして、さっそく連れ戻された老人を前にして、サンチョが言った――

「爺さん、ぜひとも必要だから、その杖をこっちへよこしとくれ。」「お安い御用で」と、老人が応じた、「さあ、どうぞ。」

杖がサンチョに渡されると、サンチョはそれをもうひとりの老人に与えて、こう言った——

「それを持って、気をつけて帰るといいよ。それで金の返済はすんだからな。」

「なに、金が返ったですと？」と、老人が応じた。「それじゃ、この葦の茎に金貨十エスクードの値うちがあると言われるのか？」

「そのとおりよ」と、領主が言った。「もし、そうでなかったら、わしゃ世界一のばか者さね。わしに王国そっくりを治める才覚があるか、ねえか、今に分かろうて。」

そして、一同の目の前で葦の杖を折り、中を開いてみるように命じた。そのとおりにすると、中から金貨十エスクードが出てきたものだから、その場の者はみな驚嘆し、自分たちの領主を賢王ソロモンの生まれかわりかと思ったのである。

人びとが、杖のなかに十エスクードの金貨のあることがどうして分かったのかと尋ねると、サンチョは、誓いを立てた老人が、誓っているあいだは相手に杖を渡して、たしかにまちがいなく返したと言い、誓い終るとすぐさま杖を取り返したのを見て、杖のなかに返済を迫られている金があるなと、頭にぴんときたのだと答えた。ここから推測できるのは、よしんば人の上に立って政治を行なう人間が愚か者であっても、時として神が彼の判断をお導きくださるということである。しかもサンチョは、自分の村の司祭からこのたびの係争と同じような話を聞いたことがあり、おまけに、彼はなかなか優れた記憶力の持主だったのである。実際、彼がこれは覚えておこうと思ったところすべてを覚えていたとするなら、その島のどこを探しても彼ほど記憶力のよい者は見つからなかったであろう。かくして、結局のところ、ひとりの老人は赤恥をかき、もうひとりは金《かね》を取り戻して帰っていったが、並みいる者たちは、ただただ舌を巻くばかりであった。そして、サンチョの言動や仕事ぶりを記録する役目をおおせつかっていた男は、彼をばかとみなすべきか賢明な男とみなすべきか、また、どのように記すべきか思案にくれていた。

この一件が落着したかと思うまもなく、今度はひとりの女が、裕福な家畜商人らしい格好の男をしっかりとつかまえ、引っぱりながら、法廷のなかに入ってきた。そして女は、金切《かなき》り声《ごえ》をはりあげ、こんなことを言っていた――

「お裁きを、領主様、どうかお裁きを！　もし、この世でお裁きがいただけなかったら、あたしはそれをもらいに天国へ参りますわ！　おお、あたしの魂の領主様、お聞きください、このひどい男があそこの野原のまん中であたしをつかまえて、まるで薄汚ないぼろ切れみたいに、あたしの体をもみくちゃにし、ああ、情けない！　あたしがこの二十三年のあいだ、モーロ人からもキリスト教徒からも、さらに同郷《くに》の者からも他所者《よそもの》からも後生大事に守り続けてきた大切なものを、奪い取ってしまったんです。なにしろ、あたしときたら、いつでもコルク樫《がし》みたいな堅物で、自分の操《みさお》を火中に住む火蜥蜴《ひとかげ》みたいに、あるいは茨《いばら》のなかの綿毛みたいに無垢《むく》のまま守りとおしてきたっていうのに、それを今ごろになってこのすけべえ男が、まるで濡れ手に粟《あわ》よろしく、やすやすとあたしを手ごめにしてしまうなんて。」

「その色男の手が濡れていたかどうかは、調べてみねえことにゃ、まだ何とも言えねえな」と、サンチョがひきとった。

それから男のほうに向き直った領主は、この女の訴えに何と答えるか、何か言いたいことはないか、と尋ねた。すると男は、ひどくうろたえながら、こう答えた――

「皆さん方、手前はしがない家畜商人でございます。今朝がたこの村で、ごめんこうむって率直に申しあげますと、四頭の豚を売ったんですが、売り上げ税やら、ごまかされるやらで、ほとんど売り上げ代金と同じくらいの額をふんだくられました。それから自分の村へ帰る途中、この好いたらしい娘さんに出くわしたというわけです。ところで悪魔って奴は、いろいろなことを画策し、なんでも事をもつれさせるものですが、その悪魔のせいで、わしらはいっしょに寝ることになり、もちろん手前は十分に支払ってやったつもりです。なのにこの女子《おなご》はいっこうに満足しないで、手前をつかまえて離さず、ついにここまで連れてきたってわけです。手前がこの女を手ごめにしたなどとわめいていますが、そいつは、手前の誓いにかけて、いやこれから立てるつもりの誓いにかけて、まっ赤な嘘《うそ》でございますよ。いま手前の述べたところが、事実からこれっぽっちも離れていない、正真正銘の真実です。」

そこで領主は家畜商人に、いくらか銀貨の手持ちがあるか、と尋ねた。相手は、懐《ふところ》の革の財布に二十ドゥカードほど持ち合わせておりますと答えた。するとサンチョが、その財布を懐から出して、そっくりそのまま告訴人の女に渡すようにと命じたので、男は手を震わせながら、言いつけどおりにした。財布を受け取った女は、周囲の者たちに何度も何度もお辞儀をしたうえ、このように苦境にあえぐ乙女や孤児たちを庇護《ひご》してくださる領主様が、どうぞ長寿と健康に恵まれますようにと神に祈り、それがすむと、両手で財布を握りしめながら法廷を出ていった。もっとも、その前に財布の中身が本当に銀貨であるかどうか、確かめることは忘れなかったが。

女が法廷を出るやいなやサンチョは、すでに泣きべそをかき、その目と心で自分の財布のあとを追っていた家畜商人にこう言った——

「さあ、お前さん、あの女のあとを追っかけて、有無《うむ》を言わせずに財布をふんだくり、女を連れて戻ってくるんだ。」

これを聞いた男は耳が不自由なわけでも薄鈍《うすのろ》でもなかった。というのも、すぐに電光石火のごとくとびだし、命ぜられたことを実行しにいったからである。その場にいあわせた者はみな、この騒ぎが一体どう落着するものか、呆気《あっけ》にとられて見守っていたが、ほどなくして二人が、先ほどよりさらに激しくつかみあい、もつれあいながら戻ってきた。女は膝《ひざ》の上までたくし上げたスカートの中に財布をしっかり包みこんでおり、男のほうがそれをなんとかして奪い取ろうと、やっきとなっていた。しかし、財布を守ろうとする女の力が勝《まさ》っているので、どうにも奪えなかったのである。男とやりあいながら、女はこう喚《わめ》いていた――

「神のお裁きとこの世のお裁きを！　領主様、このろくでなしの破廉恥《はれんち》で畏《おそ》れを知らぬ行為をこらしめてやってくださいよ！　町なかで、しかも往来のまん中で、領主様があたしに与えるようにとお命じになった財布を奪おうとするんですから。」

「で、財布は取られたのかい？」と、領主が尋ねた。

「なんで、取られるもんですか！」と、女が答えた。「財布を手放すくらいなら、生命《いのち》を奪われたほうがましですわ。あたしが生《うぶ》なねんねだとでもいうんですか、冗談じゃありませんよ！　しかも、猫に顎《あご》をかじられるっていうならともかく、こんなしみったれた薄汚ない男にしてやられてたまるもんですか！　やっとこにハンマー、大槌《おおづち》にのみを持ってきたって、いえライオンの爪《つめ》をもってしても、あたしの爪から財布を引き離すことなんかできやしませんよ！　そんなことをするくらいなら、あたしの体のどまん中から魂を奪っていけばいいんだわ！」

「この女の言うとおりでございます」と、男が言った。「手前はもう力つきました、降参です。正直なところ、手前の力ではとても財布を取り返すことはできません、もうあきらめます。」

すると、領主が女に向かって言った――

「正直で勇敢なねえさんよ、その財布をこっちに寄こしてもらおうか。」

女が言われたとおりに財布を渡すと、領主はそれを男に返した。それから、この手ごめにされるどころか、男を手玉にとった女に言った――

「ねえさんよ、お前さんがこの財布を奪われまいとして示したのと同じぐらいの勇気とばか力を、いや、せめてその半分でも出してお前さんの操を守ろうとしていたら、あのヘラクレスの大力をもってしても、お前さんを手ごめにすることなどできなかっただろうよ。さあ、とっとと出ていくがいい。言いわたしておくが、この島にいてはいけねえし、また島のまわり六レグアのなかに留まることもまかりならねえ。この命令にそむいたら鞭打《むちう》ち二百回の刑だでな。さあ、さっさと消え失《う》せるんだ、このお喋《しゃべ》りで、恥知らずな、いかさま女めが！」

すっかり色を失った女は、仏頂面を前にたれて、そこから出ていった。すると、領主が男にこう言った――

「さあ兄さん、お前さんも金をしまい、気をつけて自分の村へ帰るといい。そいで、これから先は、金を失いたくなかったら、女と寝ようなんて気を起こさねえように注意することだ。」

おおいに恥じいった男は、しどろもどろで礼を述べて法廷をあとにし、一同は新任領主の機知と見事な裁きにあらためて驚嘆した。そして、この一部始終は専属の記録係によって書きとめられ、首を長くしてそれを待っている公爵のもとへ、直ちに送り届けられたのである。

しかし、われわれは好漢サンチョを、ひとまずここに残していこう。アルティシドーラの恋歌によって、すっかり心を乱された彼の主人が、しきりにわれわれを呼んでいるからである。

第四十六章

恋するアルティシドーラの求愛の過程にあって、ドン・キホーテがこうむった、鈴と猫からなる戦慄《せんりつ》的な驚きに満ちた事件について

われわれは偉大なドン・キホーテを、恋する乙女アルティシドーラの歌が彼の裡《うち》にかきたてた物想いに沈むがままにさせておいた。さて、ドン・キホーテは床に就いたものの、その物想いが千々《ちぢ》に乱れて、まるで蚤《のみ》のように、彼を眠らせなかったばかりか、瞬時たりとも安らかな気持にさせなかった。おまけに、そこに長靴下の編み目のほつれの不安が加わっていたのである。とはいえ《時》の足は軽快で、その動きを押しとどめる障害など存在しないものだし、騎士もまた《時》にまたがって駆けていたので、あっという間に朝がやってきた。

朝の到来を目にしたドン・キホーテは、柔らかな羽根ぶとんをはねのけ、時を移すことなく、てきぱきとセーム革の胴着を身に着け、長靴下の哀れなほころびを隠すために

旅行用の長靴をはいた。そして、緋色《ひいろ》の大きなマントをはおり、銀の飾りひもの付いた緑色ビロードの縁なし帽をかぶった。それから愛用の鋭利な業物《わざもの》を吊《つる》した剣帯を肩から斜めにかけ、いつも手放すことのなかった大きな数珠《じゅず》をつかむと、公爵夫妻がすでに身づくろいをととのえて彼を待っているはずの控えの間に、ひどく気取った、悠然たる足どりで向かった。ところが、彼が回廊の一郭にさしかかったとき、アルティシドーラとその仲間の侍女が、わざわざそこで彼のことを待ち受けていたのである。アルティシドーラはドン・キホーテの姿を見るやいなや、失神したふりをして倒れかかった。そして仲間の侍女が自分のスカートで彼女を抱きかかえ、大急ぎで相手の胸もとのボタンをはずしにかかったので、その様子を目にしたドン・キホーテは、二人のところへ歩み寄ると、こう言った――

「この発作の原因が何であるか、拙者はとっくに存じておりますぞ。」

「あたしにはなぜだか分かりませんわ」と、侍女が答えた、「だってアルティシドーラは、このお邸じゅうでいちばん元気な侍女で、あたしがこの子を知ってからこれまで、「ああ!」なんて声を出して気を失うことなど、一度もなかったんですもの。それにしても、この世の遍歴の騎士なんて残らず呪《のろ》われてしまえばいいんだわ、皆がみな情のない石部金吉《いしべきんきち》だっていうことなら。どうかドン・キホーテ様、先へお進みください、あなた様がここにいらっしゃる限り、この哀れな娘《こ》は正気に戻らないでしょうから。」

これに対して、ドン・キホーテが答えた——

「ひとつお願いいたすが、侍女殿、今夜、拙者の部屋にリュートを置いておくよう、手配していただけまいか。それで拙者は、この傷心の乙女を、あたうる限りやさしく慰めてさしあげたいのじゃ。というのも、恋のはじまりの段階にあっては、一刻も早く夢から覚めるというのが、一般に最も有効な治療法だからでござるよ。」

これだけ言うと、その場でのやりとりを人に見とがめられては、という気持もあって、ドン・キホーテはすぐに立ち去った。彼が十分に離れるやいなや、気を失っていたアルティシドーラはわれに返り、仲間の侍女に言った——

「ちゃんとリュートを用意しなくっちゃね。きっと、ドン・キホーテが歌を聞かせてくれるんだわ。あの人の歌だったら、決して悪くはないでしょうよ。」

それから二人は公爵夫人のところへ行って、今の失神の一件とドン・キホーテが要求したリュートのことを報告した。夫人はことのほかの喜びようで、直ちに公爵や侍女たちと相談し、策を練って、ドン・キホーテにあまり害の及ばない、しかし滑稽《こっけい》な悪ふざけを押し進めることにした。そして一同は、はやる心をおさえながら、手ぐすねひいて夜になるのを待ったが、夜はその日の朝が早くやってきたようにすぐにやってきた。そ

「どうかドン・キホーテ様，先へお進みください」

れに、公爵夫妻は昼のあいだも、ドン・キホーテを相手に楽しい会話で時を過したのであった。

また一方で公爵夫人は、この同じ日に、小姓のひとり(先に森の中で魔法にかけられたドゥルシネーア役を演じた小姓)をテレサ・パンサのもとへ、夫のサンチョ・パンサの手紙と、サンチョが妻に送ってくれるようにと残していった衣服の包みを持たせて、実際に、現実に派遣したのである。その際、小姓に、テレサ・パンサとのやりとりを細大もらさず、すべて報告するようにと命じたことは言うまでもない。

かくしてその日も暮れ、夜の十一時ごろになって、ドン・キホーテは自分の部屋にリュートではなくてギターがあるのを見つけた。それを軽くかき鳴らした彼は、格子窓を開いて、庭に人がいるのを確認すると、ギターのフレットにひととおり指をあてて、できるだけうまく音を調えた。そして、ちょっと唾《つば》を吐き、咳《せき》ばらいをしてから、いささかしわがれた、しかし調子の合った声で、次のような、彼自身がその日につくったロマンセを歌いはじめた――

いと強き恋の力は
無為となまけ心を

有効な手段として
人の魂を狂わせる。

針仕事や縫いとりに
つね日頃いそしむは
燃えたつ恋の炎の
毒を消すこよなき薬。

婚礼の日を夢に見る
慎しみ深き乙女子の
純潔は尊き持参金で
これに優る賛辞なし。

世の遍歴の騎士方も
宮廷仕えの騎士方も
尻軽娘に言い寄られ

妻にめとるは貞淑女。

東雲《しののめ》にきざす恋あり
旅の宿に芽生える恋
夕べとなれば旅立ちで
たちまち西空に沈む恋。

今日訪れて明日は去る
うたかたの恋ならば
心の奥処《おくが》にその面影を
しかと刻むこともなし。

絵姿に重ねられし絵姿は
ぼやけて確《しか》と見えもせぬ
まして最初の姿が艶《えん》なれば
次なるそれは影もうすし。

わが魂の明きカンバスに
くっきりと描きこまれし
ドゥルシネーア・デル・トボーソ
どうしてそれが消せようぞ。

恋人どうしの堅固な操は
なにより貴重な宝にして
それゆえ《愛》も奇跡を行ない
二人の名を不滅にせり。

公爵夫妻をはじめ、アルティシドーラや城中のほとんどすべての人間がドン・キホーテの歌に耳を傾けていたが、彼の歌がここまで来た時のことである、突然、上階の回廊の、ドン・キホーテの格子窓の真上にあたるところから一本の紐《ひも》がするすると下りてきて、その紐には百個をこえる鈴が結びつけられていた。それに続いて、中に猫がひしめく大きな袋が吊《つ》りおろされ、手のこんだことに、これらの猫の尻尾《しっぽ》にもまた、いくぶん小さめの鈴がつけられていた。とにかく、無数の鈴の音と猫の鳴き声はけたたましくもすさまじいもので、この愚弄《ぐろう》の発案者であった公爵夫妻でさえ度肝《どぎも》を抜かれ、当のドン・キホーテは恐怖のあまり声も出ないありさまだった。さらに運命のいたずらで、二匹か三匹の猫が格子窓から彼の部屋のなかに入りこみ、すごい勢いであちらこちら走りまわったものだから、まるで悪魔の一団が暴れているかのようになった。そのうちに猫は、その部屋を照らし出していた蠟燭《ろうそく》をかき消してしまい、今度は部屋から逃げ出す場所を探して右往左往していた。そうこうするあいだ、文字どおり大きな鈴が鈴なりの紐は休むことなく上下運動をくりかえして、おどろおどろしい音をたてていたので、この事態の真相を知らされていなかった城内の大多数の人びとは仰天し、ただただ唖然《あぜん》とするばかりであった。

やがて気をとりなおしたドン・キホーテは、仁王立ちになって剣を抜くと、格子窓のあいだに激しい突きをくれながら、大きな声でわめきはじめた——

「立ち去れ、悪辣《あくらつ》な魔法使いども！　出てゆくのだ、極悪非道の妖術師めら！　拙者はドン・キホーテ・デ・ラ・マンチャじゃ。拙者に対しては、おぬしらのよこしまな悪だくみなど何の役にも立たなければ、効力もないわ！」

こう言って、今度は部屋のなかを走りまわっている猫のほうに向き直り、さかんに切りつけたところ、恐れをなした猫たちは格子窓にかけよると、そこから逃げ出した。ところがそのうちの一匹だけが、剣の切っ先に追いつめられて逃げ場を失い、反撃に転じた。そしてドン・キホーテの顔にとびかかり、爪と歯で相手の鼻を攻撃したものだから、あまりの痛さに、さすがのドン・キホーテもありったけの大声を張りあげる始末だった。この悲鳴を聞きつけた公爵夫妻は、事態のおおよその見当がついたので、大急ぎで彼の部屋に駆けつけた。そして親鍵を使って中に入ってみると、哀れな騎士は今まさに自分の顔から猫を引き離そうと、全力をあげて奮戦しているところであった。つまり、明かりを持って部屋に入った夫妻は、このいかにも不釣合いな、奇妙な戦闘を目のあたりにしたということであるが、それを見た公爵はすぐに駆け寄って、両者を引き離そうとした。しかし、ドン・キホーテは声を張りあげて、こう言った――

「どなたであれ、仲裁は無用でござる！　どうかこの悪魔、この妖術師、この魔法使いと一対一の勝負をさせてくだされ！　ドン・キホーテ・デ・ラ・マンチャがいかなる騎士か、拙者手ずから、こやつにとくと思い知らせてやりますわい！」

猫のほうは、こんな脅し文句など意に介することなく、唸《うな》り声《ごえ》をあげていっそう激しく咬《か》みついていた。しかし、結局のところ公爵が猫を引き離し、格子窓からほうりだしたのである。

ドン・キホーテは顔じゅう傷だらけになり、鼻も決して安泰というわけではなかった。とはいえ意気だけは衰えることなく、あの悪辣な魔法使いとの熾烈《しれつ》な戦いに決着をつけさせてもらえなかったことを、残念がることしきりであった。アルティシドーラが、アパリシオの軟膏《なんこう》と呼ばれる傷薬をもってくると、みずからそのまっ白な手で、傷ついた騎士の顔に繃帯《ほうたい》をまいてやり、それをしながら、相手の耳もとでそっとささやいた――

「石部金吉の騎士様、こんなにひどい災難があなたに起こったのも、もとはといえばすべて、あなたが頑固で薄情なせいでございますよ。ああ、どうか、あなたの従士のサンチョが自分の尻を鞭打つのを忘れてくれますように！　そうすれば、あなたにあれほど愛されているドゥルシネーア様が魔法から解放されることもなければ、あなたがあの方の元の美しさを愛《め》でることも、またあの方と初夜の床をともにすることもないわけですもの。少なくとも、これほどあなたをお慕いしているあたしの命のある限りは、絶対にそんなことさせたくありませんわ。」

ドン・キホーテはアルティシドーラのささやきに対してはひとことも答えず、ただ深いため息をつくばかりであった。そしてベッドに横たわると、公爵夫妻に感謝の言葉を述べた。別に今の猫と魔法と鈴の襲撃に恐怖を覚えたからというわけではなく、自分を助けにきてくれた夫妻の御厚意が身にしみて分かったからというのであった。公爵夫妻はドン・キホーテに静かに休むように言うと、自分たちの悪ふざけが度を過してしまったことを後悔しながらひきとった。実際、この冒険によってドン・キホーテがこれほどひどい目、痛い目にあうことになろうとは、夫妻は考えてもいなかったのである。結局ドン・キホーテは五日のあいだ部屋に閉じこもり、寝たきりの生活を余儀なくされた。そして、そのあいだにもまた彼の身に、いま述べた冒険よりもっと愉快な事件がもちあがったのであるが、物語の作者は、それを今ここに語ることを望まない。おのれの機知を発揮しながら、熱意をこめて島の統治に精を出しているサンチョ・パンサのところへ赴くためである。

第四十七章

ここではサンチョの統治ぶりの続きが語られる

法廷での裁きをすませたサンチョ・パンサは、こんどは壮麗な宮殿に案内された、と物語は述べている。その宮殿の大広間には、見るからに清潔な、しかも豪華な食卓が用意されていて、サンチョがそこに足を踏み入れるやいなや縦笛《チリミーア》の音が鳴りひびき、四人の小姓が手洗い用の水を持ってやってきた。そこでサンチョは、もったいぶってその水を使った。

まもなく楽の音がやみ、サンチョはテーブルの上座についた。といっても、そのほかに席はなく、食器類もそこにしか用意されていなかった。サンチョのかたわらには、鯨《くじら》の骨でできた細い棒を手にした人物が立ったまま控えたが、これは後になって分かったところでは、領主付きの医者であった。それから果物や、種々さまざまな御馳走をおおっていたまっ白な上等の布が取りはらわれると、書生風の男が祈りをささげ、小姓のひとりがサンチョの胸に、レースの飾りをほどこしたナプキンをかけた。まず、給仕長役の別の小姓が、サンチョの前に前菜としての果物の皿を置いた。ところが、サンチョがそれを口にするかしないうちに、かたわらに控えている男が鯨の骨でちょっと皿にふれると、たちまち皿はサンチョの前から片づけられた。次に給仕長が別の料理をすすめたので、サンチョは今度こそ食べようとした。しかし、それを味わう暇《いとま》もあらばこそ、骨の棒がふたたび皿に触れたかと思うと、果物の皿におとらぬ早業で、それも取りあげられてしまったのである。これを見て呆気《あっけ》にとられたサンチョは、一同の顔を見まわして、一体どういうことなのか、ここでは食べ物は手品のようにすばやく食わにゃならんのかと尋ねた。これに対して鯨骨の男が答えた――

「領主様、閣下もやはり、一般に島の領主たる者が食する慣例とも風習ともなっている物しか召しあがるわけにはまいりません。閣下、手前はこの島で代々の領主にお仕えして給料をいただいておる医者でござりますれば、自分の体以上に閣下のお体に気をつけて、昼となく夜となく閣下の体質を研究し、万が一にも病におかかりになった場合には、適切な治療をしてさしあげることができるよう努めておりまする。手前の最も大切な仕事は、領主様の毎度の昼食と夕食に立ち合って、これならお体によろしいと愚考する物のみを召しあがっていただき、お体に悪く、胃に害を及ぼすと思われる物を、お取りあげいたすことでござります。そこで先ほどは、いささか水気が多すぎるので果物を取りあげるように指図しました。また次の料理をも取りあげるように命じた理由は、それがあまりにも熱く、薬味も効きすぎておりまして、いきおい喉《のど》の渇きを増進させるものだったからでござります。大量に水分をとるのは、それ自体が生命の根源にして、人に精気をもたらす体液をそこない、枯渇させることにつながりますからな。」

「そういうことなら、あそこにある鷓鴣《しやこ》の丸焼きは、わしの見るところ、いかにもうまそうだし、害になることもねえでしょうて。」

これに対して、医師が答えた——

「領主様、手前の目の黒いうちは、閣下があああしたものを口になさることはあいなりませぬ。」

「そりゃまた、どうしてかね？」と、サンチョが訊いた。

医師が答えた——

「医学の父にして、われらの師表たるギリシャの名医ヒポクラテスが、Omnis《オムニス・サトウラ》 satura-tio《テイオ》 mala《マラ》, perdicis《ペルデイキス》 autem《アウテム》 pessima《ペシマ》. という警句＊を残しているからでござります。まあ、これは《飽食はすべて悪し、されど鷓鴣の飽食は最悪なり》といった意味なんですがね。」

「それが本当なら、お医者さん」と、サンチョが言った、「この食卓に並んどる食べ物のうち、どれがわしの体にいいのか、どれが体にそれほど悪くねえのかよく見て、その棒でカチカチやらずに気楽に食わせておくんなさい。わしは領主の命にかけて言うけど、ああ、神様、わしの統治をお守りくださいまし……なにしろ、わしは腹がへって死にそうだで、このうえ食い物を取りあげられたら、お医者さんがいくら偉そうな御託《ごたく》を並べようと、そいつはわしの生命を守るどころか、奪い取るようなもんですよ。」

「おっしゃることはもっともでござりますな、領主様」と、医師が応じた。「そこで愚考いたしまするに、そこにある兎《うさぎ》のシチューは口になさってはいけません。なにしろ細長い毛の多い料理ですから。そう、あそこの仔牛の肉が、あのようにソースに漬けて焼いてあるのでなかったら召しあがることもできたでしょうが。しかし、今さらどうするわけにもまいりませんな。」

するると、サンチョが言った――

「あの、向こうで湯気をたてている大皿はどうやらごった煮のようだが、あれなら、いろんな物がごたごた入ってるから、わしの好物の、しかも体にも悪くねえ物と出くわすにちげえねえ。」

「とんでもない！」と、医師が言った。「そのような考え違いは頭から追い払わねばなりません。およそこの世に、ごった煮ほど悪い食べ物はないのですから。そりゃ、教会の坊様や学校の校長先生たちの食卓なら、あるいは田舎のお百姓の婚礼の席ならもってこいでしょうが、島の領主ともあろうお方の食卓にはもってのほかでございます。領主方の食卓には、すべからく上品な、洗練されたものが出されなくてはなりませぬ。なぜかと申しますれば、混じりけのない純粋な薬は、ごたごた混ぜ合わせた複雑な薬より、いつ、どこにおいても、誰からもありがたがられるからでございます。それも道理で、純粋な薬なら間違いの起こりようもござらんが、複雑な薬では、混ぜものの分量しだいでその恐れが生じるのは自然でござりましてな。そこで、領主閣下が健康を保たれ、いっそう壮健であらせられるために手前が必要と判断いたすのは、薄焼きパンの細切り百本ほどとマルメロの実の薄切り二、三枚でして、これなら胃にも落ち着きますし、消化の助けにもなることと存じまする。」

サンチョは椅子の背にもたれかかって、こんなことを言う医師の顔をまじまじと眺めていたが、やがて、もったいぶった調子で、あんたは何という名前で、どこで学問を修めたのかと尋ねた。すると、相手はこう答えた――

「領主様、手前はペドロ・レシオ・デ・アグエロと申す博士で、ティルテアフエラと呼ばれる村、つまりカラクエルからアルモドバル・デル・カンポに向かう途中の右手にある村の出身、そしてオスーナ大学*で学位をとりましてござります。」

「とんでもない！」と，医師が言った．

これを聞くと、サンチョは怒りのため顔をまっ赤にしてどなった――

「くそいまいましい、このカラクエルからアルモドバル・デル・カンポに向かう途中の右手にあるティルテアフエラという村の出身でオスーナ大学を出たとかいう博士のペドロ・レシオ・デ・悪《マル》・アグエロどん、とっととわしの目の前から消えうせろ！　さもねえと、わしゃお天道様《てんとう》にかけて誓うけど、棍棒《こんぼう》でお前さんを叩き出してやるからね。いや、お前さんだけじゃねえ、この島から医者を、少なくともわしが能なしだと思うような医者は、ひとり残らず追い出してやるさ。もっとも、学があって、分別があって、話の分かるお医者様なら、わしゃ頭の上に推《お》し戴《いただ》き、神々《こうごう》しいお方としてあがめたてまつるつもりよ。くり返して言うが、ペドロ・レシオどん、さっさとここから出ていってくれろ。さもねえと、わしが腰をおろしてるこの椅子を持ち上げて、お前さんの脳天にうちつけて粉々にしてやらあ。それが善いことか悪いことか、その決着は任期を終える際の業務監査《レシデンシア》でつけてやるさね。わしは国を滅ぼすようなやぶ医者を殺すことによって神に奉仕したと言って、見事、無罪放免になってみせるまでよ。さあ、わしに食うものをよこせ、よこさねえちゅうなら、いっそのこと領主職ももってってくれ。自由に食わせてもらえねえような役職なんか、それこそ空豆二つぶほどの価値もねえよ。」

医師は領主サンチョの立腹ぶりにうろたえ、広間から早々に退散《テイルテアフエラ》をきめこまんばかりであったが、まさにその瞬間、外の通りで早馬の角笛が鳴った。給仕長が窓から外をのぞいて早馬を確認すると、領主にこう伝えた――

「われらの御主人、公爵様からの使いがまいりました。何か重大な知らせを持ってきたに相違ございません。」

まもなく、汗だくの使者があたふたと入ってくるなり、懐から一通の書状を取り出すと、領主に差し出した。サンチョは、それを執事の手に渡して、表書きを読んでくれるようにと言ったが、そこにはこう書かれていた――《バラタリア島領主、ドン・サンチョ・パンサ殿、直被《じきひ》、もしくは秘書役親展》。これを聞くと、サンチョが訊いた――

「あんたがたの誰がわしの秘書かね？」

すると、彼のまわりにいた者のひとりが答えた――

「わたくしでございます、閣下。わたくしは読み書きもできますし、おまけにビスカヤ人*ですから。」

「そのおまけつきなら」と、サンチョがひきとった、「お前さんは、ほかならぬ皇帝陛下の秘書官にだってなれるだろうよ。さっそく封を切って、何が書いてあるのか見てもらおうか。」

このなりたてほやほやの秘書は言われたとおりにし、書状にざっと目を通すと、これは内密の用向きだと言った。そこでサンチョが、執事と給仕長以外はその場をはずすようにと命じたので、医師とほかの者たちは広間から出ていった。そうしてから、秘書が書状を読みあげたが、それは次のようなものであった――

《ドン・サンチョ・パンサ殿、わたくしのもとに届いた情報によると、わたくしおよびバラタリア島にたいして敵意をいだく者どもが、日時は定かならねど、島に猛攻撃をしかけんとしているとのことなれば、不意をうたれることのなきよう、厳重な警戒体勢をととのえられたし。また、信頼すべきスパイの内報によって、わたくしが察知したところでは、一味は貴殿の才知を恐れるあまり、変装した四人の刺客を島に派遣し、貴殿の生命を狙《ねら》いおるとのこと。されば、陳情などをよそおって貴殿に近づく者あらば、御用心おさおさ怠ることなく、差し出されるものも、みだりに口にはされぬように。なお、万が一にも貴殿が窮地に陥られることあらば、当方も全力で御助力申しあげる所存なれど、まずは、貴殿の御才覚によりて、お取り計らいくだされたし。当地にて、八月十六日午前四時。

貴殿の友、公爵》

あまりのことにサンチョは呆気《あつけ》にとられ、その場にいあわせた者たちもひどく驚いたふりをした。サンチョは執事をかえりみると、こう言った――

「こうなったら、今すぐにもしなきゃならねえのは、医者のレシオを牢獄にたたきこむこった。だれかわしの命をねらう奴がいるとすりゃ、あの男にちがいねえからね。おまけに、飢え死にっちゅう、いちばんたちの悪いゆっくりとしたやり方で殺そうとしてやがるんだ。」

「しかしわたくしも」と、給仕長が言った、「閣下はこの食卓にあるものを、何もお召しあがりにならないほうがよろしいかと存じます。と申しますのは、これらはすべて尼僧によって献上されたものだからでございます。諺《ことわざ》にも、《十字架のうしろに悪魔がひそむ》などと申しますし。」

「そうかも知れねえ」と、サンチョが答えた。「そんなら差しあたって、わしにパンひと切れとぶどうを四房ばかりくれろ。まさかぶどうの実に毒の入ってるような気づかいはあるめえ。それに実際のところ、わしもこのまんま何も食わずにすますわけにもいかねえし、だいいち、敵の来襲に備えるとなりゃ、しっかり腹ごしらえをしておかにゃならん。腹がへっては戦《いくさ》はできぬって言うように、腹が勇気を支えるのであって、勇気が腹を支えるんじゃねえからね。ところで、秘書のあんた、さっそく御主人の公爵様に返事を書いて、手紙でお言い付けの件は、寸分たがわず、忠実に実行するつもりですと申しあげておくれな。それから、わしが公爵の奥方様の御手に口づけするちゅうことを申しあげ、さらに、わしの女房のテレサ・パンサのところへ使いの者をやって、わしの手紙と衣類の包みを届けるのをお忘れにならねえようにしていただきたい、そうしてくださりゃ、わしは恩に着て、わしの力の及ぶ限り御奉仕するつもりでおりますと書き添えるように。ついでに、わしの御主人のドン・キホーテ・デ・ラ・マンチャ様にも、わしが食わしていただいたパンの恩を忘れるような男じゃねえことを知ってもらうために、手への口づけを付けたしといてもらおうか。それから、あんたはいっぱしの秘書役で、立派なビスカヤ人なんだから、ほかにもこの手紙にぴったりだと思われるようなことがあれば、あんたの好きなように書き加えてかまわねえよ。そいじゃ、この食卓のものを片づけて、わしに食うものを持ってきてもらうとしようか。腹ごしらえさえできたら、スパイだろうと殺し屋だろうと魔法使いだろうと、わしの命をねらってこの島にやってくる奴を、うまくあしらってやらあね。」

そのとき小姓が入ってきて、こう告げた——

「ただいま一人の百姓がまいりまして、本人の言うところでは、きわめて重要な用件について閣下にお話ししたいと申しておりますが。」

「いまごろ重要な用件を持ちこむような奴がいるとは、おかしな話さね」と、サンチョが言った。「すると何かね、そういう連中は、今のこのような刻限が領主と重要なことを相談するのにふさわしい刻限かどうかも分からねえほどばか者だとでもいうのかね？　ひょっとして、わしら政治をする者、裁きをする者は、肉と骨をそなえた、一定の時間は休息し眠る必要のある人間じゃなくて、それこそ大理石でできた人間だとでも思ってるのかね、あの連中は？　わしは神とわしの良心にかけて、もしわしの統治が長続きするものなら、どうも、わしの見るところ、あまり持ちそうもねえけど、そういう心得違いの陳情者たちをこっぴどく懲《こ》らしめてやるつもりよ。まあ今日のところは仕方がねえから、その男に入るように言っとくれ。だが、まずそいつがスパイでもわしを狙う刺客でもねえことを確かめてくれろ。」

「それはだいじょうぶですよ、閣下」と、小姓が答えた、「みるからに単純そうな男で、わたくしの僻目《ひがめ》でなけりゃ、まるでパンみたいに善良な百姓ですから。」

「恐れることはありませんよ」と、執事が言った、「われわれが皆ここにいるんですから。」

「ところで給仕長どん」と、サンチョが言った、「もうここにゃ医者のペドロ・レシオはいねえんだから、わしに何か、パンの塊と玉葱《たまねぎ》でもかまわねえ、何かこう腹にたまる、精のつくものを食わせてもらえまいかね？」

「昼食の不足分は、今夜の夕食で補っていただくことにしましょう。その折にたらふく召しあがっていただければ、閣下も満足なさり埋め合わせがつくというものですよ。」

「神様がそうしてくれますように」と、サンチョがひきとった。

そのとき件《くだん》の百姓が入ってきたが、これはいかにも好もしい外見の男で、それこそ千レグア先からでも朴訥《ぼくとつ》にして善良であることが見てとれそうな人物であった。彼が最初に口にした言葉はこうであった――

「はばかりながら、領主様はどちらで？」

「どちらが領主だって？」と、秘書が答えた。「椅子に座っておいでの方に決まってるじゃないか。」

「それじゃ、領主様の御前にひれ伏してお願いします」と、百姓が言った。

こう言いながら、ひざまずくと、口づけせんとして相手の手を求めた。しかしサンチョはそれには応じることなく、立ちあがって用向きを言うようにと命じた。言われたとおりに立ちあがった百姓は、こんなことを言った――

「領主様、手前はシウダー・レアルから二レグアほどのところにあるミゲル・トゥーラという村の百姓でござります。」

「やれやれ、またティルテアフェラの手合いか！」と、サンチョが言った。「兄さん、言っとくがね、わしはそのミゲル・トゥーラって村をよく知ってるんだよ、なにしろわしの村からそれほど離れちゃいねえからね。ささ、話を続けなされ。」

「実を申しますと、領主様」と、百姓が続けた、「手前は神様の御慈悲により、聖なるローマ・カトリック教会のお許しと祝福をいただいて結婚しました。息子が二人おりますが、二人とも学生で、いま下のほうは得業士になるための、また上のほうは学士になるための勉強をしとります。手前は現在やもめ暮らしなんですが、それは女房に死なれたから、というよりはむしろ、ひどいやぶ医者に女房を殺されたからでございます。なにしろその医者ときたら、うちの女房が孕《はら》んでるというのに下剤をかけおったんですから。もし神様の思し召しで、あの腹の子が無事に生まれ、それが男の子だったら、手前はその子が得業士と学士の兄たちを妬《ねた》まねえですむように、博士になる勉強をさせてたでしょう。」

「とすると」と、サンチョが応じた、「もし、お前さんの上《かみ》さんが死ななかったとしたら、いや、殺されなかったとしたら、お前さんは今ごろ男やもめでいやしねえってわけだ。」

「そうですとも、領主様、男やもめなんかじゃ絶対ありませんよ」と、百姓が答えた。

「やれやれ、あきれた話よ！」と、サンチョが言った。「さあ兄さん、先を急いどくれ。本来なら、こんな話をするより昼寝の時間なんだから。」

「それじゃ話を続けますが」と、百姓が言った、「手前の倅《せがれ》の得業士になるほうが、同じ村の素封家《そほうか》の百姓、アンドレス・ペルレリーノの娘で、花も恥じらうクララ・ペルレリーナにぞっこんまいってしまったんです。ところでこのペルレリーノという苗字《みょうじ》は、別に先祖から受け継いだ何か由緒ある名前というわけではなく、この血筋の者がみな中風病《ペルラティコ》みだからという事情によるもので、名前をより感じのよいものにしようとしてペルレリーノと呼ぶようになったのでござります。もっとも、正直なところを言えば、この娘さんはまるで東洋の真珠《ペルラ》みたいな輝きを発し、その顔も右側から見ると、さながら野に咲く花のようですがね。だけど、左側はそれほどでもありません、そっち側の目が天然痘のせいで欠け落ちてるもんですから。その病気のせいで顔には大きなあばた《オーヨ》がたくさんありますけど、あの娘に惚《ほ》れた男どもは、あの穴《オーヨ》はあばたじゃねえ、あの娘を愛する男たちの魂を葬る墓穴だ、なんて言っとります。それにあの娘は大変なきれい好きで、顔を汚さねえようにと、その鼻を、世間でよく言うように、ふんぞり返らせているもんだから、どう見ても鼻が口から逃げ出そうとしてるとしか思えませんや。だけど、それでいてこの上なく別嬪《べっぴん》でしてね。なにしろ、ひどく大きな口をしてますけど、もしあれで十本か十二本かの歯が欠けていなかったとしたら、それこそ最も格好のいい口と比べてもひけをとるどころか、堂々と競うことができるでしょうよ。あの娘の唇につい ちゃ、何て言ったらいいのか。なにしろ、その薄さ、細さといったら、もし唇を桛《かせ》に巻きとることが許されるものなら、それでもって糸束が一つできるほどでしてね。おまけに、その唇の色が尋常一般とは異なっていて、青や緑や茄子《なすび》色などの斑《まだら》ときてますから、面妖《めんよう》というか何というか、それは素晴らしいものでございますよ。領主様、あの娘の顔かたちをこんなに細々と描《えが》いてしまいましたが、どうかお赦《ゆる》しくださいまし。あれはいずれ、結局のところ手前のところの嫁になる娘なものですから、やっぱり気に入ってますし、また見目《みめ》の悪い女子《おなご》だとは思っちゃいねえものですから。」

「なんなりと好きなように描きなされ」と、サンチョが言った、「わしはあんたの描く絵を楽しんでるんだから。実際、これでわしが食事をしていたら、あんたの肖像画より旨《うま》いデザートはなかろうよ。」

「いや、まだ旨いデザートはさしあげておりません」と、百姓がひきとった。「だけど、これから御賞味いただけるはずですよ。そこで申しあげますが、領主様、もしあの娘の背の高さと、その優雅さをありのままに描くことができますれば、それはそれは見ものでございますよ。ところが、そういうわけにはいかねえんです。なぜかっていうと、あれがひどい猫背で、いつでも縮《ちぢ》こまり、口が膝《ひざ》のあたりに届いてるってふうだからですよ。それでも、あの娘がちゃんと背を伸ばすことができさえすれば、頭が天井に届くぐらいのことは、すぐに見てとれまさあ。本来ならあの娘は、もうとっくに手前の息子の得業士に婚約の手を差し伸べててもよかったんですが、なにしろ手が萎《な》えてるもんだから、それがなかなかままなりませんでね。とはいえ、その指の長いうね状になった爪《つめ》を見れば、あの娘のやさしさと育ちのよさが読みとれますよ。」

「なるほど、大きにそうだろうて」と、サンチョが言った。「ところで兄さん、あんたはその娘さんの頭のてっぺんから足の先まで描いてくれたけど、本当はいったい何が言いたいんだね？　そんな回り道をしたり路地に入りこんだり、細々したことを貼《は》ったり付けたりせずに、さっさと要点を言いなされ。」

「実は、その、領主様」と、百姓が言った、「この縁組がうまくいくように、閣下から娘の親御に宛てた、推薦状のようなものを一筆したためていただきたいんです。だって相手方もこっちも、財産といい両人の出来といい、それほど不釣合いじゃありませんから。というのも、領主様、正直なところを申しますと、うちの倅は悪魔にとり憑《つ》かれとりましてね、日に三回か四回は必ず悪霊に苦しめられるんですよ。で、ある時なんか、火のなかに転げ落ちましてね、そのため顔はまるで羊皮紙みたいに皺《しわ》だらけで、おまけに両の目は涙ぐんでるみたいに、いつでもじくじくしてるんです。それでも性質はまるで天使のようで、あれでわれとわが身を棒や拳骨《げんこつ》で打ちのめすことさえしなかったら、それこそ聖人にだってなれるでしょうよ。」

「そのほかにも頼みたいことがあるのかね、兄さん？」と、サンチョがひきとった。

「もうひとつありますけど」と、百姓が言った、「これがなかなか言い出しにくくて。だが、それをこのまま胸のなかで腐らせてしまうわけにもいくまい、ままよ、どうなろうとかまうもんか。閣下、思い切って申しあげますが、どうかひとつ、うちの得業士の結婚資金の足し前として、三百ドゥカードか六百ドゥカード恵んでもらえませんでしょうかね。つまり、あいつに新居を持たせてやるための資金ってことでして。なんといっても、新婚の夫婦は、わずらわしい舅《しゅうと》や姑《しゅうとめ》から離れて、二人だけで生活を始めるのが一番ですからね。」

「ほかにも何かあるかね」と、サンチョが言った、「あったら、恥かしいとか気がひけるとかいわずにみんなぶちまけな。」

「いや、もうなんにもありません」と、百姓が答えた。

この返事を聞くやいなや、領主はすっくと立ちあがると、腰をおろしていた椅子をつかんで、どなった——

「やい、この育ちの悪い、田舎者の下司野郎《げす》め、とっととわしの目の届かねえところへ消え失せろ！　さもねえと、わしは神に誓って、この椅子で貴様の頭を叩き割ってやるぞ！　ここなろくでなし、淫売《いんばい》の子、悪魔の自画像描《か》き、こんな刻限に六百ドゥカードの無心にきたってわけか？　このわしのどこにそんな大金があるというのだ、胸くその悪い恥知らずめ？　よしんばあったにしても、それを貴様にくれてやる義理がどこにあるというのだ、ここな腹黒の薄のろめ？　ミゲル・トゥーラの村や、ペルレリーノの家系が、いったい全体わしに何の関係があるというのだ？　さあ、わしの前からすぐに消え失せろと言ってるんだ。さもなきゃ、わしの御主人の公爵の命にかけて、さっき言ったことを実行するまでよ。おそらく貴様はミゲル・トゥーラの者じゃなく、わしをたぶらかすためにここにやってきた、陰険な地獄の使者にちげえねえ。さあ、言ってみろ、ここな人でなし、わしが島の統治を始めて一日半もたってねえ*っていうのに、もうわしが六百ドゥカードの金を持ってるとでも思うのか？」

そのとき、給仕長が百姓に広間から立ち去るようにと合図をしたので、百姓は頭を垂れ、領主が今にも怒りを爆発させるのではないかと、いかにもおびえているようなふりをしながら退出していった。このように、このしたたかな男は、自分の役回りを、かくも巧みに演じてみせたのである。

しかし、われわれは立腹のサンチョをそのままに、彼の島に平和あれかしと祈りつつ、ふたたびドン・キホーテのもとに戻ることにしよう。われわれは騎士を、猫の掻《か》き傷《きず》の手当てを受けて顔に繃帯《ほうたい》を巻いた状態にしておいたが、実はその傷が治るのに、まるまる一週間かかったのである。そして、そんなある日、ドン・キホーテにまたしても事件がもちあがった。シデ・ハメーテが、いかに些細《ささい》なことであれ、この物語にまつわる事柄を語る際のモットーとしている、きちょうめんな正確さをもって次に述べようと約束している事件である。

第四十八章

ドン・キホーテと公爵夫人お付きの老女ドニャ・ロドリーゲスとのあいだにもちあがったこと、および、書き記し、永遠の記憶にとどめるに値するそのほかの出来事について

ひどく傷ついて顔に繃帯《ほうたい》を巻いたドン・キホーテは、遍歴の騎士道につきものの苦難の刻印を、神の手ならぬ猫の爪《つめ》によって押された格好になり、すっかりふさぎこんでいた。こうして六日のあいだ人前に出ることなく過したが、そんなある夜のこと、彼がこのたびの災難やアルティシドーラの執拗《しつよう》な求愛などに想いをはせ、悶々《もんもん》として、目をあけたまま、まんじりともせずにいたとき、誰かが部屋の扉を鍵《かぎ》であけようとしているのに気づいた。とたんに彼は、自分に狂おしい想いを寄せるあの乙女が、自分の貞節をおびやかし、自分が思い姫ドゥルシネーア・デル・トボーソに対してのみ守るべき操《みさお》を危機におとしいれようとしてやってきたものと、想像をたくましくした。

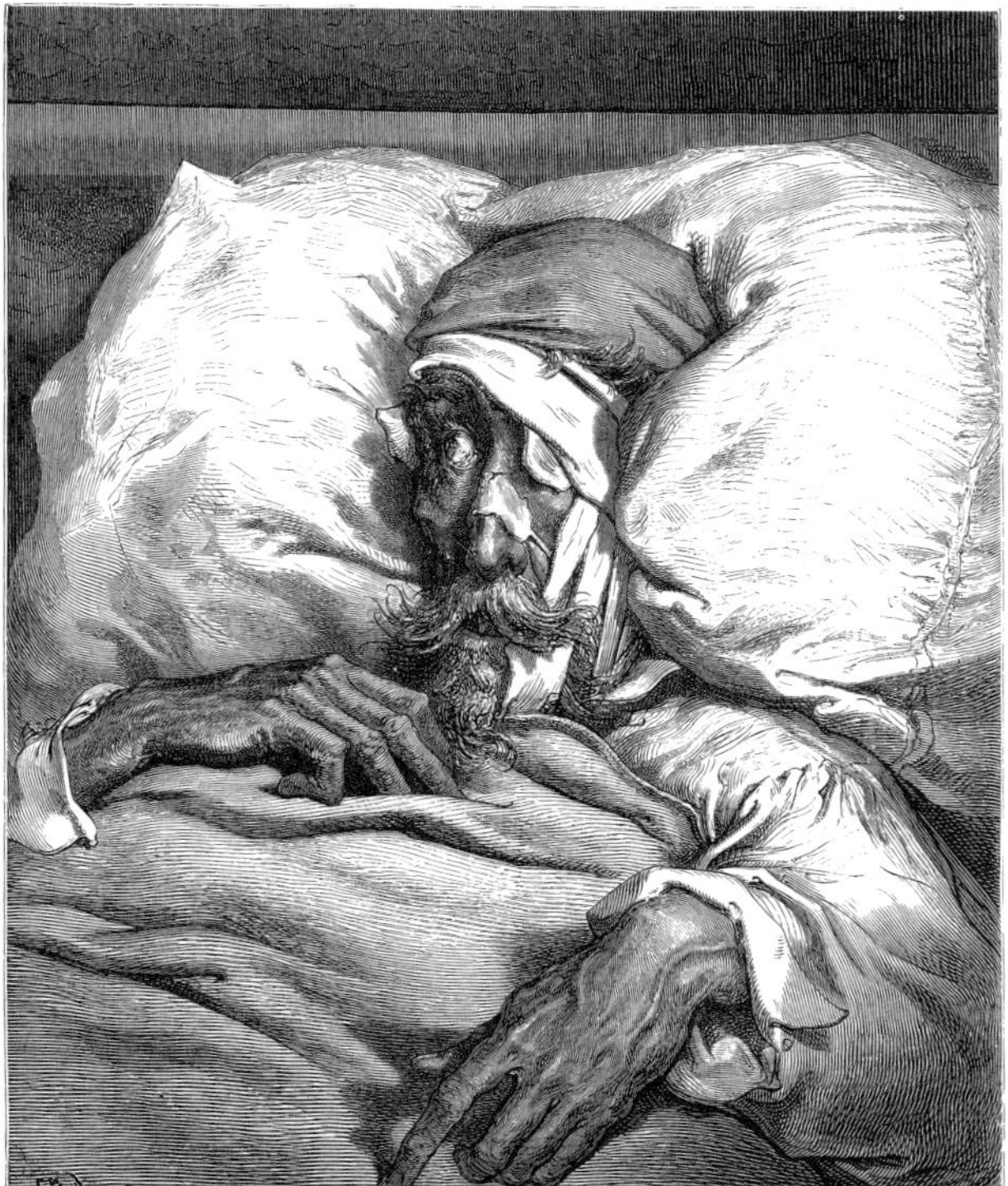

ひどく傷ついて顔に繃帯を巻いたドン・キホーテは……

「いや、ならぬ」と、みずからの空想を真実と思いこんだ彼は、はっきり聞きとれるような声に出して言った、「この地上で最も美しい女性が現われようとも、拙者がこの心のまん中に、また、この内臓の奥底に焼きつけ、刻みつけておるあの方を崇拝する気持を弱めることなどあってはならぬのじゃ。おお、わが姫よ、たとえそなたが玉葱《たまねぎ》食らいの百姓娘の姿に変えられていようと、あるいは、黄金に輝くタホ川の妖精となり、金糸と絹からなる布を織っていようと、はたまた、メルリンなりモンテシーノスなりが、彼らの好き勝手なところにそなたを引きとめておこうと、そなたに対する拙者の気持は微動だにするものではござらぬ。どこにいようとそなたは拙者のものであり、拙者はいずこにあろうと、そなたのものだからでござる。」

ドン・キホーテがこう言い終るのと、扉が開いたのが同時であった。彼はとっさに、黄色い繻子《しゅす》のベッドカバーで体を上から下まですっぽり包むと、そのままベッドの上に立ちあがった。頭にはナイトキャップをかぶり、顔と髭《ひげ》には(顔は引っかき傷ゆえであり、髭はだらりと垂れさがらないようにするために)繃帯を巻きつけたその姿は、およそ想像しうる限りもっとも異様な妖怪そのものであった。

扉に目を釘づけにした彼は、そこから恋にやつれた傷心のアルティシドーラが入ってくるのを待ちかまえたが、実際に目にしたのは、案に反して、ひどくもったいぶった様子の老女が、縁取りのある白くて長いベール、それこそ頭から足もとまでをまるでマントのように覆っている長いベールをかぶった姿であった。老女は左手に灯《とも》した短い蠟燭《ろうそく》を持ち、光が目にあたらないようにするため、右手をそのうえにかざしており、彼女の目もまた大きな眼鏡によっておおわれていた。老女は足音を忍ばせ、しずしずと入ってきたのである。

ベッドの上の高処《たかみ》から見おろしていたドン・キホーテは、相手の風体を目のあたりにし、その無言の行に気づくと、これはどうやら、どこぞやの魔女か妖婆があんな格好をして、自分に何か悪さをしにやってきたに違いないと思い、あわてて十字を切りはじめた。白いベールの幽霊はゆっくりと進んで、部屋の中ほどまでやってくると、ふと目をあげて、ドン・キホーテが懸命に十字を切っている様子を認めた。ドン・キホーテが老女の姿を見て恐慌にとらわれたとするなら、老女のほうも騎士の姿を目のあたりにして負けずに仰天した。すなわち、顔じゅうに繃帯をまきつけ、黄色のベッドカバーにくるまった、ひどくひょろ長い、異様な姿をベッドの上に見上げたとき、彼女は驚愕《きょうがく》のあまり、大きな声をあげたのである――

「あれっ、怖い！　これはいったい何なの？」

そして、驚きあわてた拍子に、老女は手にしていた蠟燭を取り落した。あたりが闇につつまれると、彼女は背を向けて逃げ出そうとしたが、あわてるあまり、長いスカートに足をとられて、どすんと倒れてしまった。

ドン・キホーテも恐怖にとらわれて、こんなことを言いだした――

「おい、そなた、幽霊だか何だか知らぬが、頼むから拙者に言ってくれ、一体そなたは何者で、拙者に何の用があってまいったのじゃ？　もしそなたが煉獄《れんごく》で苦しんでいる霊魂なら、そう言うがよい。そうすれば、拙者はそなたのために、力の及ぶ限り尽くそうではないか。と申すのも、拙者はカトリックのキリスト教徒で、万人に善を施すことを欲し、そのためにこそ、現在信奉している遍歴の騎士道に入ったのだからじゃ。なにしろ遍歴の騎士道の実践は、煉獄の霊魂に善をなすことにまで及んでおるのでな。」

このように幽霊よばわりされてすっかり当惑した老女は、みずからが抱いた恐怖からドン・キホーテのそれを推しはかりながら、哀れっぽい小さな声で答えた――

「ドン・キホーテ様、と申しましても、目の前のあなた様がドン・キホーテ様だとしての話ですが、わたくしは、どうやらあなた様が想像なさっているらしい幽霊や妖怪でもなければ、煉獄の霊魂でもございません。それどころか、御主人たる公爵夫人お付きの侍女、ドニャ・ロドリーゲスでございまして、あなた様がつねづねその救済を標榜《ひょうぼう》していらっしゃるような悩みごとのひとつを抱えて、ここへまいったのでございます。」

「あれっ，怖い！　これはいったい何なの？」

「どうか教えてくだされ、ドニャ・ロドリーゲス殿」と、ドン・キホーテがひきとった、「よもやそなたは、何か恋の取りもちをしようというのではござるまいな？　はっきり申しあげておくが、拙者は比類なき美女のわがドゥルシネーア・デル・トボーソに囚《とら》われの身ゆえ、この点ではどなたのお役にも立つことができませんのじゃ。要するに、ドニャ・ロドリーゲス殿、もしそなたが恋の言伝《ことづ》てなどにはいっさい関わらず、そんなものは放擲《ほうてき》しておしまいになるということなら、もう一度蠟燭に火をつけて、ここに戻ってこられるがよい。そうして、何なりとお望みのこと、この際必要なことについて、じっくり話し合おうではござらぬか。ただし、さっきも申したとおり、色恋にまつわるほのめかしだけはお断りしますぞ。」

「わたくしが誰かのつかいをする、ですって？」と、老女が応じた。「あなた様はわたくしのことを、よくご存じないんですよ。ええ、そうですとも、わたくしはまだそんな子供っぽい役回りを引き受けるほど年老いちゃいません。だって、神様のおかげで、わたくしの肉体《からだ》はまだ潑剌《はつらつ》としておりますし、歯だって前歯も奥歯も、このアラゴンの地方でよく流行《はや》る風邪のせいで二、三本抜け落ちてしまった以外は、口のなかにちゃんと残っていますからね。それはそうと、しばらくお待ちください、蠟燭に火をつけてすぐに戻ってまいりますから。そのうえで、世界のありとあらゆる苦難の解消者としてのあなた様に、わたくしの苦悩を聞いていただきますわ。」

これだけ言うと、老女は相手の返事を待つこともなく部屋から出ていった。あとに残されたドン・キホーテは、静かに、愁いに沈んで彼女を待っていたが、そのとき不意に、この新たな冒険にまつわる千々《ちぢ》の想いが彼を襲った。そして、自分の思い姫に立てた誓いを破りかねない危険に身を置くこと自体が、よくない行為であり大変な心得違いでもあると考えるにいたった彼は、次のように独りごちた――

「狡猾《こうかつ》にして変幻自在な悪魔の奴が、これまで皇后や王妃、あるいは公爵夫人や侯爵夫人や伯爵夫人をもってしてはかなわなかったことを、今度は老女を使って企て、わしを欺こうとしていないと、どうして言えようか？　しかもわしは、これまで何度も多くの賢人が、悪魔は手持ちに醜女《しこめ》があれば、美女より先にそちらを寄こす、と言うのを聞いたことがある。とすると、あたりに人のいないこの静けさと孤閨《こけい》の寂しさがあいまって、わしの裡《うち》に眠っている欲望を呼び覚まし、わが生涯の晩年に至って、これまで一度もつまずいたことのないところへ、わしをおとしいれようとしているのではなかろうか？　このような場合には、戦いを待つより逃げ出すほうが賢明だ。だが、わしとしたことが何とばかげたことを想いわずらい、口にしておるのだろう、正気の沙汰とは思えんわい。だって、白いベールを長く垂らして眼鏡をかけた老女ふぜいが、この世で最も冷酷な心にみだらな想いをかきたて、その気にさせるなどということはありえぬのだから。もしかして、地上に柔肌《やわはだ》の老女がいるとでもいうのか？　もしかして、地球上にぶしつけでもなければしかめ面でもない、しかも、とりすましていないような老女が存在するとでもいうのか？　さあ、人間の喜びとは無縁の老女どもよ、消え失せろ！　おお、それにしても応接間の片隅に、きちんと眼鏡をかけ、針山を手にして、裁縫をしている姿形の老女の人形を二つ置いていたといわれる、あの貴婦人のやり方はなんと賢明であったことか！　それらの人形が婦人の部屋の威厳を保つのに、本物の老女と同じほど役立ったというのだから！」

ドン・キホーテはこれだけ独りごとを言うと、部屋の扉を閉めて、ドニャ・ロドリーゲスをなかに入れまいというつもりで、ベッドから跳びおりた。しかし間の悪いことに、扉を閉めようと近づいたとき、ちょうど蠟燭に火をともした老女ロドリーゲスが戻ってきたのである。黄色のベッドカバーに身を包み、顔に繃帯を巻き、ナイトキャップとしての耳かくしの付いた縁なし帽をかぶったドン・キホーテを、最前よりも間近に見た老女は、ぎくっとしてあらためて驚き、二、三歩あとずさりしながら、こう言った――

「わたくし、大丈夫なんでしょうか、騎士様？　ベッドから起き出したりなさるなんて、決して慎み深いしるしとは思えませんけど。」

「それはむしろ、拙者のほうからお訊きしたいことでござる」と、ドン・キホーテが答えた。「つまり、拙者が襲われたり、手ごめにされたりする恐れはなく、安全かどうかお尋ねしたいのじゃ。」

「その安全の保証を誰から、いや誰にお求めになろうというんですか、騎士様」と、老女が訊いた。

「そなたの保証をそなたに求めておるのじゃ」と、ドン・キホーテが言った。「と申すのも、拙者が大理石の人間ではないように、そなたも青銅づくりではござるまい。おまけに時刻は朝の十時どころか真夜中、それも、拙者の想像するところでは真夜中を少々過ぎておる。かてて加えて、かの大胆不敵にして不埒《ふらち》なアエネアスが、美しくて心優しき女王ディドを意のままにした洞穴*もかくやと思しき、いやそれよりもなおひっそりとした、閉め切った部屋のなかではござらぬか。だが老女殿、そのお手をくだされば結構でござる。拙者はみずからの自制心と慎み、それにそなたの頭の厳《おごそ》かな被りものがもたらす以上の保証を求めはしませんから。」

こう言いながら、ドン・キホーテはまず自分の右手に口づけしてから、相手の手をとったが、老女のほうも同じ作法*に従って、自分の手に口づけしてから、それを差し出したのである。

ところで、作者のシデ・ハメーテはここに間《あい》の手《て》を入れ、このように二人が手と手をとりあって戸口からベッドまで行く光景を見るためであれば、マホメットに誓って、自分の所有する二着のマントのうち、上等のほうを喜んでさしだそうと述べている。

かくしてドン・キホーテはベッドに入り、ドニャ・ロドリーゲスはベッドから少し離れた椅子に腰をおろしたが、老女は相変らず眼鏡はかけたまま、蠟燭も手にしたままであった。ドン・キホーテはうずくまるようにして、全身をシーツにくるんでいたものだから、出ているのは顔の繃帯からのぞいている部分だけであった。こうして二人が落ち着くと、その場の沈黙を最初に破ったのはドン・キホーテのほうで、彼はこう言った――

「さて、親愛なるドニャ・ロドリーゲス殿、今こそそなたは、その悩める心のなかに、そして悲痛なる腹のなかに閉じこめておかれた一切合切を、心おきなく解き放ち、ぶちまけなされよ。拙者が汚れなき耳によって聞きとめ、情愛のこもった行為で助けてさしあげようから。」

「わたくしもそれを信じております」と、老女がひきとった、「なにしろあなた様の立派で魅力的な外見からは、そうしたキリスト教徒にふさわしい御返事しか想像できませんもの。それではお聞きください、ドン・キホーテ様、こういう次第でございます。今あなた様は、アラゴン王国のまん中でこの椅子に座っている、侘《わび》しくも惨めな老女姿のわたくしをごらんになっておいでですが、実はわたくし、アストゥリアス地方はオビエドの生まれで、しかも、かの地の名門の多くと血縁関係にある家柄の出でございます。ところが、わたくしの運のつたないことに、先見の明のない両親のせいで、いつの間にやら、その理由もはっきりしないまま家が零落《れいらく》してしまったものですから、そのためわたくしは都のマドリードに連れてこられました。そして、そこで両親はより大きな不幸を避けるために、また安定した生活のためにと、わたくしを針子として、さる貴族の婦人のもとへ奉公に出しました。ここであなた様にぜひとも御承知おきいただきたいのは、縁かがりやレース編みにかけては、わたくしの右に出る者など、これまで一人もいなかったということです。

さて、わたくしの両親はわたくしを奉公に出すと郷里に帰りましたが、その数年後に亡くなりました。二人ともそれはそれは気立てのよい、カトリックのキリスト教徒でしたから、間違いなく天国へ行ったことでしょう。かくしてわたくしは孤児となり、雀《すずめ》の涙ほどのお給金と、そうした貴族のお邸で召使たちに与えられるわずかばかりの施し物にすがって生きることになりました。そうこうするうちに、別にこちらからその機会をつくったわけではありませんが、同じ邸のある従士がわたくしに懸想するようになりました。かなり年輩で、長い髭《ひげ》をはやした、なかなか恰幅《かっぷく》のいい方で、それよりも何よりも、王様に劣らぬほどの血筋を誇るお家柄でした。なにしろモンターニャ*の出身だったからでございます。わたくしたちはこの恋をことさら秘密にしたりはしませんでしたので、ほどなくして奥方様の知るところとなりました。すると奥方様は何かとうるさい噂が立つのを回避しようとして、母なるローマ・カトリック教会のお許しと祝福のもとに、わたくしどもをさっさと結婚させてくださいました。そしてこの結婚から女の子が生まれたのですが、これがわたくしの幸運に、まあ、いくらかでも幸運に恵まれていたとすればの話ですが、とどめを刺すことになりました。とはいえ、わたくしがお産で死んだというわけではございません、お産は月満ちて順調に運んだからでございます。そうではなくて、その少し後に、わたくしの夫がある衝撃がもとで死去したのでございます。もしここで、そのときの様子をお話しする時間があれば、あなた様もきっと驚嘆なさることでしょうよ。」

ここまで来ると老女はさめざめと泣き出し、しばらく中断してからまた続けた——

「どうぞお赦《ゆる》しくださいませ、ドン・キホーテ様、あの不運な夫のことを想い出しますと必ずこの目に涙があふれ出て、どうにも抑えようがないものですから。ああ、それにしてもあの人は、まるで黒玉のような艶々《つやつや》した黒い騾馬《らば》にまたがり、その馬尻にわたくしどもの奥方様をお乗せして、なんて威風堂々と進んでいったことでしょう！　ええ、その時分はまだ、今日、世間で用いられている馬車や輿《こし》などは使われてはおりませんで、貴婦人方は従士の馬のお尻に乗って出かけたものでございます。わたくしの善良な夫の育ちのよさと律儀さを知っていただくために、少なくともこの点だけは申しておかねばなりません。さて夫の騾馬がマドリードの、いささか狭いサンティアーゴ通りに入ろうとしたとき、都の司法官が二人の警吏を先に立てて通りから出てくるのに出くわしました。人の善い従士の夫は、司法官の姿を見るなり、騾馬の手綱を返し、相手に敬意を表して道を譲るそぶりを見せました。すると馬の尻に乗っておいでの奥方様が、夫に小声でこうおっしゃったのです――「なにをしているの、おばかさん？　ここにいるのが、あたしだってことが分からないの？」一方、礼儀正しいお人だった司法官も、手綱を引いて自分の馬をとめ、夫に向かってこうおおせになりました――「さあ、先にお進みくだされ。わたしのほうこそドニャ・カシルダに道を譲るべきなのですから。」実は、これがわたくしの奥方様の名前でございました。

それでもなお、わたくしの夫は帽子を手に持ったまま、司法官に道を譲ろうとして、自分のほうからは動きません。これをごらんになった奥方様は立腹なされ、激怒のあまり手箱から大きなピンだか千枚通しだかを取り出したかと思うと、それで夫の腰のあたりをひと突きしたものだからたまりません、夫は大きな声をあげて苦しげに体をよじると、奥方様もろとも地面に落ちてしまったのでございます。直ちに、二人の従僕が駆け寄って奥方様を助け起こし、司法官と二人の警吏もそれにならいました。グワダラハーラ門界隈《かいわい》は大騒ぎになりました、いえ、わたくしの言いたいのは、そのあたりにたむろしていた暇な人たちが騒ぎ出した、という意味でございますがね。結局奥方様は歩いてお帰りになり、わたくしの夫は、腹を刺し貫かれたと叫びながら、床屋に駆けこんで、応急の手当てを受けました。こうして、わたくしの夫の礼儀正しさは大変な評判となり、人びとの口の端《は》にかかったすえに、往来では子供たちが彼のあとを追いかけるほどになりました。この一件と、それにまた、夫がいささか近眼だったこともあって、奥方様は彼に暇をお出しになりました。そして疑いもなく、それによる心痛がもとで夫に死が訪れたものと、わたくしは確信しております。

わたくしは寄るべのない寡婦になり、おまけに幼い娘を抱えていましたが、この娘は日に日に海の泡のように美しく育っていきました。さて、そうこうするうちに、奥方様がわたくしどもの現在の御主人たる公爵様と結婚なさってアラゴン王国へお移りになることになり、腕の立つ針子という評判をとっていたわたくしを、もちろんわたくしの娘といっしょに、侍女としてお連れくださいました。そして、この地にやってきて、日々が過ぎ去り、年月を経るうちに、わたくしの娘は成長し、この世の女に必要な魅力をすべて身につけていったのでございます。つまりあの子は、雲雀《ひばり》のように歌い、人の思念のように軽やかに舞い、自堕落な女のように踊り、学校の先生のように読み書きができ、さらに守銭奴のように計算することができるのです。あの子の清潔なことといったら、どう表現したらいいでしょうか。なにしろ渓流の水でさえ及ばないほどですもの。もし、わたくしの思い違いでなければ、あの子はたしかいま十六歳と五か月と三日、まあ誤差があったとしてもせいぜい一日か二日くらいのものですわ。

さて話をはしょって要点に移りますと、公爵様の御領内の、ここからほど遠からぬある村に住む大金持のお百姓の御子息が、わたくしの娘に想いをかけたのでございます。まったくの話、どういう経緯《いきさつ》があったのか存じませんが、いつの間にやら二人は仲よくなり、結婚するという約束のもとに結ばれてしまいました。ところが男のほうは約束を守ろうとはしません。つまり、うちの娘はもてあそばれたのでございます。御主人の公爵もとっくにこのことをご存じです。わたくしが一再ならず何度も訴え、そのお百姓の御子息がわたくしの娘と結婚するようにお命じくださいとお願いしたものですから。でも、公爵は馬耳東風と受け流し、ほとんど聞こうともなさいませんが、その理由ははっきりしております。実を申しますと、その色事師の父親がたいそうな富豪で、公爵にお金を用立てているばかりか、頻繁に借金の保証人にまでなっているものですから、公爵としてもお百姓の機嫌を損じたり、不興をかったりすることはなんとしても避けたいというお気持なのでございます。

そこで騎士様、わたくしはあなた様に、弁舌を用いて説得するなり、あるいは武力に訴えるなりして、この恥辱をそそぐという大役をお引き受けいただきとう存じます。と申しますのも、世間でのもっぱらの噂によれば、あなた様は恥辱をそそぎ、不正を正し、みじめな者たちを庇護《ひご》するために、この世にお生まれになったということですから。どうぞこのたびは大義名分として、わたくしの娘が孤児で、若くて美しい乙女であり、さらに先ほど申しあげたような完璧な資質をそなえているということに目をおとめくださいませ。神とわたくしの良心にかけて、わたくしの奥方様に仕えている大勢の乙女のなかで、あの子の靴の底にさえ届くような者はひとりもおりません。例えば、この城内でいちばん溌剌《はつらつ》として器量よしだと思われているアルティシドーラという娘にしたところで、うちの子に比べたら二レグアばかり及びませんもの。なぜかと申せば、騎士様にもぜひお認めいただきたいのですが、光り輝くもの必ずしも金にあらず、でございますからね。つまり、あのアルティシドーラというのは、美しいというよりは目立ちたがり、控え目というよりは自由奔放なんですよ。おまけにあの娘は、あれであんまり健やかというわけではないんです。実際、あの娘の息はどこか不快な臭いがするものですから、ほんの少しの時間でもあれのそばにいることなど、とても耐えられませんわ。それに奥方様の公爵夫人だって……おっと、余分なこと言っちゃいけないわ、下世話にも壁に耳ありって申しますもの。」

「拙者のお仕えする公爵夫人がどうなされたと言われるのじゃ、ドニャ・ロドリーゲス殿？」と、ドン・キホーテが言った、「拙者の命にかけて知りたいものでござる。」

「お命をかけてのお尋ねには」と、老女が応じた、「正直に本当のところをお答えしないわけにはまいりませんね。ほらドン・キホーテ様も、公爵の奥方様の美しさにはお気づきでしょう？　あのお顔の、まるで磨きあげられた滑らかな剣か何かのような肌、乳と薔薇《ばら》からなる両の頰《ほお》、というのも、片方には太陽が輝き、もう一方には月が光を放っているようですもの、そして、地面を踏むというよりは蹴《け》とばしているかのような、あの颯爽《さっそう》とした足取り、これらはいずれも、あの方のいらっしゃるところに健康そのものをまき散らしているとしか思えませんわね。そこで申しあげますが、あれはまず第一に神様の思し召しのおかげであり、次いで、奥方様が左右の脚にそれぞれお持ちの二つの流出口のおかげなんです。つまり、その口から悪い体液を排出なさっているというわけで、お医者の話によると、奥方様の体内にはそうした悪液がいっぱいたまっているそうなんです。」

「サンタ・マリーア！」と、ドン・キホーテが驚きの叫び声をあげた。「それにしても、あろうことか、わが公爵の奥方様が、そのような排水口をお持ちだなどとは？　拙者は、よしんば跣足《はだし》の修道士たちに言われても、そんなことを信ずるつもりはありませんぞ。しかし、ほかならぬ、ドニャ・ロドリーゲス殿のお言葉とあらば、そのとおりに違いあるまい。もっとも公爵夫人のお体のそうした部分にある排水口であってみれば、そこから流れ出るのは悪い体液というよりはむしろ液体の琥珀《こはく》でござろうて。それにしても拙者は、今にしてはじめて、そのような体液の排出口をつくることが健康にとって重要であることを認識するに至りましたわい。」

ドン・キホーテがこう言い終るやいなや、けたたましい音とともに、突然、部屋の扉があけられた。そして、そのあまりの激しさに驚いたドニャ・ロドリーゲスの手から蠟燭が落ちてしまったため、部屋のなかは、よく世間で用いられる表現を使えば、狼《おおかみ》の口のように真っ暗になった。哀れな老女は、不意に自分の喉《のど》もとが二つの手で絞められるのを感じた。その力があまりにも強かったので、息をすることさえままならなかったが、今度は、別の人間が何も言わずにすばやく老女のスカートをまくりあげ、どうやらスリッパらしきものを手にすると、それでもって彼女をしたたかに打ちつけはじめたのである。それは誰の心にも同情をかきたてる光景であった。もちろんドン・キホーテも老女に同情していたが、彼はベッドのなかで身動きひとつしようとしなかった。目の前でいったい何が起こっているのかまったく分からなかった彼は、おし黙ったまま、じっとしており、内心では、その打擲《ちょうちゃく》の嵐が自分にまで向けられるのではないかと、びくびくしていたのである。

そして、これが杞憂《きゆう》に終ることはなかった。というのも、無言の刑の執行人たちは、老女をさんざん打ちすえてしまうと(彼女はあえて叫び声をあげようとさえしなかった)、今度はドン・キホーテに襲いかかり、彼からシーツとベッドカバーをはぎとって、彼の体をところきらわず、続けざまに強くつねったものだから、気の毒な騎士は拳固《げんこ》をふりまわして、これ防戦に努め、身を守らねばならなかった。しかも、それがすべて驚嘆すべき沈黙のうちに展開されたのである。この戦いはほとんど半時間も続いた。やがて得体の知れぬ幽霊たちは退散し、ドニャ・ロドリーゲスはスカートの乱れを直すと、おのれの不幸を嘆きながら、ドン・キホーテにはひとことの挨拶もなく戸口から出ていった。体じゅうをつねられ、痛い目にあわされたドン・キホーテは、ひとりになると呆然《ぼうぜん》として物思いに沈み、自分をこういう羽目におとしいれた魔法使いがいったい何者だったのかを、しきりに知りたがっていたが、このことは、いずれしかるべきときに明らかにされるであろう。しかし、われわれはここで、しばらくドン・キホーテから離れることにしよう、サンチョ・パンサがわれわれを呼んでいるし、物語の調和のとれた秩序がそのことを要求しているからである。

第四十九章

島を巡視しているさなかに、サンチョ・パンサに起こったことについて

われわれは、自分の息子の恋人をだしに使って金の無心をした不埒《ふらち》な百姓に腹を立て、憮然《ぶぜん》としていた偉大な領主をそのままにしておいたが、実を言えば、あの百姓は執事に、また執事は執事で公爵に言い含められて、サンチョを愚弄《ぐろう》したのであった。しかしながらサンチョは、なるほど愚かで、がさつで、太っちょではあったが、他人《ひと》の言いなりになるような男ではなかったので、自分といっしょにいた者たちと医師のペドロ・レシオ(これは公爵の密書による人払いが終って、広間に戻ってきていたのだ)に向かって、こう言った——

「わしは今になって、領主や判事ってものは青銅《からかね》づくりの人間でなきゃならねえし、またその必要があるってことが、真実よく分かったよ。なにしろ、いつなんどきでも、

どんな折にでも平気でやってきちゃ、用件を聞いてすぐに片づけてくれろ、それがどのようなものであれ、自分の願いだけを取りあげてくれろとせっついてくる陳情者たちの厚かましさに、平然と耐えなきゃならねえんだからね。それでもし、御苦労な判事さんが、一件がどうにも自分の手に負えねえものだとか、刻限が訴えを聞くような刻限じゃねえということで、奴らの言い分を聞かなかったり、その問題を片づけてやらなかったりしてごろうじろ、たちまち悪口を言われて中傷され、骨までかじられ、あげくのはては家系にまでけちをつけられるのが関の山だからね。

お前ら、愚かで気の利かねえ陳情者め、そんなにあわてるんじゃねえよ。用件を持ちこむにゃ、それ相応の潮時ってものがあるんだ。飯時《めしどき》や眠る時間に来るもんじゃねえ。判事だって肉と骨からなる生身の人間よ、体が自然に要求するものは、ちゃんと満たしてやらなきゃならねえんだ。もっとも、わしだけは別で、わしは食欲という自然の要求をまだ満たしちゃいねえがね。それもこれもすべて、ここにおいでのペドロ・レシオ・ティルテアフエラ先生のおかげで、この先生はわしを飢え死にさせようとしながら、それでいて腹がへって死にかかってるのがいい生き方だと言い張りなさる。そんならわしは、先生みずから仲間の連中ともども、そういういい生き方をするように神様にお願いしたいね。わしの言いたいのは悪徳のやぶ医者連中のことで、そりゃ立派なお医者様にゃ月桂樹の栄冠がお似合いだけどさ。」

サンチョ・パンサの人となりを知っていた者たちはみな、彼の見事な話しっぷりに驚嘆し、これはおそらく、重要な地位というものが、その責務をになう人間の分別を鈍麻させることもあれば、鋭敏にすることもあるという例の後者にあたるのだろうと思わざるを得なかったのである。結局、侍医のペドロ・レシオ・アグエロ・デ・ティルテアフエラはサンチョに、ヒポクラテスのあらゆる格言から逸脱することになるが、その夜は夕食をちゃんと差しあげましょうと約束した。これを聞いて領主は大いに喜び、夜の到来を、つまり食事の時刻をじりじりしながら待った。そうした彼にとっては、時間はまるで立ちどまったまま、一か所から動いていないかのように思われたものだが、それでも彼が心から待ち望んでいた時刻が、とうとうやってきたのである。そして夕食として、挽《ひ》き肉《にく》の玉葱《たまねぎ》あえと、いささか古くなった仔牛の脚の煮込みが出され、サンチョはそれを、例えば、ミラノの鶉《うずら》、ローマの雉子《きじ》、ソレントの仔牛、モロンの鷓鴣《しゃこ》、そしてラバッホスの鵞鳥《がちょう》といった御馳走を目のあたりにしたとしても、これほどの食欲はわかないだろうと思われるほどの勢いで、むさぼり食べた。ところで、サンチョは夕食の最中に侍医のほうをふりかえると、こんなことを言った――

「いいかね、お医者どん、もうこれから先は、わしに上等な料理や珍味を食べさせようなんて気を使わねえでくださいよ。そんなことをしたら、わしの胃が調子を狂わしちまうからね。なにしろわしの胃袋は山羊や牛の肉、塩豚、乾し肉、蕪《かぶ》、玉葱あたりになじんでるから、宮殿風の手の込んだ御馳走なんぞを与えられた日にゃ、それこそ上品ぶって無理に受け入れる羽目になり、場合によっちゃ吐き気を催すなんてことにもなりかねねえ。だから給仕長に頼みたいのは、わしにはまず世間でごった煮と呼ばれている煮込み料理を用意することさね。こいつは、煮込めば煮込むほど匂いがよくなるし、食い物でさえありゃ何でもかんでもそこへ放りこんで、いっしょくたにすることができる。わしにはこいつが一番ありがたいし、そうしてくれりゃ、いつかきっと十分に礼をするつもりだよ。だが、もうわしをからかうのはやめにしとくれ、決して誉められたことじゃねえんだから。それよりか、みんなで仲良く健やかに、いっしょに食っていくことよ。だって神様が夜明けにしてくださるのは、わしらみんなのためだからね。わしはこの島を、権利を捨てはしねえけど賄賂《わいろ》なんぞ取ることなく治めてみせるさ。だから、村の衆もそれぞれしっかり目をあけて、自分の頭の上の蠅《はえ》を追うことだ。まあ、悪魔はどこにもいるもので、いつ何時もめごとや騒動があるかわからねえけど、わしにまかせてもらえりゃ、目にもの見せてやりまさあ。要するに、こっちが蜜《みつ》にならなきゃ、蠅だって寄ってこねえってことですよ。」

「たしかに、領主様」と、給仕長が言った、「閣下がおっしゃったことは、どれもこれも至極ごもっともでございます。そこでわたくしは、この島の全住民を代表して、今後われわれは閣下に、愛情と好意を抱き忠実にお仕えすることをお約束いたします。と申しますのも、閣下が統治の始めにあたってこれまでにお示しになった穏健この上ないやり方は、閣下に反感を抱いたり、不忠をはたらいたりすることを考える余地さえ与えないものだからでございます。」

「そうだろうとも」と、サンチョが応じた、「もし、つまらねえことを考えたり、したりするような奴がいるとしたら、そいつあ愚か者にちげえねえよ。くりかえし言っとくけど、わしとわしの灰毛驢馬の食い物にはようく気をつけてくれろ。なんといっても、さしあたりこれがいちばん肝腎《かんじん》なことだでな。それじゃ、時間になったら街へ巡視に行くことにしよう。この島から、あらゆる種類の汚物を掃き出し、宿なし、怠け者、ならず者を追い出しちまうってのがわしのねらいよ。わしがどうしてこんなことをするかといえば、いいかい、お前さん方、ちゃんとした社会のなかで、何もしねえでぶらぶらしている与太者《よたもの》は、ちょうど蜂《はち》の巣のなかの雄蜂、つまり働き蜂がつくった蜜を食うだけの雄蜂のようなものだってことを知ってもらいたいからだよ。わしは百姓たちを庇護《ひご》し、郷士方の特権を守り、品行方正な者たちには褒美《ほうび》をとらせ、なかんずく、教会と聖職者たちをうやまうつもりなんだ。この、わしの考えをどう思うかね、お前さん方？　ちょっとしたもんだと思わねえかい？　それとも、意味のねえたわごとかね？」

「領主様、閣下は実に盛りだくさんのことをおっしゃいますので」と、執事が言った、「わたくしは驚き感じ入っております。まったくの話、閣下のような学問のない方、わたくしの見るところ、目に一丁字《いっていじ》もない方が、これほど格言と訓戒に満ちたこと、つまり、われわれをここへ派遣なさった公爵夫妻と、派遣されてきたわれわれが、閣下の人となりから予想していたところとは、およそかけはなれたことをお話しになるなんて、夢想だにしておりませんでした。この世にあっては、日々新たな現象が見られ、冗談がいつのまにか現実になったり、愚弄していた者が逆に愚弄されたりするものでございます。」

さて夜になって、すでに述べたように、領主はレシオ博士の許可を得て夕食をとり、それから巡視に出かける用意をした。領主と行をともにしたのは執事、秘書、給仕長、領主の言動を記録にとどめる役割をになった記録係、それに数人の警吏と公証人といった面々で、実に、ちょっとした中隊を形成しうるほどの人数であった。そして権杖を手にしたサンチョが一行の中心に位置を占めていたが、それはそれはなかなかの見ものであった。さて、通りを二つか三つ進んだとき、どこからともなく、剣を切り結ぶ音が聞こえてきた。一行が音のするほうへ駆けつけてみると、争っていたのはただ二人の男で、彼らはやってきたのが司直の一行であることを認めるや、剣をふるうのをやめて静かになり、そのうちの一人がこう言った――

「どうか、神と国王陛下のお助けを！　町のまん中で人が襲われたり、路上で追いはぎにあったりするのが許されていいもんですかい？」

「まあ、落ち着くんだ、兄さん」と、サンチョが言った、「そいで、この喧嘩《けんか》のもとが何だったか話してみてくれ、わしはこの島の領主だから。」

すると、喧嘩の相手方が口を出した――

「領主さん、あっしがそのところを手っとり早くお話しいたしましょう。この粋《いき》な兄さんはね、旦那、ほら、その向かいにある賭博場《とばくじょう》で、今さっき千レアルを越える荒稼ぎをやったんですよ。どうしてそれができたかは、神様がご存じですが、実を言えば、たまたまその場にいあわせたあっしが、この兄さんがどっちにしたものか手を決めかねているときに、兄さんの得になるような手を一再ならず、こっちの良心にそむいてまで教えてやったんで、そのおかげで兄さんは大金を手にしたんですよ。あっしとしては、涙《なみだ》金《きん》あるいは分け前として、少なくとも数エスクードはもらえるものと思ってました。だって、あっしのように賭場にいていろんな勝負を見守り、時には少々のいかさまにも肩入れし、喧嘩のねえように気をつかっている顔の利く人間に、それくらい払うってのは当然の習慣になってますからね。ところがどうです、この兄さんときたら、金を財布におさめると、さっさと賭場を出やがった。あっしは頭にきたので、こいつのあとを追っかけて、おとなしい丁寧な言葉づかいで頭を低くし、せめて八レアルもらえねえかと頼みました。というのは、この兄さんも知ってのとおり、あっしは誠実な男だが、手に職もねえし財産も持っちゃいねえからですよ。なにしろあっしの両親は、あっしに仕事も教えてくれなかったし、遺産も残しちゃくれなかったんでね。ところがどうです、カクスに輪をかけた大泥棒でアンドラディーリャに劣らぬいかさま師のこの悪党ときたら、どうしても四レアルしか出さねえんです。領主さん、ここからも、こいつがいかに良心を欠いた、破廉恥《はれんち》な男かってことがお分かりでしょう！　もし旦那がおいでにならなかったら、あっしはどうあっても、こいつの儲《もう》けを吐き出させ、いかにして帳尻を合わせるか、とくと教えてやるつもりだったんですよ。」

「これに対して、お前さんの言い分は？」と、サンチョが訊いた。

するると相手の男が、次のような返事をした——敵方の言ったことはすべて事実であって、自分はたしかに四レアルしか与えようとしなかったが、なぜかといえば、それまで頻繁に金を渡していたからだ。だいたい、涙金を当てにしようという人間はもっとおとなしくして、好意で与えられるものを笑顔で受けとるべきで、勝負に勝った者と事を構えようなんて了見を起こしちゃいけない。もっとも勝負がいかさまで、稼いだ金が汚れた金だっていうたしかな証拠がある場合は別だ。自分がまっとうな人間で、いかさま師ではないということの何にもまさる証拠は、敵方も言ったとおり、彼に余分な金は鐚一《びたいち》文《もん》出そうとしなかった事実にある。もしいかさま師なら、かならずや、いかさまを見抜いている連中に口止め料を出していたはずだからである。

「それはそうだ」と、執事が言った。「さて領主様、この二人をいかがいたしましょう。どうか御裁断のほどを。」

「この一件は次のようにしよう」と、サンチョが答えた。「博奕《ばくち》で儲けたお前さんは、お前さんがまっとうだろうと、いかさま師だろうと、あるいはどっちつかずだろうとかまやしねえから、お前さんに切りかかってきたこちらの男に、今この場で百レアルやるように。さらに加えて、牢獄につながれてる哀れな連中に三十レアル散財することだ。それから、手に職もなきゃ財産もなく、毎日ぶらぶらしてるちゅう、この島の寄生虫みたいな兄さんよ、お前さんはその百レアルをもらったら、明日じゅうにこの島から出ていくんだ。お前さんには十年の所払いの刑を言い渡すが、万が一にもこれに背いたら、あの世で罪ほろぼしをすることになるだろうよ。つまり、わし自身がお前さんの首を晒《さら》し場に吊《つる》すか、少なくとも、わしの命を受けた執行人がそうするってことさ。どっちもわしに口答えしちゃならねえ。でねえと、ひどい目にあわせるからな。」

片方が財布から金を出し、もう一方がそれを受け取った。そして後者は島を出ていき、前者は家路についた。二人が行ってしまうと、領主はこう言った――

「今度はこういう賭博場をぶっつぶしてやろう。わしには百害あって一利なしのように思われてならねえからね。それができなきゃ、わしの力も知れたものよ。」

「どうも、この店だけは」と、公証人のひとりが言った、「さすがの閣下も取り壊すことはできますまい。なにしろ、この店はたいそうな大立て者が所有しておりましてね、そのお人が一年にトランプではたく金額は、儲けよりも比較にならないほど大きいとのことですから。閣下はもっと小規模な賭場に対してなら、十分に権力を発揮することがおできになれましょう。それに実際のところ、社会に対してより大きな害を及ぼし、悪の巣窟《そうくつ》ともなっているのはそっちのほうなんです。というのも、有力な騎士や貴族の邸では、名だたるいかさま師たちも、おいそれとは得意の手を使いかねますからね。しかも博奕《ばくち》という悪習が、今では広く行なわれる一般的な遊びになってますので、こうなったら、真夜中過ぎまで哀れなかもを痛めつけ、身ぐるみ剝《は》いでしまうような、職人の家などでやる博奕より、ちゃんとした、一流の賭場で遊ぶほうが安全ていうわけでございますよ。」

「ところがね、公証人どん」と、サンチョがひきとった、「わしの承知してるところじゃ、そこにも問題があって、いろいろ言うべきことがあるのよ。」

そのとき捕吏が一人の若者をつかまえてきて、こう言った――

「領主様、この若者はこっちへ向かってきたのですが、わたしらが司直の者であるのに気づくと、不意に背を向けて、脱兎《だっと》のごとく逃げ出しました。逃げ出すとは何か悪いことをしたからに違いないと思い、わたしはすぐにあとを追いかけましたが、足の速いのなんのって、もしこいつがつまずいて転ばなかったとしたら、とてもじゃないが、追いつけなかったでしょうよ。」

「なんで逃げ出したんだね、お若いの？」と、サンチョが尋ねた。

これに対して、若者が答えた――

「旦那様、お役人がするに違いない、多くの質問に答えるのが面倒だったからですよ。」

「お前さんの仕事は？」

「織工です。」

「そいじゃ、何を織るのかね？」

「はばかりながら、槍の穂先です。」

「わしを笑わせようというのかい？　それとも剽軽《ひょうきん》ぶってるのかね？　まあ、いいだろう！　で、さっきはどこへ行くつもりだったんだね？」

「風に当たりにですよ、旦那様。」

「風に当たるには、この島じゃどこがいいのかな？」

「風の吹いているところですね。」

「なるほど、まったく的を射たうまい答えだ！　お若いの、お前さん、なかなか気が利いてるじゃねえか。だがな、このわしを風だと思うがいい、わしがお前さんのうしろから吹いて、お前さんを牢屋に追いこむ風だとな。さあ、こいつを捕まえて、しょっぴいていくんだ！　今夜は風の当たらねえところで、ゆっくり眠らせてやろうじゃねえか！」

「とんでもない」と、若者が言った、「旦那様がおいらを牢屋で眠らせるなんて、おいらを王様にするのと同じで、とてもできない相談ですよ！」

「そりゃまた、どうしてわしがお前さんを牢屋で眠らせることができねえんだい？」と、サンチョが訊いた。「わしがいつなん時でも好きな時に、お前さんを捕まえたり釈放したりする権限を持っちゃいねえ、とでもいうのかね？」

「旦那様にいかに大きな権力があったところで」と、若者が言った、「それでも、おいらを牢屋で眠らせるには十分じゃないでしょうよ。」

「十分じゃねえだと？」と、サンチョがやり返した。「さあ、この男を、自分で自分の過ちに気づく場所へ連れていくんだ。もし牢番のやつが、賄賂《わいろ》を期待して、寛大な処置をとり、お前さんを牢屋から一歩でも外へ出そうものなら、わしはそいつに二千ドゥカードの罰金をかけてやるからな。」

「そんなことはみんな児戯に類しますよ」と、若者が応じた。「問題は、この世に生きとし生ける人間が寄ってたかっても、おいらを眠らせることはできないってことですから。」

「じゃ、なにかい、このへそ曲がり野郎」と、サンチョが言った、「お前さんには守護天使がついてるとでもいうのかね、わしがお前さんにつけさせようと思ってる足枷《あしかせ》をはずしてしまうような天使が？」

「それでは領主様」と、若者が利発そうな笑顔を浮かべて答えた、「おたがいに頭を働かせて、問題の核心にふれてみようじゃありませんか。まず、旦那様がおいらを牢屋にぶちこむように命ずるとしましょう。おいらは鎖につながれ、足枷をはめられて地下牢に入れられ、牢番もおいらを外に出したら厳罰に処されるものだから、命令に従って、おいらを厳重に見張る。と、ここまでは実行できるでしょうが、問題はそれから先でして、もし、おいらに眠る気がなくて一晩中、まんじりともせずに、目をあけたまま起きていたとしたらどうです、旦那様の権力がいかに絶大であったところで、おいらのほうに眠る気がなけりゃ、どうしようもないじゃありませんか？」

「なるほど、そりゃどうにもできない」と、秘書が言った、「どうやら、この男に一本取られましたな。」

「それじゃ、お前さんは」と、サンチョが言った、「自分の意志で眠らずにいるっちゅうわけで、わしに盾つこうってわけじゃねえんだね。」

「めっそうもない、旦那様」と、若者が言った、「盾つくなんて、夢にも思いませんよ。」

「そんなら、気をつけて行きな」と、サンチョが言った。「そいで自分の家に帰って、心おきなく、ぐっすり眠るがいい、わしはお前さんの眠りを邪魔するつもりはねえから。ただひとつ忠告しておくが、これからはお上をからかうようなことはやめときな。ひょっとして、からかわれた腹いせに、お前さんの頭をぶち割るような役人に出くわさねえとも限らねえから。」

こうして若者は立ち去り、領主は巡視を続けたが、しばらくすると、二人の捕吏が一人の男を捕まえてきて、こう言った――

「領主様、こいつは男のように見えますが、実は男ではなくて、男の身なりをした女でございますよ、それも、なかなか器量よしの。」
二、三のカンテラが彼女の顔に向けられ、その明かりによって、見たところ十六かそこらの娘の顔が照らし出されてみると、頭髪を金色と緑の絹のヘアーネットで包んだその容姿は、千の真珠のように美しかった。一同は娘を上から下まで眺めまわし、その服装にも目をとめた。まず彼女は深紅の絹の長靴下をはき、その靴下留めは金と真珠の房飾りのついた白い琥珀織《こはく》りであった。幅広の半ズボンは緑の金襴《きんらん》で、これと同じ布地の短い外套《がいとう》をゆったりとはおったその下に、金色と白の極上の胴着を着けていた。また、はいている靴は白い色で、男物であった。剣を佩《は》いてはいなかったが、そのかわり、見事な装飾のほどこされた短剣を帯びており、指にはいくつかの実に美しい指輪をはめていた。要するに、この娘の姿は誰の目にも好もしく映ったのである。しかし、その場の彼女を目にした者のなかに、彼女のことを知っている者は一人もいなかったし、土地の者にしても、この娘がどこの誰なのか見当もつかないという有様であった。となると、いちばんびっくりしたのは、サンチョに対する愚弄の計画を前もって承知していた連中であった。というのも、この出来事、こんな美しい娘と出くわすというのは彼らの筋書きにはなかったからである。したがって彼らは、とまどいながら、この一件がどう落着するものか見守っていた。

サンチョはこの娘の美しさに呆然《ぼうぜん》としながらも、彼女にどこの誰なのか、どこへ行くつもりだったのか、また、どういう理由《わけ》があってそんな格好をすることになったのか、と尋ねた。すると娘は、目を伏せたまま、いかにも慎ましやかな恥じらいを示しつつ、次のように答えた──

「こんな大勢の方の前で、わたくしにとって秘密にしておくのがとても重要なことをお話しするなんて、とうていできませんわ。ただこの点だけははっきりさせていただきますが、わたくしは泥棒でもなければ、決して怪しい者でもございません。そうではなく、嫉妬《しっと》の力に屈して、慎み深い女としてのたしなみを忘れてしまった不幸な娘なのでございます。」

これを聞いた執事が、サンチョに言った──

「領主様、この娘御が気がねなく言いたいことが言えるように、人払いをなさいませ。」

領主はこの忠告に従って、人払いを命じた。そして、執事、給仕長、秘書の三人を除いて、ほかの者たちはその場を離れた。これだけになると、美しい娘はこのように話を続けた――

「皆様、わたくしは当地の羊毛税取り立て人のペドロ・ペレス・マソルカの娘で、この方はちょくちょく、わたくしの父の家に出入りしておいでです。」

「それはどうも、話がおかしいですよ、お嬢さん」と、執事がさえぎった、「というのも、わたしはそのペドロ・ペレスをよく知っていますが、彼には男の子も女の子も、とにかく子供なんか一人もいませんから。おまけに、お嬢さん、あなたは彼があなたの父親だと言っておきながら、すぐそのあとで、彼があなたの父親の家にちょくちょく出入りするなんて言い添えているんですからね。」

「ああ、わしもそれがおかしいと思ったね」と、サンチョが言った。

「皆様、いまわたくし、すっかり動顚《どうてん》してしまって、何だかおかしなことを申しあげたようですわ」と、乙女がひきとった。「実を申しますと、わたくしはディエゴ・デ・ラ・リャーナの娘でございますが、父のことは皆様方どなたもご存じだと思います。」

「それならつじつまが合う」と、執事が言った。「ディエゴ・デ・ラ・リャーナならわたしも存じあげているし、あの人が地位のある裕福な郷士で、一男一女の父親だってことも知っております。なんでも奥さんに先立たれてあの人が男やもめになってからというもの、あの人の娘御の顔を見たと自慢できる者はこの土地には一人もいない、それどころか、お日様ですらその顔を拝むことができないほどだそうで、そんな深窓に育てられている娘御が、実はとてつもない美人だというのが、もっぱらの噂でございますよ。」

「ええ、ええ、その娘というのがわたくしなんでございます」と、乙女が答えた。「もっとも、わたくしが美人だという噂の真偽のほどは、現実にわたくしをごらんになった皆様方の判定におまかせしますが。」

これだけ言うと、乙女はさめざめと泣き出した。これを見た秘書は給仕長に近より、その耳もとで、こうささやいた――

「これはどうやら、この気の毒な娘さんに何か重大なことが起こったに違いありませんよ。あんな大家のお嬢さんが、こんな時刻にあんな身なりで、外を出歩いているんですからね。」

「まず疑いの余地はないね」と、給仕長が答えた、「あの涙が何よりの証拠だよ。」

サンチョは、彼としてはできる限りのやさしい言葉を連ねて娘を慰め、さらに、何も怖がることはないから、思い切って事の次第を打ち明けるようにとうながした。自分たちがみんなして、真剣に、可能な限りの手を尽くして、打開策を講じるつもりだからというのであった。

「実を申しあげますと、皆様」と、彼女が話しはじめた、「わたくしの父は、この十年間というもの、わたくしを家のなかに引きこもらせましたが、これは母が埋葬されて以来の年月に相当いたします。ミサもわが家にある立派な礼拝堂で執り行なわれますので、わたくしはこの間、昼の空に輝く太陽と、夜空の月と星しか目にしたことがございません。ですからわたくしは、街頭の様子とか、広場や寺院がどんなものか知らないだけでなく、男性も、わたくしの父とたった一人の弟、それに徴税吏のペドロ・ペレスさんを除いては、誰にも会ったことはありません。ついでながら、この徴税吏が日常的にわたくしの家に出入りしているものですから、先ほど、父の名を隠したいという気持がはたらいて、この人の名を、つい口にしてしまったのでございます。

さて、このような蟄居《ちっきょ》ばかりで、教会に行くことさえ許されない生活ゆえに、わたくしはもう何か月も前から鬱々《うつうつ》とした日々をおくるようになりました。ああ、世界を見てみたい、せめて自分の生まれた町くらいは見てみたいという気持がつのってきたのですが、この願望が、名家の娘にふさわしい貞淑な行動にそれほど反するものとは、わたくしにはとうてい考えられませんでした。町で闘牛が行なわれたとか、馬上槍試合があったとか、あるいは芝居《コメディア》がかかっているなどという噂を耳にするたびに、わたくしは一つ年下の弟に、それらがどんなものなのか尋ね、そのほかにも、わたくしが見たことのないものについて、あれこれ訊きました。弟は彼なりに、できるだけ言葉巧みに説明してくれましたが、それもこれもすべて、実際に自分の目で見てみたいというわたくしの熱望を煽《あお》りたてるばかりでした。わたくしの身の破滅の物語を簡潔にするためにはしょりますと、結局わたくしは、弟にねんごろに頼みこんだのです……ああ、あんなこと頼まなければよかったんだわ……」

こう言って、彼女はまた泣き出した。すると、執事が言葉をかけた――

「さあ、お嬢さん、先を続けて、ひと思いに全部ぶちまけておしまいなさい。わたしたちはみんな、あなたの言葉と涙に、はらはらやきもきしていますからね。」

「お話しすべき言葉などもうほとんどございません」と、乙女が答えた、「もっとも流すべき涙ならまだまだ尽きませんが。心得ちがいな願望がもたらすものといえば、やっぱり、こうしたみじめな報いでしかないんですもの。」

この時にはすでに、この娘の美しさが給仕長の心を奪いはじめていた。そこで彼は、もう一度カンテラを近づけて彼女の顔を眺めたが、彼の目には、その頰《ほお》に流れているのが涙ではなく、小粒の真珠か牧場の露としか思われなかった。いや、見るほどに彼はその格を上げて、ついにはそれを東洋の真珠と見なすようになった。そして彼女の不幸が、その涙やため息が示し物語っているほど大きなものでないことを、心から願ったのである。これに対して領主のほうは、娘がなかなか自分の話を終えようとしないので、じりじりやきもきし、彼女に向かって、いつまでもわしたちに気をもませないでもらいたい、もうかなり遅くなったし、まだ、これから見まわらねばならないところがたくさんあるのだからと言った。彼女は押し殺したようなため息をついたり、しゃくりあげたりしながら、こう言った――

「わたくしの不運、わたくしの不幸の元はといえば、わたくしが弟に、いつか父親が寝入っている夜のあいだに、弟の服で男装をさせてもらいたい、そして、町じゅうを見物するためにわたくしを連れ出してもらいたいと頼みこんだことでございます。わたくしの要望があまりにも執拗《しつよう》だったものですから、ついに弟もわたくしの願いを聞き入れ、計画を実行に移すことになりました。そして、わたくしは弟の服を身に着け、彼がわたくしのを着たのですが、これがまた、わざわざ誂《あつら》えたかのようにぴったりで、とてもよく似合っていました。と申しますのも、あの子は顔に髭《ひげ》など生えていないし、本当に美しい少女としか見えないからでございます。こういう出立ちで、今夜、そう、かれこれ一時間ほど前でしょうか、わたくしたちは家を抜け出し、他愛《たわい》もない愚かな空想に導かれて、町じゅうを歩きまわり、もうそろそろ家に帰ろうかと思ったときに、一群の人がやってくるのを目にしたのでございます。すると弟がこう言いました――「姉さん、あれはきっと夜警の一団だよ。急がなくちゃ。いいかい、足に翼をつけて、ぼくのあとから走ってくるんだよ。もし見つかったりしたら、それこそ一大事だからね。」こう言うやいなや、弟は踵《くびす》を返して、走り出したというよりはむしろ、飛び出しました。わたくしはあまりのことに動顛していたのでしょう、六歩ほど行ったところで足がもつれて倒れてしまいました。そこに捕吏の方がやってみえ、わたくしはこの場へこのように引き立てられてまいったのです。そして、こんなに大勢の人の前で恥かしい目にあっているわけですが、それもこれもすべて、わたくしがはしたない女で、ばかげた気まぐれを起こしたからでございますわ。」

「それじゃ、なんだね娘さん」と、サンチョが言った、「あんたにゃ別に大した災難が起こったわけでもねえし、また、家をとび出した理由も、あんたが話のはじめに言いなさったような嫉妬というわけじゃなかったんだね？」

「ええ、何も起こってはいません。それに家をとび出したのも嫉妬ゆえではなく、ただ世間を見てみたいという願望からだったのです。それも、自分が生まれた町の通りを眺めたいという、ただそれだけの。」

このとき、彼女の弟を連れた数人の捕吏がその場にやってきて、彼女の発言が嘘《うそ》でなかったことが確認された。弟は、姉が倒れたあとしばらくして、捕吏の一人に追いつかれたのであった。弟は優雅なスカートをはき、美しい金モールのついた青い緞子《どんす》の外套をはおっているだけで、頭には帽子も何もかぶっていなかったが、カールした金髪が実に見事だったので、髪の毛自体が頭を飾る金の輪のようであった。領主と執事と給仕長が弟とともにその場を離れ、彼の姉に聞かれないところで弟に、今ごろどうしてそんな格好でいるのかと尋問した。すると弟のほうもやはり姉と同じような恥じらいと当惑を見せながら、姉が語ったのと同じことを話したので、すでに恋心を動かされていた給仕長は、これを聞いてことのほか喜んだ。しかし、領主はみんなに向かってこう言った——

「みなの衆、まったくのところ、こりゃ実に他愛ない話で、こういうばかげた、子供っぽい脱線を物語るのに、あんなに長々と、あれほどの涙とため息を交えて話すにゃ及ばなかったね。それこそ「わたしたちゃ何の某《なにがし》で、ただ好奇心にかられ、それ以外には何の下心もなく、こんな格好で、両親の家を抜け出し、気晴らしをしてました」と言えば、それですむことで、あんなにしゃくりあげたり、涙を流したりの愁嘆場《しゅうたんば》は必要なかったんだよ。」

「それはそのとおりでございます」と、乙女がひきとった。「でも、皆様にお分かりいただきたいんですが、あの時わたくし、本当にものすごくうろたえてしまっていたものですから、どうしたらよいのか分からなかったんです。」

「結局、誰にも被害がなくって何よりさね」と、サンチョが言った。「さあお二人さん、あんた方を親御さんの家まで送ってあげよう。親御さんは、おそらくまだ気づいちゃいねえだろうよ。だけどこれからは、こんな子供っぽい真似《まね》をしたり、やたらに世間を見たがったりしちゃいけねえ。《まっとうな女は脚が折れてでもいるかのように家にいるもの》というし、《歩きまわる女子《おなご》と雌鶏《めんどり》は容易に身を滅ぼす》ともいうし、さらに《物見高い女はまた見られたがり屋》ともいうからね。わしはもうこれ以上何も言わねえよ。」

若者は自分たちを家まで送ってくれるという領主の好意に感謝した。こうして一同そろって二人の家へ向かったが、それはそこからさして遠くなかった。家に着くと、弟が格子窓に小石を投げた。すると二人を待っていた召使の女が直ちにおりてきて、戸を開け、姉弟は中に入った。二人を見送った者たちは皆、姉弟の品のよさと美しさに今さらながら感嘆すると同時に、夜中に世間を見たい、しかも自分の町を見たいという娘の願望にも驚きを新たにした。そして、それらをすべて二人の若さのせいにしたのである。

心臓を恋の矢によって射抜かれてしまった給仕長は、翌日すぐにも、娘の父親に娘を妻としてもらいたいと申し出る決意を固めた。自分が公爵の家臣であってみれば、よもや断られることはなかろうとの読みがあったからである。またサンチョにも、自分の娘のサンチーカをあの若者と結婚させたいという願望が芽生え、うまくいきそうな気がしたので、彼はいずれ適当な折を見て、それを実行に移すことにしようと決心した。彼もまた、領主の娘であれば、それを妻にするのを嫌がる男などいるはずがなかろうと考えたのである。

これをもって、その夜の巡視は終りを告げ、実を言うとその二日後には、サンチョの統治も終りを告げることになった。そして、それとともに、サンチョのもろもろの計画もすべて頓挫《とんざ》し、水泡に帰してしまったが、そのへんの事情は先にいって明らかにされるであろう。

訳　注

ページ

一九　**余**――作者のシデ・ハメーテ・ベネンヘーリが顔を出している(前篇㈠三〇九ページの注参照)。

二〇　**マンチャ・デ・アラゴン**――ラ・マンチャ地方の東部をこう呼んでいた。

二四　**ヘラクレスの二本の柱**――ジブラルタル海峡を隔てて向き合っている二つの山のこと。これらはもともとくっついていたが、ヘラクレスがそれを二つに分けたので、そこから大西洋の水が入りこんで地中海ができたと信じられていた。

二五　**女巨人のアンダンドーナ**――『アマディス・デ・ガウラ』に登場する女巨人。

二六　**その義理がある**――ペドロ親方は、自分が漕刑囚《そうけいしゅう》のヒネス・デ・パサモンテであったときに、ドン・キホーテに解放してもらったことを暗にほのめかしているのであろうが、もちろん観客にはこのことは分からない。

三三　**……黙《もだ》したりき**――ウェルギリウス『アエネイス』第二歌の冒頭の詩句。

三九　**ネストル**――トロイヤ戦争に参加したピュロスの王で、ホメロスの『イリアス』では三代にわたって国を治めたと語られているが、伝説によってその三代が三世紀に変った。既出のメトセラと同じく長寿を象徴する人物として引用される。

四五　**昨日はスペインの王だったが**——スペインを失った西ゴート王国最後の王、ドン・ロドリーゴの悲劇をうたった有名なロマンセの一節。ちなみに、このロマンセはヴィクトル・ユゴーの「敗戦」(『東方詩集』所収)において美しく蘇《よみがえ》っている。

六三　**《時計村》**——セビーリャ近郊のエスパルティーナスが意識されているという。同様に、すぐあとに出てくる《鍋づくり》はバリャドリード、《仔鯨》はマドリード、《石けんづくり》はセビーリャに対する渾名《あだな》といわれている。

六四　**……荷は軽い**——『新約聖書』「マタイによる福音書」一一・三〇。

七四　**三度目の旅立ち**——ドン・キホーテにとっては三度目であるが、サンチョにとっては二度目である。

七六　**二十年にもなる**——時間の計算におけるドン・キホーテ主従の視点が異なっているのが興味深い。まずドン・キホーテは、「前篇」の物語と「後篇」のそれを時間的連続性のもとに考えている。それに従えば「前篇」における主従の旅は約二か月、家に帰って休養している期間が約一か月(「後篇」第一章)、そして今回の旅に出てからは、少し前でドン・キホーテが言っているように「二十五日になる」から、合計すると約四か月ということになる(これを、ドン・キホーテは「やっと二か月ほど」と過少に言っているが)。これに対してサンチョが誇張して二十年以上と言うとき、セルバンテスは、自分がこの物語を構想して従士の存在を考えたときから、現在の「後篇」第二十八章を書いているとき(おそらく一六一三年)までの時間を意識していたのではなかろうか。セルバンテス自身が言うように(「前篇」の「序文」)、『ドン・キホーテ』が牢獄のなかで生まれたとするなら、それはおそらく一五九七年のことであるから、ゆうに十五、六年は経っているからである。もちろん「前篇」と「後篇」の、それぞれの出版のあいだに十年の懸隔のあることが前提である。

（八〇）**魔法の小船の冒険**——本章の冒険も、騎士道物語に頻繁に現われるモチーフのパロディである。

（八四）**リフェウスの連山**——古代スキュティアの山のことで、大プリニウスによれば、ドン川の源がここに発しているという。

（八八）**大きな水車**——当時のエブロ川では、川中につながれている、いわゆる水上水車は普通であったという。

一〇〇　**公爵夫人**——この章から重要な役割を演じることになる公爵夫妻は、ビリャエルモーサ公爵夫妻、すなわち、ドン・カルロス・デ・ボルハとドニャ・マリーア・ルイサ・デ・アラゴンがモデルになっていると考えられている。

一一〇　**老女**《ドウエニヤ》——老女とは、王宮や貴族の邸にいた身分の高い、寡婦の侍女のことをいう。

一一二　**お前さん**——この個所、発言者は明記されていないが、聖職者であろう。

一三六　**ナポリ石鹼**——当時スペインの貴族の家などでつくられていたという上等の石鹼のこと。

一四〇　**パラッシオ、ティマンテス、アペレス**——三人とも古代ギリシャの高名な画家。

一四〇　**リシポ**——古代ギリシャの彫刻家。

一四九　**カーバ**——西ゴート最後の王ロドリーゴに恥辱を受けた、ドン・フリアン伯爵の娘の名（後にフロリンダとも呼ばれるようになった）。この意趣晴らしのため、ドン・フリアンは北アフリカのモーロ人と内通し、モーロ軍がスペインに侵入してロドリーゴ王を破るきっかけをつくった。

一五七　**長椅子**――エル・シッドがバレンシアを征服した際にモーロ王から奪った象牙でできた長椅子。彼はこれをアルフォンソ六世に献上したが、後になってエル・シッドが王を訪れたとき、王がエル・シッドにこの椅子に座るようにすすめたエピソードをふまえている(『わがシッドの歌』三一一四―三一一九参照)。

一五九　**六日か八日前**――ある学者の計算によれば、十七日である。

一五九　**ウベダで山を探す**――現実に、ハエン県のウベダ市には山はない。

一六一　**鶴嘴とシャベル**――ともに墓掘り人の使用する道具であるところから「死」を意味する。

一六三　**……罪深きところをば**――西ゴート最後の王、ドン・ロドリーゴの死にまつわる、あるロマンセの二行。

一六五　**目に見えないものを信じている**――カトリック信仰に対する、セルバンテスのさりげないアイロニーと言えるであろう。

一七〇　**ミカエル・ヴェリーノ**――十七歳の若さで死んだ十五世紀のフィレンツェの詩人。

一七四　**ドン・キホーテから聞いていた**――正確に言えば、公爵夫妻がこれまでモンテシーノスの洞穴の話を聞いたのはサンチョからであって、ドン・キホーテは何も話してはいない。

一八二　**あの騎士団長**――サンティアーゴ騎士団長であったエルナン・ヌニェス・デ・グスマン。サラマンカ大学でギリシャ語を教えた彼は浩瀚《こうかん》な『ロマンセにおける諺集』(一五五五年)を出している。

一八八　**ウルガンダ**――『アマディス・デ・ガウラ』に登場する女魔法使いで、ここで親友となっているアルキーフェの妻となる。

二一三　**前回のような**――「前篇」第二十三章でのシエラ・モレーナ山中での出来事。

二一九　**マンチッシマ**――スペイン語では形容詞の最後に -ísimo(*a*) をつけて程度のはなはだしいこと(絶対最上級)を示すが、ここではこの接尾辞を名詞にまでつけて滑稽味を出している。つまり、ドン・キホーテ・デ・ラ・マンチャのマンチャ Mancha を Manch*ísima* としているのである。次のサンチョの発言で、ドン・キホティシモ Quijot*ísimo* となっているのも同じである。また、この前後に「権勢いと強き」にはじまって、やたらに「いと」が繰り返されているが、これらは原文ではすべて -ísimo(*a*) の形である。

二三三　**カンダーヤ王国**――セルバンテスはこの虚構の王国をカンボジアを意識してつくったのではないかと考えられている。しかし地理関係はあいまいで、次の大トラポバーナ島というのはセイロン、つまり現在のスリランカのことであり、コモリン岬はインド半島の最南端にある。

二三三　**三女神《バルカス》**――人の生死をつかさどる運命の三女神。

二三七　**蜥蜴島**――これは固有名詞ではなく、遠隔の無人島という普通名詞として用いられている。

二四三　**……デキヨウゾ**――ウェルギリウス『アエネイス』第二歌六―八行。

二五四　**……肩を並べる**――ロシナンテという名の意味については「前篇」第一章(五一ページ)を参照。

二六五　**ガエタのサンティシマ・トリニダー**――航海者たちに信仰されていた、ナポリ湾をのぞむ修道院。

二七一　**ペラルビーリョ**――シウダー・レアルの近くにあった、《聖同胞会》の処刑場。

二七一　**向こうみずな若者**――太陽神の子、パエトンのこと。

二七四　**……あの真実の話**――学士エウヘニオ・デ・トラルバは一五二八年にクエンカの異端審問所に訴えられたが、そこで次のような告白をしたという。つまり、親しい妖術師の助けにより、箒《ほうき》にまたがってバリャドリードからローマに赴き、スペイン皇帝カルロス一世の軍隊によるローマの攻略(その時の総司令官がカルロス・デ・ブルボン、つまりブルボン伯爵で、彼はここで戦死した)を目撃し、それからまた一時間半でバリャドリードに戻り、見てきたことを人に話したというのである。

二八〇　**七匹の雌山羊**――星座のすばるのこと。

二八三　**雄山羊で月の先端を越えた**――ここには言葉遊びがある。つまり、雄山羊《カブロン》(cabrón)にはコキュという意があり、また月の先端《クエルノ》(cuerno)には、コキュの印である角《つの》の意がある。

二八九　**お前のカトー**――ローマの高名な著述家、大カトーのことで、彼には『息子への教え』という著作がある。ドン・キホーテはそれをふまえてサンチョに「わしの息子よ」と呼びかけ、自分のことを「お前のカトー」と言っている。

二九〇　**……汚れた脚**――あるとき得意になって、これ見よがしに美しい羽根を広げていた孔雀が、ふと足もとをみると自分の脚がひどく汚なかったので、急に恥かしくなって羽根をすぼめたという、当時よく知られていた寓話にもとづいている。

三〇六　**目のなかの丸太**――『新約聖書』「マタイによる福音書」七・三にもとづいている。

三〇　**コルドバの大詩人**――フアン・デ・メーナ（一四一一―五六年）。次にくる一行は、彼の代表作『運命の迷宮』の第二二七連に見られる。

三一　**聖人のひとり**――聖パウロのことで、『新約聖書』「コリントの信徒への手紙一」七・三一から。

三三　**第二のアエネアス**――ウェルギリウス『アエネイス』第四歌において、アエネアスが女王ディドの愛を受け入れなかったことをふまえている。

三七　**……アルランサまで**――ここでアルティシドーラが挙げている川はいずれも近くの川（例えばエナーレスとマンサナーレスはハラーマ川の支流といった具合に）である。これをいかにも、姫の名声が遠くまでとどろかん、といった調子で言っているところにおかしみがある。

三九　**タルペアの岩**――ローマのカピトリウムの丘にある岩で、そこから暴君ネロがローマの大火を眺めたと、有名なロマンセに歌われている。また、古代のローマ人はその岩から反逆者を投げ落としたという。

三〇　**トパーズかと見まごう**――トパーズは黄色だから、歯並びがトパーズかと見まごうというのはあからさまな愚弄である。

三三　**……お女中よ**――これはマリトルネスのことで、「前篇」第十六章の出来事が意識されている。

三四　**……動かし手よ**――ぶどう酒を入れたガラス瓶を、雪のいっぱい詰まったバケツのなかで冷やすという、スペインで広く行なわれていた習慣にもとづいている。つまり、太陽の暑さは喉の渇きをもたらし、その結果、人はぶどう酒を早く冷やすように瓶を揺すぶるというのである。それにしても、厳粛であるべき太陽に対する呼びかけにおける、いかにもセルバンテス的な物言いである。

三三七　**ごめんをこうむって**——話し手が何か品のないこと、あるいは恥ずべきこと(いわば忌《い》み言葉)を口にするときに、その場の者の「ごめんをこうむって」言う、というのが習慣であった。この場合は「仕立て屋」が、当時ひじょうに評判の悪い、恥ずべき職業だったからである。本章ではまた、「豚」を口にするときに、この表現が用いられている。

三六四　**……という警句**——これはローマの格言で、ヒポクラテスとは何の関係もない。なお、本来は「鷓鴣」ではなくて「パン」であるという。

三六六　**オスーナ大学**——当時の三流大学のひとつ。「前篇」第一章では、同じく三流のシグエンサ大学が諷刺的に用いられていた。

三六九　**ビスカヤ人**——ビスカヤ人とはすなわちバスク人のことであり、一般に有能で忠実であるところから秘書として高く評価されていた。

三七六　**クララ・ペルレリーナ**——父親の姓がペルレリーノ(Perlerino)のように、語尾が男性形の場合、娘のそれを女性形 -a にする、つまり Perlerina にするという習慣があった。

三八〇　**一日半もたってねえ**——激怒のせいであろうか、サンチョは正確を欠いているようである。というのも、サンチョが島に入ってまだ一日もたっていないはずであるし、領主として任命されてからは、すでに二日以上たっているから。

三九一　**……意のままにした**——ウェルギリウス『アエネイス』第四歌一六五—一六六行。

三九一　**同じ作法**——互いに忠誠を示すために、まず自分の手に口づけしてから、握手するという儀礼があった。

三九四　**モンターニャ**――この場合、サンタンデール県のラ・モンターニャという山岳地方をさすが、山地の人間が自分たちの家柄を誇る意識の強さは有名で、しばしば(諷刺の対象としても)文学作品にも描かれてきた。おそらくこうした矜持《きょうじ》は、モーロ人が侵入した際、北部の山地は征服されることなく、そこからレコンキスタ(国土回復戦争)が開始されたことによるものであろう。

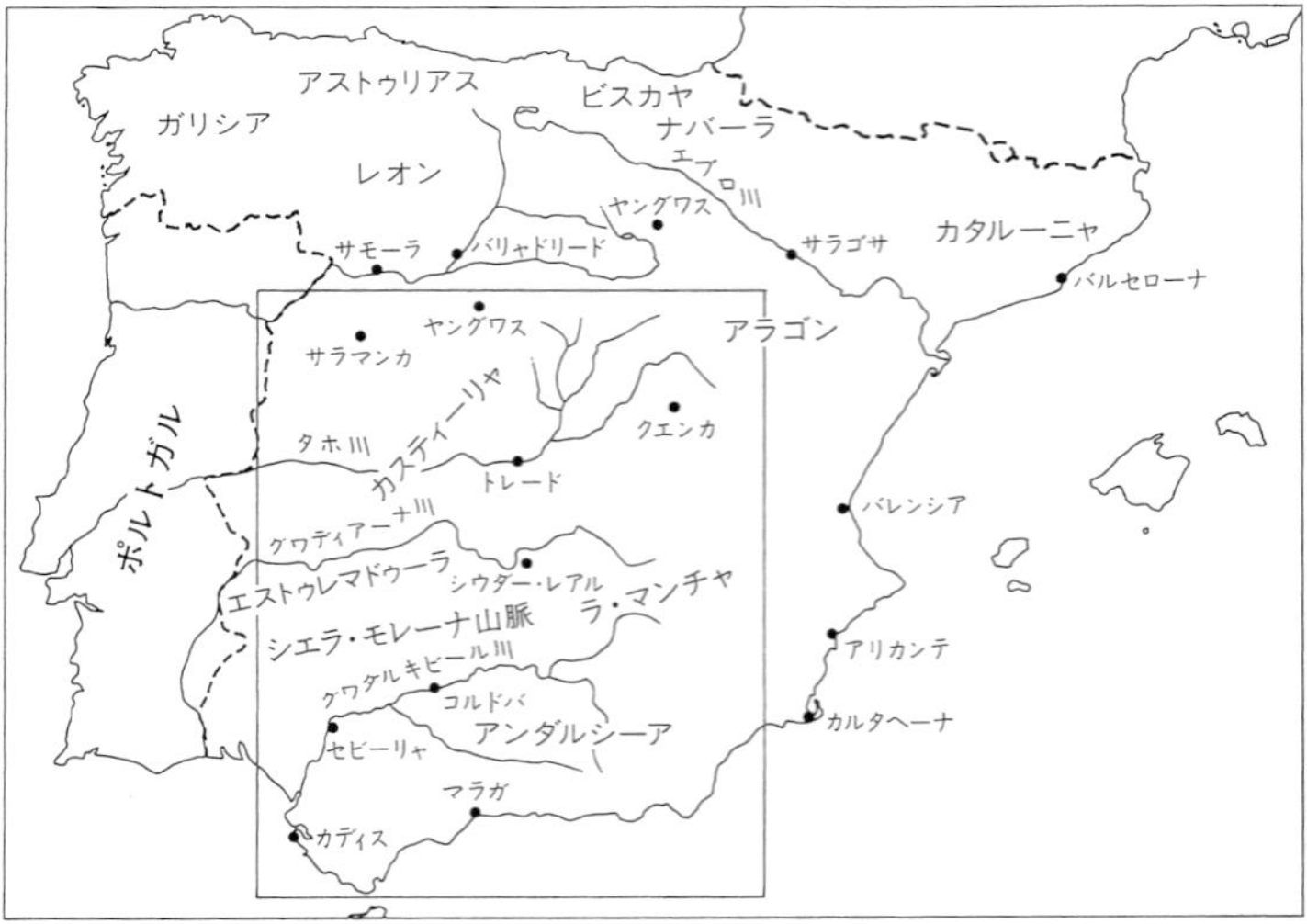

『ドン・キホーテ』のスペイン

メディナ・デル・カンポ
ヤングワス
エナーレス川
シグエンサ
サラマンカ
セゴビア
アルカリア
ペニャ・デ・フランシア
マハラオンダ
ベハル
アルカラ
ギサンド
マドリード
クエンカ
カスティーリャ
タホ川
トレード
トゥルヒーリョ
テンブレーケ
キンタナール
エル・トボーソ
プエルト・ラピセ
グワディアーナ川
アルガマシーリャ・デ・アルバ
シウダー・レアル
エストゥレマドゥーラ
ティルテアフエラ
ミゲル・トゥーラ
モンテシーノスの洞穴
アルモドバル・デル・カンポ
エル・ビーソ
モンティエルの野
ラ・マンチャ
シエラ・モレーナ山脈
グワダルキビール川
ウベダ
コルドバ
カンティリャーナ
マルトス
アンダルシーア
セビーリャ
モロン
オスーナ
ヘニル川
グラナダ
ロハ
アンテケーラ
ヘレス・デ・ラ・フロンテーラ
マラガ
ベレス・マラガ
カディス
ジブラルタル

ドン・キホーテ 後篇(二)〔全6冊〕
セルバンテス作

2001年 3月16日 第1刷発行
2024年 10月25日 第18刷発行

訳 者 牛島信明《うしじまのぶあき》

発行者 坂本政謙

発行所 株式会社 岩波書店
〒101-8002 東京都千代田区一ツ橋 2-5-5
案内 03-5210-4000 営業部 03-5210-4111
文庫編集部 03-5210-4051
https://www.iwanami.co.jp/

印刷・精興社 製本・牧製本

ISBN 978-4-00-327215-2 Printed in Japan

読書子に寄す

―岩波文庫発刊に際して―

岩波茂雄

真理は万人によって求められることを自ら欲し、芸術は万人によって愛されることを自ら望む。かつては民を愚昧ならしめるために学芸が最も狭き堂宇に閉鎖されたことがあった。今や知識と美とを特権階級の独占より奪い返すことはつねに進取的なる民衆の切実なる要求である。岩波文庫はこの要求に応じそれに励まされて生まれた。それは生命ある不朽の書を少数者の書斎と研究室とより解放して街頭にくまなく立たしめ民衆に伍せしめるであろう。近時大量生産予約出版の流行を見る。その広告宣伝の狂態はしばらくおくも、後代にのこすと誇称する全集がその編集に万全の用意をなしたるか。千古の典籍の翻訳企図に敬虔の態度を欠かざりしか。さらに分売を許さず読者を繫縛して数十冊を強うるがごとき、はたしてその揚言する学芸解放のゆえんなりや。吾人は天下の名士の声に和してこれを推挙するに躊躇するものである。このときにあたって、岩波書店は自己の責務のいよいよ重大なるを思い、従来の方針の徹底を期するため、すでに十数年以前より志して来た計画を慎重審議この際断然実行することにした。吾人は範をかのレクラム文庫にとり、古今東西にわたって文芸・哲学・社会科学・自然科学等種類のいかんを問わず、いやしくも万人の必読すべき真に古典的価値ある書をきわめて簡易なる形式において逐次刊行し、あらゆる人間に須要なる生活向上の資料、生活批判の原理を提供せんと欲する。この文庫は予約出版の方法を排したるがゆえに、読者は自己の欲する時に自己の欲する書物を各個に自由に選択することができる。携帯に便にして価格の低きを最主とするがゆえに、外観を顧みざるも内容に至っては厳選最も力を尽くし、従来の岩波出版物の特色をますます発揮せしめようとする。この計画たるや世間の一時の投機的なるものと異なり、永遠の事業として吾人は微力を傾倒し、あらゆる犠牲を忍んで今後永久に継続発展せしめ、もって文庫の使命を遺憾なく果たさしめることを期する。芸術を愛し知識を求むる士の自ら進んでこの挙に参加し、希望と忠言とを寄せられることは吾人の熱望するところである。その性質上経済的には最も困難多きこの事業にあえて当たらんとする吾人の志を諒として、その達成のため世の読書子とのうるわしき共同を期待する。

昭和二年七月

《東洋文学》〔赤〕

- 楚辞 — 小南一郎訳注
- 杜甫詩選 — 黒川洋一編
- 李白詩選 — 松浦友久編訳
- 唐詩選 全三冊 — 前野直彬注解
- 完訳 三国志 全八冊 — 小川環樹・金田純一郎訳
- 西遊記 全十冊 — 中野美代子訳
- 菜根譚 — 洪自誠／今井宇三郎訳注
- 阿Q正伝・狂人日記（吶喊） 他十二篇 — 魯迅／竹内好訳
- 朝花夕拾 — 魯迅／松枝茂夫訳
- 歴史小品 — 郭沫若／平岡武夫訳
- 家 全二冊 — 巴金／飯塚朗訳
- 新編 中国名詩選 全三冊 — 川合康三編訳
- 聊斎志異 全二冊 — 蒲松齢／立間祥介編訳
- 李商隠詩選 — 川合康三選訳
- 白楽天詩選 全二冊 — 川合康三訳注
- 文選 全六冊 — 川合康三・富永一登・釜谷武志・和田英信・浅見洋二・緑川英樹訳注
- 曹操・曹丕・曹植詩文選 — 川合康三編訳
- ケサル王物語 —チベットの英雄叙事詩 — アレクサンドラ・ダヴィッド=ネール／アプル・ユンテン／富樫瓔子訳
- バガヴァッド・ギーター — 上村勝彦訳
- ダライ・ラマ六世恋愛詩集 — 今枝由郎・海老原志穂編訳
- 朝鮮童謡選 — 金素雲訳編
- 朝鮮短篇小説選 全二冊 — 大村益夫・長璋吉・三枝壽勝編訳
- 尹東柱詩集 空と風と星と詩 — 金時鐘編訳
- アイヌ民譚集 付 えぞおばけ列伝 — 知里真志保編訳
- アイヌ叙事詩 ユーカラ — 金田一京助採集並ニ訳

《ギリシア・ラテン文学》〔赤〕

- ホメロス イリアス 全二冊 — 松平千秋訳
- ホメロス オデュッセイア 全二冊 — 松平千秋訳
- イソップ寓話集 — 中務哲郎訳
- アイスキュロス アガメムノーン — 久保正彰訳
- アイスキュロス 縛られたプロメーテウス — 呉茂一訳
- アンティゴネー — ソポクレース／中務哲郎訳
- ソポクレス オイディプス王 — 藤沢令夫訳
- ソポクレス コロノスのオイディプス — ソポクレス／高津春繁訳
- ヒッポリュトス —パイドラーの恋 — エウリーピデース／松平千秋訳
- バッカイ —バッコスに憑かれた女たち — エウリーピデース／逸身喜一郎訳
- ヘシオドス 神統記 — 廣川洋一訳
- 女の議会 — アリストパネース／村川堅太郎訳
- アポロドーロス ギリシア神話 — 高津春繁訳
- ダフニスとクロエー — ロンゴス／松平千秋訳
- ギリシア・ローマ抒情詩選 —花冠 — 呉茂一訳
- オウィディウス 変身物語 全二冊 — 中村善也訳
- サテュリコン —古代ローマの諷刺小説 — ペトロニウス／国原吉之助訳
- ギリシア・ローマ神話 付 インド・北欧神話 — ブルフィンチ／野上弥生子訳
- ギリシア・ローマ名言集 — 柳沼重剛編
- ローマ諷刺詩集 — ペルシウス／ユウェナーリス／国原吉之助訳

《南北ヨーロッパ他文学》〔赤〕

ダンテ 新生 山川丙三郎訳
夢のなかの夢 タブッキ 和田忠彦訳
カヴァレリーア・ルスティカーナ 他十一篇 G・ヴェルガ 河島英昭訳
カルヴィーノ イタリア民話集 全二冊 河島英昭編訳
むずかしい愛 カルヴィーノ 和田忠彦訳
パロマー カルヴィーノ 和田忠彦訳
カルヴィーノ アメリカ講義 —新たな千年紀のための六つのメモ 米川良夫・和田忠彦訳
まっぷたつの子爵 カルヴィーノ 河島英昭訳
魔法の庭・空を見上げる部族 他十四篇 カルヴィーノ 和田忠彦訳
ペトラルカ ルネサンス書簡集 近藤恒一編訳
ペトラルカ 無知について 近藤恒一訳
美しい夏 パヴェーゼ 河島英昭訳
流刑 パヴェーゼ 河島英昭訳
祭の夜 パヴェーゼ 河島英昭訳
月と篝火 パヴェーゼ 河島英昭訳
ウンベルト・エーコ 小説の森散策 和田忠彦訳

バウドリーノ 全二冊 ウンベルト・エーコ 堤康徳訳
タタール人の砂漠 ブッツァーティ 脇功訳
ラサリーリョ・デ・トルメスの生涯 会田由訳
ドン・キホーテ 前篇 全三冊 セルバンテス 牛島信明訳
ドン・キホーテ 後篇 全三冊 セルバンテス 牛島信明訳
娘たちの空返事 他一篇 モラティン 佐竹謙一訳
プラテーロとわたし J・R・ヒメーネス 長南実訳
オルメードの騎士 ロペ・デ・ベガ 長南実訳
サラマンカの学生 他六篇 エスプロンセーダ 佐竹謙一訳
セビーリャの色事師と石の招客 他一篇 ティルソ・デ・モリーナ 佐竹謙一訳
ティラン・ロ・ブラン 全四冊 J・マルトゥレイ M・J・ダ・ガルバ 田澤耕訳
ダイヤモンド広場 マルセー・ルドゥレダ 田澤耕訳
完訳 アンデルセン童話集 全七冊 大畑末吉訳
即興詩人 全二冊 アンデルセン 大畑末吉訳
アンデルセン自伝 大畑末吉訳
王の没落 イェンセン 長島要一訳
イプセン 人形の家 原千代海訳

イプセン 野鴨 原千代海訳
令嬢ユリェ ストリントベルク 茅野蕭々訳
アミエルの日記 全四冊 河野与一訳
クオ・ワディス 全三冊 シェンキェーヴィチ 木村彰一訳
山椒魚戦争 カレル・チャペック 栗栖継訳
ロボット（R・U・R） チャペック 千野栄一訳
白い病 カレル・チャペック 阿部賢一訳
マクロプロスの処方箋 カレル・チャペック 阿部賢一訳
灰とダイヤモンド 全二冊 アンジェイェフスキ 川上洸訳
牛乳屋テヴィエ ショレム・アレイヘム 西成彦訳
完訳 千一夜物語 全十三冊 豊島与志雄・渡辺一夫・佐藤正彰・岡部正孝訳
ルバイヤート オマル・ハイヤーム 小川亮作訳
ゴレスターン サァディー 沢英三訳
アブー・ヌワース アラブ飲酒詩選 塙治夫編訳
王書 —古代ペルシャの神話・伝説 フェルドウスィー 岡田恵美子訳
中世騎士物語 ブルフィンチ 野上弥生子訳
コルタサル短篇集 悪魔の涎・追い求める男 他八篇 木村榮一訳

- 遊戯の終わり　コルタサル　木村榮一訳
- 秘密の武器　コルタサル　木村榮一訳
- ペドロ・パラモ　ファン・ルルフォ　杉山晃・増田義郎訳
- 伝奇集　J・L・ボルヘス　鼓直訳
- 創造者　J・L・ボルヘス　鼓直訳
- 続審問　J・L・ボルヘス　中村健二訳
- 七つの夜　J・L・ボルヘス　野谷文昭訳
- 詩という仕事について　J・L・ボルヘス　鼓直訳
- 汚辱の世界史　J・L・ボルヘス　中村健二訳
- ブロディーの報告書　J・L・ボルヘス　鼓直訳
- アレフ　J・L・ボルヘス　鼓直訳
- 語るボルヘス —書物・不死性・時間ほか　J・L・ボルヘス　木村榮一訳
- シェイクスピアの記憶　ホルヘ・ルイス・ボルヘス　内田兆史・鼓直訳
- 20世紀ラテンアメリカ短篇選　野谷文昭編訳
- フエンテス短篇集 アウラ・純な魂 他四篇　木村榮一訳
- アルテミオ・クルスの死　フエンテス　木村榮一訳
- 緑の家 全二冊　バルガス＝リョサ　木村榮一訳

- 密林の語り部　バルガス＝リョサ　西村英一郎訳
- ラ・カテドラルでの対話　バルガス＝リョサ　旦敬介訳
- 弓と竪琴　オクタビオ・パス　牛島信明訳
- 鷲か太陽か？　オクタビオ・パス　野谷文昭訳
- ラテンアメリカ民話集　三原幸久編訳
- やし酒飲み　エイモス・チュツオーラ　土屋哲訳
- 薬草まじない　エイモス・チュツオーラ　土屋哲訳
- マイケル・K　J・M・クッツェー　くぼたのぞみ訳
- ミゲル・ストリート　V・S・ナイポール　小沢自然・小野正嗣訳
- キリストはエボリで止まった　カルロ・レーヴィ　竹山博英訳
- クアジーモド全詩集　河島英昭訳
- ウンガレッティ全詩集　河島英昭訳
- クオーレ　デ・アミーチス　和田忠彦訳
- ゼーノの意識 全二冊　ズヴェーヴォ　堤康徳訳
- 冗談　ミラン・クンデラ　西永良成訳
- 小説の技法　ミラン・クンデラ　西永良成訳
- 世界イディッシュ短篇選　西成彦編訳

- シェフチェンコ詩集　藤井悦子編訳
- 死と乙女　アリエル・ドルフマン　飯島みどり訳

《ロシア文学》〔赤〕

- オネーギン　プーシキン　池田健太郎訳
- スペードの女王・ベールキン物語　プーシキン　神西清訳
- 外套・鼻　ゴーゴリ　平井肇訳
- 日本渡航記 ―フレガート「パルラダ」号より　ゴンチャロフ　井上満訳
- 二重人格　ドストエフスキー　小沼文彦訳
- 罪と罰　全三冊　ドストエフスキー　江川卓訳
- 白痴　全二冊　ドストエーフスキイ　米川正夫訳
- カラマーゾフの兄弟　全四冊　ドストエーフスキイ　米川正夫訳
- アンナ・カレーニナ　全三冊　トルストイ　中村融訳
- 戦争と平和　全六冊　トルストイ　藤沼貴訳
- トルストイ民話集 人はなんで生きるか 他四篇　中村白葉訳
- トルストイ民話集 イワンのばか 他八篇　中村白葉訳
- イワン・イリッチの死　トルストイ　米川正夫訳
- 復活　全二冊　トルストイ　藤沼貴訳
- 人生論　トルストイ　中村融訳
- かもめ　チェーホフ　浦雅春訳
- ワーニャおじさん　チェーホフ　小野理子訳
- 桜の園　チェーホフ　小野理子訳
- チェーホフ 妻への手紙　全二冊　湯浅芳子訳
- カシタンカ・ねむい 他七篇　チェーホフ　神西清訳
- ゴーリキー短篇集　上田進・横田瑞穂訳編
- どん底　ゴーリキイ　中村白葉訳
- ソルジェニーツィン短篇集　木村浩編訳
- アファナーシエフ ロシア民話集　全二冊　中村喜和編訳
- われら　ザミャーチン　川端香男里訳
- プラトーノフ作品集　原卓也訳
- 悪魔物語・運命の卵　ブルガーコフ　水野忠夫訳
- 巨匠とマルガリータ　全二冊　ブルガーコフ　水野忠夫訳

岩波文庫の最新刊

ベティ・フリーダン著／荻野美穂訳
女らしさの神話 (上)(下)
女性の幸せは結婚と家庭にあるとする「女らしさの神話」を批判し、その解体を唱える。二〇世紀フェミニズムの記念碑的著作、初の全訳。(全二冊) 〔白二三四‐一、二〕 定価(上)一五〇七、(下)一三五三円

太宰治作／安藤宏編
富嶽百景・女生徒 他六篇
昭和一二―一五年発表の八篇。表題作他「華燭」「葉桜と魔笛」等、スランプを克服し〈再生〉へ向かうエネルギーを感じさせる。(注＝斎藤理生、解説＝安藤宏) 〔緑九〇‐九〕 定価九三五円

ヘルダー著／嶋田洋一郎訳
人類歴史哲学考 (五)
第四部第十八巻―第二十巻を収録。中世ヨーロッパを概観。キリスト教の影響やイスラム世界との関係から公共精神の発展を描く。(全五冊) 〔青N六〇八‐五〕 定価一二七六円

……今月の重版再開……

栗田靖編
碧梧桐俳句集
定価一二七六円 〔緑一六六‐二〕

穂積陳重著
法窓夜話
定価一四三〇円 〔青一四七‐一〕

定価は消費税 10% 込です　2024. 9

岩波文庫の最新刊

デリダ著／藤本一勇訳

アデュー

―エマニュエル・レヴィナスへ―

レヴィナスから受け継いだ「アーデュー」という言葉。デリダの応答は、その遺産を存在論や政治の彼方にある倫理、歓待の哲学へと導く。

〔青N六〇五-二〕　定価一二一〇円

ヘリオドロス作／下田立行訳

エティオピア物語（上）

ナイル河口の殺戮現場に横たわる、手負いの凜々しい若者と、女神の如き美貌の娘――映画さながらに波瀾万丈、古代ギリシアの恋愛冒険小説巨編。（全二冊）

〔赤一二七-一〕　定価一〇〇一円

永井荷風著／中島国彦・多田蔵人校注

断腸亭日乗（二）大正十五―昭和三年

永井荷風（一八七九―一九五九）の四十一年間の日記。（二）は、大正十五年より昭和三年まで。大正から昭和の時代の変動を見つめる。（注解・解説＝中島国彦）（全九冊）

〔緑四二-一五〕　定価一一八八円

ゲルツェン著／金子幸彦・長縄光男訳

過去と思索（四）

一八四八年六月、臨時政府がパリ民衆に加えた大弾圧は、ゲルツェンの思想を新しい境位に導いた。専制支配はここにもある。西欧への幻想は消えた。（全七冊）

〔青N六一〇-五〕　定価一六五〇円

……今月の重版再開……

ディオゲネス・ラエルティオス著／加来彰俊訳

ギリシア哲学者列伝（上）（中）（下）

〔青六六三-一～三〕　定価各一二七六円

定価は消費税 10％ 込です　　2024. 10